城市民谣

CHENG SHI MIN YAO

范小青

长篇小说系列

FAN XIAO QING

人民文学出版社

图书在版编目（CIP）数据

城市民谣 / 范小青著. —北京：人民文学出版社，2015
（范小青长篇小说系列）
ISBN 978-7-02-010993-7

Ⅰ.①城… Ⅱ.①范… Ⅲ.①长篇小说—中国—当代 Ⅳ.①I247.5

中国版本图书馆 CIP 数据核字（2015）第 120549 号

责任编辑　包兰英
装帧设计　陶　雷
责任校对　王玉川
责任印制　史　帅

出版发行　人民文学出版社
社　　址　北京市朝内大街 166 号
邮政编码　100705
网　　址　http：//www.rw-cn.com

印　　刷　北京季蜂印刷有限公司
经　　销　全国新华书店等

字　　数　188 千字
开　　本　680 毫米×1000 毫米　1/16
印　　张　17　插页 3
印　　数　1—5000
版　　次　2016 年 10 月北京第 1 版
印　　次　2016 年 10 月第 1 次印刷

书　　号　978-7-02-010993-7
定　　价　32.00 元

如有印装质量问题，请与本社图书销售中心调换。电话：010-65233595

第 1 章

把许许多多泛着乌青光的像磨刀砖一样的上等青砖,紧紧密密地砌起来,一条街就铺成了。站在街的这一头向街的那一头看,街像古装戏里那种长长细细的水袖,因为它细,就显得比较长,大家管它叫长街,它的大名剪金巷反倒没有人叫了。长街不是笔直的,稍有些弯,这弯,就弯得很有韵味,很美,很柔,像是一位江南水乡的面容姣好身材窈窕的女子。在水网密布的地方,街也是水淋淋湿润的感觉,街的一面是水,于是街也和水一样慢慢地向前流淌,有时候,一眼看过去,是街浮于水,还是水浮于街,也辨不清,船在水上走,人在街上走,走到哪里去,也不知何处是尽头。

街上的青砖是排成人字形竖着砌起来的,一条街就有了千千万万个"人"在脚下,但不是给老百姓踩的,是给皇帝爷踩的,称为"万人"纹,街又叫作御道,长街虽然古老,但它不是宋朝的街,宋朝的街也可能仍然存在,但是我们看不见它,它也许埋在现在我们看得见的许许多多的街道下面,也许一米深,也许几十米深,我们有时候挖下水道,或者排别的什么管子的时候,突然就看到了它,把我们大家吓一跳,又使我们兴奋不已,浮想联翩,我们看见宋朝的街它面目依旧,无声无息地躺在我们底下,那完全是另一个世界,宋朝的御道是专门造起来给宋高宗驻跸,宋高宗走过的地方,我们现在只能隔着一层地皮去想象它了。接下去是明朝,明朝的皇帝好像没有谁来过江南,要不就是他来过,我们不知道,为什么明朝的皇帝不来江南,是不是因他起家就是在江南,或者不是因为这个原因,这是历史的事情。再接下来到清朝,事情就明朗多了,我们大家都知道康熙南巡,乾隆下江南的故事,乾隆能走,所以在江南景色秀美的小城镇里,甚至在乡间,砌成"万人"字纹的街也多起来。

长街就是其中的一条街。

姑且我们说是乾隆爷来了吧,乾隆爷老是往江南跑,到底干吗呢,江南风光好吧,当然是好的,但是要看江南的好风光,这一路路途艰辛也是让人够呛,怕也只有乾隆爷能有好胃口,电视剧里说他是为爱情而来,苏吴"十万女红绣龙凤",找一个心灵手巧面容秀美的绣娘谈一回恋爱,也是雅事。或者皇帝向往采桑径里逢迎的境界,这里"无不桑之地,无不蚕之家",让人想起古诗词来,比如像这样的一首:燕子来时新社,梨花落后清明,池上碧苔三四点,叶底黄鹂一两声,日长飞絮轻。巧笑东邻女伴,采桑径里逢迎,疑怪昨宵春梦好,原是今朝斗草赢,笑从双脸生。你看看,采桑径里,美目盼兮,笑声起兮,多好。也或者,可以再为乾隆爷找一个理由,皇帝不是要寻找生身父母吗,乾隆的生身父母到底是谁和谁,到底在哪里,说法蛮多蛮多,金庸说是姓陈,陈家洛是他的哥。高阳说是雍正和一个长得极丑的宫女生下了乾隆,谁知道呢,反正没有人说乾隆是皇帝老子和正宫娘娘的孩子,这也无所谓,关键是他做了皇帝,这就好,像江南的民谚说,一朝三阁老,全不是好娘生,老百姓认为，人不能论出身，要靠自己，像顾鼎臣、谈侍郎这样的大人物都是婢妾所生呀。

皇帝来到街上，踩着"万人"，皇帝的心里呀，真是愉快，真是舒畅，不知道皇帝穿的是什么鞋子，皇帝来的时候也不知道下雨了没，反正皇帝踩不上"日晒三尺土，雨后一街泥"那样的路面，皇帝走的是"雨后着绣鞋"的御道，御道是要很讲究的，青砖排列镶嵌整齐致密，爽水，防滑，雨不沾泥，晴不扬尘，踩在"万人"之上，真是很好很好的感觉。其实皇帝也想得通，踩不踩"万人"街是一样的，普天之下，莫非王土，泥也好，砖也好，都是皇帝的。

皇帝说，这条街的街名叫什么呢？

知府说，叫剪金巷。

皇帝说，为什么叫剪金巷呢，有什么传说吗？

知府告诉皇帝吴王夫差和西施的故事，那时候吴王夫差和西施谈恋爱，在这条街上为西施剪金做首饰，于是就叫剪金巷。

皇帝宽宽地一笑，心想，吴王夫差算什么，西施算什么。

街就这样造起来，造在水的边上，皇帝从一艘很漂亮的船上跨上岸来，手执一把扇子，腰里有一块碧绿的玉佩，这是某一个特定的或者随意的历史时间，我们现在只是隔着遥远的时光长河去遐想他。

一河一街的格式形态，在苏州这样的城市里，到处可见，苏州还有一河二街、有河无街等的街道格局。

好住河堤上，长留一道春，多好。

河水是活的，它从遥远的什么地方来，流经这里，再流到遥远的什么地方去，其形欲深静，欲柔滑，欲汪洋，欲回环。杜荀鹤说：君到姑苏见，人家尽枕河。古宫闲地少，小巷小桥多。如果说苏州城里遍布的水网如同一个人的血脉,遍布全身,贯通生命,那么,眼下这条长街和与它依傍着的水,恰如一对温情脉脉的恋人,互相依托,水清清冽冽,缓缓流淌,街呢,坦坦然,心底无私天地宽的样子,无水则不媚,有了水,街便有了灵气,水光山色与人亲,说不尽,无限好,水者,天地之血也,血贵周流而不凝滞,一河一街,水活而街生动。

皇帝从水里上了岸,向长街看看,皇帝看到一个秀美窈窕的江南姑娘,她梳着黑黑长长的大辫,从桑地里归来,背着桑篓,身上散发出新桑的气息,皇帝一声喝彩:好一个江南女子。女子回眸一笑,扭腰而去,消失在长街的青砖缝里。皇帝待要上前追赶,随从道,皇上,请走万年桥。

做一个手势,让皇帝看见了万年桥。

万年桥并不是什么必经之路,皇帝是从船上上来的,可以不走万年桥,但是皇帝也要讨个吉利,走一走万年桥,皇帝的天下至少有一万年,皇帝的寿命也至少有一万年,所以皇帝也愿意走一走万年桥。

皇帝来到万年桥,心里想,哎呀,我的天下是多么的浩大,我的桥就有那么那么多,真好,光是苏州,就有红栏三百九十桥,听说苏州附近的小镇上,桥有更多更多,一个叫甪直镇的,三步跨两桥,哈哈,桥多好,桥多好,那么就来看一看这个万年桥吧。

万年桥是一座非常高大的三孔石桥,桥身中部驼峰高耸,皇帝来到高耸的地方站着,举目远眺,皇帝说,怪不得这地方从前叫作平江,原来它和长江一样高呀,是不是,知府忙不迭地点头,说,是,是,皇帝说的是。皇帝指点江山,说,你看看,荡田无垠,湖光粼粼。皇帝真是蛮有水平的。皇帝看了万年桥桥栏上的石刻,刻有各种图案,多半是人物,这些人物他们都在做着什么事情,形态各异,只是皇帝看了半天,心里也暗暗思忖了半天,总想能一眼看穿,一语道破,以表现出自己的水平,可是皇帝用心看了半天也看不明白他们在做什么,皇帝比较谦虚,不懂的东西也知道不耻下问,于是指着这些石刻,说,这些都是什么人,什么东西,他们干什么?知府便一一指点,这是种桑树,这是给桑树施肥,这是采桑叶,这是喂蚕,这是摘蚕茧,这是缫丝,这是织绸,总之多半刻的是蚕桑生产和丝织生产。皇帝说,原来如此,这里是蚕桑之地呀,如此精细的雕刻,带一个到京城去让皇后娘娘看看吧。

皇帝从桥上下来,到桥的一边,看到桥北侧石孔旁一对桥联:塘连南北占途坦,市接东西庆物丰。皇帝将两句联在嘴里念了念,也看不出他是开心还是不开心。皇帝又走到桥南边,看桥南侧的对联:织为云外秋雁行,染作江南春水色。皇帝高兴起来,一摆扇子,说,我知道,这是白居易的诗句。知府忙说,皇帝水平高,皇帝水平高。心里却想,怕是临来之前看过有关资料的吧。皇帝说,这样看起来,这座桥也没有什么了不起呀,不过百十年的历史,知府心想,在你皇帝的眼里有什么是了不起的呢,谁知道这副桥联是怎么回事,说不定桥是很早时候就造起来的,后来才把唐朝白居易的诗刻上桥柱,难道就没有这种可能吗,所以皇帝下判断说这座桥不过百十年历史,这是武断。皇帝最后就注意到万年桥两边桥头上的两只石狮子。

万年桥的西桥头和东桥头,各坐着一只石狮子,西头的生动活泼,东头的憨态可掬,皇帝向西边走过去,摸摸活泼可爱的那一只,突然就把这只狮子提了起来,只见皇帝健步如飞,提着狮子往桥东去,随从紧紧跟随,心里跳得一塌糊涂,不知皇帝要干什么,皇帝将狮子提到桥东，放下来，让两只石狮子并排靠紧了坐。

皇帝面不改色，连粗气也没有喘。

大家说，皇帝力气大，皇帝力气大。

皇帝笑一笑，也不说什么，走了。

皇帝又往更南边的地方去看了看，当皇帝再从万年桥上往回走的时候，两只石狮子都坐在桥东，没有人将其中的一只归原位，这时候皇帝笑了。皇帝说，原来江南无"介"（念 jia）人，你们看看，我一只手把石狮子提过去，竟然就没有人能将它再提回来。

后来老百姓说，真是让皇帝说中了呀，江南真是无"介"人。

"介"人的意思是聪明、能干、会来事、能做大事，胆量大，气魄大，力气大，水平高等，老百姓说，江南的大官都是外地来的，江南无"介"人。

皇帝高兴坏了，皇帝来到江南，皇帝看了江南许多好的东西，看了好山好水，也看到好女孩子，但是水平还是皇帝高，皇帝的聪明是第一的，皇帝的知识是第一的，皇帝的武功也是第一的，皇帝的力气也最大，皇帝在高兴之余，就问知府，江南是全国有名的鱼米之乡，怎么就出不来个能人呢？

知府心想，你怎么知道我们这里没有能人，不出"介"人，但是知府嘴上不能这么说。知府向皇帝说，皇帝的水平是最最高的。皇帝说，我现在要你找一个水平也高的人来和我说说话。知府想，水平高的人在我们这一带到处都是，用得着找吗，用不着找，眼下在这条剪金街上，就有。知府让手下去将向万里叫来。

向万里来的时候，也不知道是皇帝要叫他，他家是读书人家，不常见官，也认不得知府是什么府，更不认得皇帝，只知道是有人来了，要叫他去说说话，他就来了，骄傲得很，说，我上知天文，下懂地理,四书五经,无所不通,琴棋书画,件件皆能,算得上当今第一能人。皇帝想,这个人倒一点也不谦虚,我皇帝自以为博古通今,万事精明,我才是当今第一能人,怎么又来了一个天下第一能人呢。而且,并不是从哪里去找了来的,就是在眼皮底下突然冒出来了,皇帝倒有些兴趣,说,请问向万里,以你的看法,当今皇帝的诗作得怎么样?向万里说,还可以读读吧。知府向他示意,向万里以为自己说对了,得意扬扬。皇帝又问,那么他的书法怎么样呢?向万里说,还可以看看吧。皇帝心想这个人果然骄傲,便挥笔写了两个字,一个是"虫",一个是"二",并在一起,是"虫二",拿了交给向万里看,要他猜是什么意思。向万里只瞄了一眼,便笑,说,你这位客人多少有些才气,你这二字,说的是我们苏州这地方风光好,风月无边,你玩了一个两顶四的小招数来考考向某,皇帝听罢,心里倒也蛮佩服。

向万里本来在四乡里就有些小名气,等皇帝的事情一传出去,向万里的名声就更响了,后来向万里知道自己是和皇帝较劲,也没怎么后怕,他说,皇帝说江南无"介"人是不对的,皇帝即使把一根羽毛放在桥东,也没有谁有力气把它搬回桥西呀。

关于皇帝和皇帝的故事,也许尽是子虚乌有,编出来开心开心的,但是向万里应该是确有其人,要不,现在长街上犹存的向家老宅,是从哪里来的呢?

房屋建筑是长街的脊梁,亦是长街悠悠岁月的里程碑,明清两代留下来的建筑比比皆是,小楼,拱桥,牌坊,照墙,移步换景,生动活泼,即使皇帝来,看着也会高兴的。皇帝说,这么小巧精致的小街,老百姓住的房子像是用刀雕刻出来似的,皇帝看到木雕石雕砖雕,问知府,这木雕干什么呢?知府本来就是才子当的,为了迎接皇帝，又看了书，记下许多东西，听到皇帝发问，当下回答，这木雕主要施于梁、枋、柱础、雀替、棹木、束腰、蒲鞋头、插角、垫拱板、琵琶撑、门罩、门楣、门窗的裙板、夹堂板、字额等处。皇帝微微点头，再问，那么石雕呢，知府答道，石雕的作品有石屋石塔石舫石牌坊石柱石础石门枕石门槛石栏杆石御路石阶石天满石地坪，等等。那么砖雕呢，知府已经大汗淋漓，继续答道，砖雕在门楼、墙门、垛头、抛方、照壁、裙肩、门景、月洞、地穴、塞口墙和厅堂山墙的内部贴面，皇帝听罢，大乐，说，你有两下子，到中央政府做个建筑部长看起来是绰绰有余，知府一惊一喜一骇，又惊又喜又骇，大惊大喜大骇，一颗心不知要跳得怎么样了，幸好皇帝贵人多忘事，说过就忘，饶过知府一回。

　　在长街的许多建筑中，向家的老宅算不上是最大的房屋，但却是长街最有特色的园第式住宅，因为是姓向人家的，就叫向园，总共五幢房子，一幢是楠木花篮厅结构的大厅，另外四幢是住宅主厅，前前后后有一些空余之地，种些树木，仅此而已。

　　在许多年以后，有一个叫作吴同志的人做了向家的女婿后的某一天，他在一本书中看到关于向园的记载，说："斯园也，高高下下，备登临之胜，风亭月榭，极怪柏之冠，视吴下名园，无多让焉。"吴同志始终没有明白书上记载的那个向园是不是长街上向家的这个半园。

　　向园是在向家谁的手里造起来，这已经不很重要，吴同志在书中看到向园曾经有过丢失它的姓氏的历史，在向万里后的某一代向家子孙中，突然出了一个不好读书而好赌的人，他叫向献之，有一天向献之以向园为赌注，一眨眼之间就把向园输掉。

　　记载中找不见向园后来怎么又重归向氏的这一段，以吴同志的想象,也许是向献之的儿子或者孙子,再又从别人手里买回了向园,吴同志缺乏天才的想象能力,他的聪明才智远不如他岳丈家的祖先,他的想象贫瘠而乏味,缺少创造力,没有激情,没有智慧。

向家老一辈的人,现在只剩下一个老太太向绪芬,她是向家一直没有出门的姑娘,现在向家的后辈孩子,应该称她姑奶奶。

向绪芬也许是向家唯一的一个生在半园长在半园看起来也一定是要终在半园的后人。向绪芬的固守并没有什么特别的意义,她只是按照自己的生活习惯,一直在这里生活罢了。

在向绪芬年轻的时候,来了一个走四方的小裁缝,长街上的人家,挨家挨户请小裁缝到家里住下,为一家人做一年四季的衣服,他们款待小裁缝好吃好喝好住,让小裁缝精心地做他们的衣服,小裁缝见多识广,他在上海那样的大城市里学会了很多新的式样,他替这里的女子们做了一些新式衣服,但是她们不敢穿,一直压在箱子底,女儿出嫁的时候,她们想了又想,将衣服拿出来看了又看,仍然放回箱底,舍不得给女儿带走,小裁缝来到向绪芬家做衣服,向绪芬说,你做完了衣服还继续走吗?小裁缝说,我是命里注定要继续走的,我停不下来。向绪芬说,怎么办呢?小裁缝说,你跟我走吧。向绪芬说,好。

可是向绪芬没有跟小裁缝走,那天晚上小裁缝上船的时候,向绪芬在闺房的窗口流眼泪,夜色中载着小裁缝的船吱呀吱呀地摇走,水也慢慢地流淌,向绪芬的形象就在依河的小窗上定格了。

向绪芬后来终于没有走出向家宅院,这期间也有个男人走进了向家,做了向绪芬的丈夫,向绪芬的丈夫满怀着爱情和理想走进向家老宅,但是他没有坚持到底,甚至还没有开始他的坚持,一场大病就叫他退走了,退到另一个世界去,在这一个世界他什么也没有留下,向绪芬在余下的漫长的岁月里有没有产生过走出老宅的想法,一定会有的,但是向绪芬始终没有走,当其他的人一一走开的时候,向绪芬说,你们走吧,我走不了,也许因为我是向家的守家女儿。向绪芬果然一直没有走,也许是为了以后再次出现的爱情,她坚定不移地留守在长街上的向家老宅里。

向绪芬的父亲死得早,向绪芬从很小的时候起就侍奉多病的母亲,母亲去世的时候,向绪芬也已经老了,向绪芬没有怨言,她是一个佛教徒,她在一个店里看到一尊菩萨,她对店主说,我要买。店主说,这一尊放外面时间长了,沾了灰,我替你另外拿一尊干净的来,店主拿来了另一尊菩萨。向绪芬看来看去不如先前的那一尊,她说,我不要这个,我要那个。店主说,那你就拿那尊。向绪芬捧着菩萨像回家,她说,佛说,我不入地狱谁入地狱。思想境界蛮高的,如果大家都有向绪芬这样的境界,世上孝子就多起来。

向家有很庞大的子孙系统,他们大都住在长街以外的地方,在漫长的岁月里,向家的许许多多后辈及后辈的后辈,正在这个世界上的其他的角落里告诉别人他们姓向,他们向别人诉说他们家乡的长街是多么的奇妙多么的神秘多么的令人怀念,但是他们也意识到他们已经失落,或者说已经丢失了长街。

当向绪芬坚守着老宅的时候,她的弟弟向绪章正在外面满世界转,也不知他到底要转出个什么结果。而事实上的结果呢,向绪章转来转去却没有能远离向家老宅,在历史的某一天,向绪章又回来了,这时候他的母亲也已经不在人世,向绪章心里一片苍白并且两手空空。向绪章年轻的心也已经不再年轻,浪漫的情绪也已经荡然无存,他把自己放出去的灵魂又收回了大院,在往后的许多年里,日子平凡而普通,向绪章娶妻、生子、丧妻、去世。

大院里剩下向绪芬和她的侄儿侄女以及侄儿侄女的孩子们。

作为向家老宅的向园,早已经不是园了,而是一般的住宅,它的五幢大屋里住着许多人家,这是向家老宅的必然结果,也是普天下的老宅的一个共同结局。

在漫长的岁月里,先先后后有各式各样的人物住进向家的老宅,他们进来,又出去,再换一批人进来,又出去,如流水,差不多可以用一句老话铁打的营盘流水的兵来形容向家老宅里人物的更替情形。

向绪章的四个孩子,都住在长街的向宅,仍然受着向家祖宗庇荫,老大向觉民赶上了末班车上了大学,毕业后分配在中学做语文老师,已有十多年,娶了钱梅子做老婆。钱梅子是工人,夫妻两人的单位都是没有分房可能的单位。老二向小桐,脾气不好,嫁到吴同志家后,觉得在婆家受气,又折腾着搬回老宅来,老宅永远有她的一席之地,这是向家对出了门的女儿们的永远的开放,任性的向小桐,是不愿意离开向宅的。最有希望搬出老宅、靠自己能力摆脱祖宗庇荫的是老三向於,向於供职于一个经济部门,在四个子女中算他条件最好,单位里可以给他分房子,但条件是结婚,结婚分房,天经地义,但是向於偏偏不结婚,外人以为他是个独身主义,只有自己家里人知道是怎么回事。老四向小杉,卫校毕业在医院做护士,公房对她来说,亦如天上的月亮一般美丽而遥远,可望而不可即。

向家的后代,虽然住不上现代化的设备先进的公寓,但是比起许多几乎用了毕生的精力为房子奔波操心的普通百姓来说,他们也算是生在福中了,只是这个福不是他们凭借自己的努力得来的。

向家的人住的是向宅中最后的一幢房子,三开间,二层,从前称作玉兰楼，因屋前院里有几株玉兰而得名，向家的姑奶奶和四个侄儿女，分作三堆开伙，向觉民一家，向小桐一家，未曾婚嫁的向於、向小杉和姑奶奶合伙，在院子里先后搭出三间灶屋。起居活动呢，都在楼下中间的堂屋，似这样的大家庭，即使在一个很古老的小城中，恐怕也是不多见的了。

因此，兄弟姐妹间的关系，也比别的家庭的兄弟姐妹间的关系，要密切得多，也复杂得多，一人有难，大家帮助，碰到矛盾呢，就比外人更纠缠不清。

每日的白天，上班的上班，上学的上学，向绪芬呢，就在大门外的街上，摆一个茶水摊，向家老宅从前的厢门间，开出一家便民小店，店主老三喜欢开了收音机听评弹，听得摇头晃脑，店门口，就是向绪芬的茶水摊，从好多年前开始向绪芬就一直在长街的小店门口摆茶水摊，向路过的人供应茶水。从前农民摇了船上城里来，船若是停在长街沿河，他们上岸来，也许会感觉到饥饿感觉到口渴，他们看到向老太太的茶水摊很高兴，摸出几分钱买一杯茶喝，这时候他们就觉得向绪芬的茶如清泉一般的甘甜。他们说，老太太，你的茶是拿什么茶叶泡的，这么好喝呀？向绪芬向他们笑笑。农民喝了向绪芬的茶，他们走了，但是向绪芬的茶却已经深深印在他们的心田里了。

现在已经没有农民从小船上跨上岸来，现在向绪芬也已经很老了，动作迟缓，目光呆滞，但老人仍然每天出来摆茶水摊，在一张小小的茶几上，搁着几只玻璃杯，杯里的茶水清绿可爱，有人走过，向绪芬就用她的暗哑的嗓子喊一声：喝茶。

有越来越多的游人来到长街，他们自己带着饮料带着矿泉水，他们觉得路边的茶水不卫生，不敢喝，所以人们经过向绪芬的茶水摊,只是向她看看,想这么老的老太太还出来摆个茶水摊,为什么呢?他们很少来喝她的茶水,也很少有人停下来。

到了下晚,向绪芬收拾了用具回家去,老三便笑,说,看看,看看,早晨呢早早地起来烧开水,出来守在这里一天,哪有人买你的茶喝。到晚上呢,将茶水倒在阴沟里,干什么呢。

向绪芬并不回答他,她也许认为没有必要回答老三奇怪的问题,干什么要出来摆茶水摊,在向绪芬看来,老三的问题为什么奇怪,因为他的问题好像在问,你干什么要吃饭睡觉呢,这样的问题,是不需要回答的。

一辆旅行社的大巴停靠在长街街口,游客挨个下车来,导游用电喇叭说:各位游客请注意,我们这一站是停在长街。

游客向长街张望着,长街有什么看的?导游说,长街有著名的长街五景,一景呢,就是这条长街,游客们笑起来,这条破街也算一景?导游说,你们别看这条破街,当初乾隆皇帝还走一走呢。大家又笑,说,乾隆皇帝走的地方我们可不敢走。导游也跟着笑,又说,请大家看,像长街这样的一河一街的格局,这种街紧傍着河的形态,从前呢在我们这座古老的城市里是很多的,现在呢,已经所剩无几,河道改造啦,城市建设啦,扩大路面啦,破坏了许多。当然了,不改造也是不行的,改造呢,是必然的结果,是大趋势,不改造呢,是没有出路的,是死路一条。只是,在改造的过程中,许多古迹没有了,关于这个问题嘛,我也说不清楚。游客说,我们也不要听这个问题,我们呢,是来看风景的,不是来参谋你们城市怎么发展、怎么建设的。导游说,说得对,怎么发展、怎么建设那是市长的事情,我们导游呢,只管将好看的地方指给你们看。游客说,这就算是好看的地方?导游说,看苏州这样的古城、古迹不能性急,不能走马观花似的看,不能大呼隆,那样看,等于没看,一定要耐心,要有品位,你们看这青砖,块块都是竖着砌的,为什么要竖着砌呢,不是浪费吗?游客说,你当我们是幼儿园小朋友,这是万人砖,专门给皇帝踩的,谁不晓得。导游说,好,我们再看第二景。这第二景呢,就是万年桥,我们过来看看万年桥,这万年桥头你们看出什么名堂没有?游客看了看,索然无味,说,没有什么名堂。导游意味深长地笑了笑,说,你们看看,为什么西边桥头没有石狮子,而东边桥头呢,却有两只?游客说,这有什么稀奇,造桥的时候,就把两只狮子放在一起。另一个说,人家是一对夫妻,当然放在一起,怎么能叫人家分开呢?众人又大笑。导游说,错也。桥造起来的时候,两只狮子是分开的,一只桥东一只桥西,后来呢,乾隆皇帝为了表示他力气大,就把桥西的那一只提到桥东来了,从此呢,两只狮子就一直守在桥东了。游客说,没有人有力气把它提回桥西去?导游说,哪能呢,苏州也有大力士的。游客又说,那是怕皇帝发火,不敢提回去。导游说,错也。如果是怕皇帝发火,那么等皇帝万岁以后,也管不到你了,为什么仍然没有人提它回原地呢?游客说,那你说为什么呢?导游说,苏州人懒呀,石狮子在桥东桥西又不影响我吃饭睡觉过日子,管它呢,它爱在桥东就在桥东,它爱在桥西就在桥西,别提它了。游客说,你自己是苏州人啊,你自己说自己的啊,我们外地人要是说了你们懒,你就不服气了。导游说,人就是这样,自己可以说自己,别人说不得,就像自己的孩子自己尽可以打,别人说一说就了不得。大家说,正是这样。那么第三景呢,导游手向远处一指,喏,第三景呢,就是瑞云塔,这瑞云塔呢,目前正在修复,还没有对外开放,下次你们再来做水上游呢,就能到瑞云塔上看一看苏州的全貌。游客说,这长街几景真够意思,一景呢,是一条破街；二景呢，是座老桥；这三景呢，干脆就没有。导游说，不是没有，有是有的，就是没有开放。游客说，没有开放对我们来说，就等于没有。导游接着又说了四景春申君庙和五景向园，一行人说着，就向向家老宅来。导游说，你们看，在你们面前的，就是向园了，向园是很有特色的古建筑，你们看它的门楼，砖雕门楼，对，要站得近一点看，仔细看，砖雕雕刻得多么细腻，多么传神，基本上没有人听导游说话，导游并不在乎有没有人听他说，继续着自己的思路，说，长街不错的，长街值得看的。游客不以为然，看什么，破街旧房子，城里像这样的老街不多了。导游说，正因为不多了，所以更值得看，我告诉你们，我们的长街，已经列入修复开发的计划之列，万年桥北边的空地，决定建新型游乐场，新景旧景交融，长街不久便能热闹起来。游客说，热闹不热闹，与我们有什么关系。导游说，怎么没有关系，你们下次再来，就能看到古老与现代化结合的产物了。游客大笑，说，我们还会再来吗？导游也笑了。

当晚霞映照在长街的青砖上泛出暗淡的光彩时，钱梅子正往长街走来，这一天，对钱梅子来说，是一个难忘的日子。

钱梅子下岗了。

钱梅子慢慢地往回走，也没有怎么疲劳，但是两腿没有力气，走到长街的时候，太阳正从街的另一头落下去，人们在长街上走过来走过去，踩着太阳的余晖，晚霞满天。钱梅子想，从前常常听老人说，朝霞不出门，晚霞行千里，说，月亮发毛，大雨滔滔，东风太阳西风雨等，但是许多关于天气的和关于农业生产或其他方面的民谚却越来越让人怀疑它们的可靠性和经验性，毕竟时代不同了，天气也不同了，农业生产以及其他许多方面的情况都起了变化，现在几乎每个老百姓都会报天气预报，他们说，今天晴转少云到多云，有时有雨,雨量小到中等,部分地区有大到暴雨,有一天钱梅子恰好和儿子一同回家,她看到长街的另一头晚霞通红,不由说,朝霞不出门,晚霞行千里。儿子说,什么?钱梅子告诉儿子;这是一句关于天气的谚语,如果早晨起来天气很好,这一天也许会下雨,如果前一天下晚的时候天气很好,第二天就是好天。儿子说,噢。结果第二天早晨下起大雨,一家人要出门上班上学,钱梅子到处找伞,儿子将伞递给她,钱梅子心虚地看看儿子,儿子不知道钱梅子为什么要看他。

晚霞将长街上整齐地排砌成人字形的青砖映出些暗淡的光,长街是这个古城著名的旅游景点,人们从很远的地方来到这个城市,也或者从这个城市的某个角落来到长街,他们来看什么呢?看一条古老的街,踩一踩多少年前用青砖砌起来到现在仍然是青砖铺着的街巷,钱梅子不太清楚,在这个城市里,像这样的未曾被改造过的路面还有多少,但是钱梅子知道一定不多了。钱梅子在长街生活十几年,她好像从来没有认认真真地看过长街一眼,她像一个匆匆忙忙赶路的过客,每天匆匆地穿过长街去上班,再匆匆地穿过长街回家来,做饭,做家务,长街不曾在她心里占一点点位置,她不知道长街是美的还是丑的,是值得说一说的还是根本不值一提的,是应该继续存在下去的还是应该消亡的,一直到钱梅子下了岗,再也不忙了,再也用不着赶路了,再也不是一个性急的过客了,钱梅子有时间认认真真地看了看长街。

第 2 章

　　钱梅子是厂里的骨干,第一批下岗没有她,第二批下岗前,稍有些担心,结果仍然没有她,知道厂里仍然是把她当骨干看的,心里也有些安慰,都以为厂里下掉这么多人,减轻了负担,日子会好过些,可是日子仍然不好过,经济仍然滑坡,这样就有了下岗第三批人员的意思,车间主任叫钱梅子到办公室去,钱梅子就明白了,无论她是不是骨干,这一批她是逃不掉了,车间主任是做好了思想准备的,准备钱梅子思想不通,准备和钱梅子讲讲厂里和国家的困难,可是钱梅子说,主任你别说了,我想得通,主任很感动,说,到底是骨干,思想觉悟是不一样的,别的人你叫他下岗,他就和你吵架,不肯体谅干部的难处。其实钱梅子也是想不通的,只是她知道和干部吵架也是没有用的,吵不出个不下岗的结果,就算去和市长吵架,也一样没有用,田鸡要命蛇要饱,干部呢,今天看起来是蛇,谁知道呢,说不定明天他也成了田鸡,也要下岗。

　　厂里召开第三批下岗人员大会,干部对下岗人员的态度极其好,厂长在讲话中充分肯定了在过去的许多年里他们为厂里做出的贡献,又把今天的下岗说成是他们对厂里的最后的也是最了不起最感动人的贡献,厂长真的很感动,他的眼睛里真的含着眼泪,可是下岗的人他们不感动,厂长嗡嗡嗡的声音,像一只讨厌的蚊子在他们耳边叫着,他们说,厂长就像一只蚊子,要咬我们了,还嗡嗡地为自己诉一顿苦,说自己是多么的应该咬我们,他们的话显然是不够公道的,厂长说,我叫你们下岗,我心里也很难过,我们共事多少年,我们都是有感情的,你们就像是我的兄弟姐妹,哪有人不希望自己的兄弟姐妹好呢。工人们仍然不听厂长说话,他们肆无忌惮地在下面大声说话,开小会,和厂长唱对台戏,厂长呢,也不像平时开会那样板着脸叫大家安静,厂长想,这也是最后一次,由你们吵吵吧,厂长很心酸。

钱梅子和同车间的几个姐妹说话,钱梅子说,已经下了两批,以为不会再下第三批了,想不到真的还有第三批,前几天还在说别人下岗呢,今天就轮到我了。姐妹说,钱梅子你也算不错了,你快到四十了吧,钱梅子说,正好满四十。姐妹说,满四十下岗也不算厂里亏待你了,我才三十三,我也和你一样下了,这算什么,三十三岁就养老呀。

厂长正说到这个问题,厂长说,是的,有的同志还比较年轻,还不到四十岁,正是大有可为的时候,怪我这个厂长无能,不能给你们创造好的条件供你们施展才华,所以我也不再拖住你们,我把你们放出去,到社会上去。现在呢,是商品经济社会,可供选择的机会很多,成功的路不止一条。厂长说到这里,下面就有个男同志大声地插嘴,说,照厂长的说法,外面街上满地的金子等着我们去捡呢,有人笑起来,男同志自己也大声地"啊哈"一下,厂长说,这就要看你从哪个角度看问题了,以前我接待过一位外商,也是从我们中国出去的,以前我也认得他,和我们的思想观念也差不多,但是他到美国待了几年,思想方法、看问题的角度就和我们不一样,一天我们在街上走,人很多,很挤,我抱怨说,中国就是人太多了,他却笑起来,指着街上的人流,说,好呀,这都是钱哪,我听了,倒也蛮受启发的,这就是看问题的角度。你们呢,是一批有能力有水平有工作经验的人,你们到了社会上,我相信你们一定不会被淹没,到时候,你们发展了,说不定我这厂长反过来眼红你们,说不定来求你们帮忙呢。厂长说到这里,刚才插嘴的男同志又插嘴说,厂长既然眼红我们,不如现在我就和厂长对调了,我做厂长,你做下岗工人,这一回大家哄堂大笑,厂长也笑了,笑了笑,厂长又说,厂里呢,把你们下了岗,也不会完全不闻不问不管不顾的,你们的花名册都在厂办,厂里时时刻刻都会想着你们,会抓住一切机会向社会推荐你们,前面两批下岗的,厂里已经向社会推荐了几十人了,你们这一批呢,从前都是厂里的骨干,厂里更不会忘记你们。下岗工人议论纷纷,基本上没有人相信厂长的话。

这样钱梅子就下岗了。

钱梅子好像属于那种一趟赶不上趟趟赶不上的总是不走运的人,当年"文革"中知青插队,到了七十年代中期就基本停止了,钱梅子呢,一九七三年高中毕业,赶上了插队的末班车,没有逃过,便在乡下好好劳动争取表现好,早日回城,可是乡下知青多,竞争激烈,先是推荐工农兵上大学,钱梅子表现不错,也是有希望的,也在候选人之列,但是最后没有她。后来可以回城了,但在乡下表现比钱梅子更好的人已经不多了,上大学或者提拔出去当干部了,像钱梅子这样,就算是比较突出的了,乡下倒是愿意培养钱梅子做农村干部的,所以在最先招工的对象中就没有钱梅子,等到乡下也认识到留知青是留不大住,决定放钱梅子走的时候,比较理想的好去处像一些国营单位之类都已经招满了人,留给钱梅子的只有一家集体性质的服装厂,乡下的干部比较喜欢钱梅子的,说,对不起了,钱梅子,想要你好,反倒害了你。钱梅子说,没事,到哪个单位不是一样工作。现在,时间过去将近二十年,国营单位和集体单位也一样下岗,这已经没有区别。钱梅子进服装厂以后,就改革大学招生制度了,钱梅子在中学时功课也算不错,但是大家说,你已经进了厂,有了单位,还考什么,自己给自己找苦吃,钱梅子就没有参加复习考试,和钱梅子差不多的回城知青和没有回城的知青却有不少人考上了,钱梅子就有些后悔,到下一年,又来招考,钱梅子仍然可以报考,但是那时候,钱梅子刚和向觉民结婚,怀孕,并且向觉民也要考大学,钱梅子哪里走得开去上学,哪里有心思复习功课,结果为了孩子,为了家庭,为了向觉民,只能放弃自己了,于是又错过了末班车。钱梅子后来又读过电大,不脱产的,很辛苦,咬着牙坚持下来,但是因为年纪偏大了,电大毕业以后,也轮不到她再提干部或者再晋升什么了,钱梅子觉得自己像一只站在门槛上的鸡蛋,总是面临滑出滑进的尴尬处境,但是每次她都是向一面滑,滑到倒霉的一面,从来没有滑向走运的一面。

　　下岗那天晚上,钱梅子没有回家吃饭,下岗工人中的一个,提议一起去吃晚饭,也算是最后的晚餐,客是没有人请的,劈硬柴,AA制,受到大家的一致赞同,散了会,便往饭店去。老板见这么多人来,眉开眼笑,说,你们发工资了吧?大家说,下岗了。老板说,好,下岗也好,我也是下了岗才来开饭店的。钱梅子说,老板你店里要不要洗盘子的小工?老板说,哎呀,你拿我寻什么开心,我小本经营哪里请得起人,盘子碗就自己洗了,再说了,这也不是在美国,就算我请个洗碗刷盘子的小工,能给得起多少工钱呢,别以为这是美国呀,洗洗盘子就成富翁。大家都笑,说,钱梅子呀,今天才下的岗,你也让我们喘口气,睡它几个大懒觉再说呀。钱梅子说,我不比你们,我家条件差,男人做老师,几个死工资,孩子呢,上中学,要不要他考大学呢,考了大学我怎么办,一百六十八你叫我怎么过日子?大家说,钱梅子你也不过下有小,我们下有小还上有老呢,我们不也都是一百六十八吗?这天晚上钱梅子喝了酒,回来有点酒意,向家里人说,我下岗了。

在钱梅子下岗前的几天,向觉民也已经知道下岗的事情,只是没想到真的这么快就来了,看钱梅子喝酒,知道她心里难过,就说,想开点吧,不是你一个人下岗。又说,有得必有失,有失必有得,你失去了工作,但是你一定也能得到什么。钱梅子说,得到什么,得到个屁。向觉民说,至少得到些清闲。钱梅子说,我还失去了钱,钱是一切之本,没有钱,什么也没有。家里人都想,事情确实是这样的,社会上大家都说,有什么别有病,没什么别没钱,钱梅子姓钱,却偏偏缺钱。向觉民说,其实钱这东西永远是缺的,谁都说自己缺钱,百万富翁甚至更有钱的人也一天到晚说自己没钱,钱不够,钱不多。钱梅子说,那让百万富翁来领我的一百六十八下岗工资,我做百万富翁人家肯不肯呢,就像我们厂长说,下了岗说不定会发大财,但是他怎么不下岗呢?奇怪,向小辉说,奇怪的是你们为什么老是讨论别人钱多钱少,为什么不讨论讨论具体问题,比如说,我们家确实是需要钱,但是怎么样才能使我们家的钱多起来呢?

这其实不仅是钱梅子想的问题,这也是当今老百姓都在想的问题,要问当今老百姓最关心什么,那没话说,当然是最关心钱,为什么呢?钱好呀,有钱就有一切,没钱就没一切。至于有了钱也会产生其他许多不太好的或者很不好的事情,那则是另一个层次上的事情,与没有钱的老百姓暂且无关。更何况像钱梅子这样下了岗一个月才拿一百六十八块钱工资,叫她不想钱那是不可能的事情。

钱梅子不用再上班了,但是每天早晨仍然在六点钟醒来,生物钟很准,从不出差错,到那时候,就会有个什么声音,或者不是声音而是别的什么东西,把钱梅子从梦中唤醒,醒来的时候,四周还没有开始喧闹,静静的,只是在外面远远的街上,有早起的人声、车声,这时候钱梅子的心里就有些刺痛,持续了近二十年的生活习惯,现在乱了,早早地醒来干什么呢,没有班可上了,每天早晨时间紧迫的感觉也一去不再来了。钱梅子仍然在早晨六点钟起床,给一家人准备早饭,向觉民说,其实现在你也不必跟我们一样起早了,我们没有办法,要上班上学,不能迟到,你可以多睡一会儿。钱梅子说,听你的口气,倒好像很羡慕下岗呢。向觉民没有吭声,他话不多,心情不好的时候干脆不言语,刚开始和向觉民一起过日子时,钱梅子很不习惯向觉民的性格,觉得他阴阳怪气,时间长了,才慢慢适应。正上高中的儿子向小辉说,我倒很羡慕下岗,下岗是上帝赐给你的休息。钱梅子说,都下了岗,拿什么吃,拿什么穿,拿什么供你上学。向觉民说,你可以再睡一个回笼觉。钱梅子说,哪里还睡得着,心里都急死了。

现在钱梅子买菜也不必起大早,拿个菜篮子晃晃悠悠出门,已经是上午八九点钟,这时候早晨的菜场已经落市,一落市,菜价就跌下来,钱梅子看了看菜,挑了又挑。

乡下老伯伯,钱梅子说,落市菜还这么贵,不要了。

你这个城里阿姨,卖菜人说,你这个城里阿姨,门槛精得六六四,我已经跌了一半价了,你再压干脆叫我送给你了吧。

乡下老伯伯哎,钱梅子说,你别跟我计较,我是一六八。

乡下老伯伯也知道一六八,一六八,他说,我晓得一六八,现在城里一六八多了,又不是你一个人一六八,不见得要我们乡下人照顾你们一六八吧,你们找你们单位头头去照顾,我们乡下人的钱,也是苦做出来的。话是这么说,但是同意将菜价又降了降,达成一个双方能够接受的价格,一个将菜卖了,一个将菜买了。

钱梅子到鱼摊前看看,鱼鲜活鲜活,但是太贵,钱梅子说,卖鱼一天能挣多少钱?

鱼贩子看看钱梅子,说,下岗了?

钱梅子说,你不仅识鱼,还能识人。

鱼贩子说,一六八?

钱梅子说,一六八。

鱼贩子笑起来,说,你想做鱼贩子呀,你吃不来那苦的。

怎么苦?钱梅子问。

每天两点钟要起来了。鱼贩子说。

下午呢,钱梅子说,下午可以睡觉。

下午不行的,鱼贩子说,下午睡不成的。

钱梅子问,干什么?下午干什么呢?

鱼贩子说,打麻将。

钱梅子笑了,说,那是你自找的,活该。

什么叫活该,这是我最喜欢的事情,鱼贩子说,人辛辛苦苦做,做了干什么,做了不就是要开心开心吗?

有三十几岁的女人蹲在地上摆地摊,卖睡裤拖鞋之类,钱梅子说,下岗了?

女人说，下岗了。

钱梅子说，做这个，一天能挣多少？

我算给你听，女人说，一条睡裤呢要剪九十厘米布，布呢，是泡泡纱，七块五一米，九十厘米呢，就是六块九，卖呢是卖八块钱一条，还有我的人工呢，还有线钱呢，一天呢，能卖掉三五条算是很好了，就是这样，女人叹气，说，唉。

钱梅子笑笑，回家去。

钱梅子走进院子，看见前幢房子的邻居高三五刚起来，在院子里刷牙，高三五原来在单位里开车的，工作稳定，但是嫌收入少，退了职，到出租公司弄了出租车来开，算过一笔账，开三年后，等于车子就是自己的了，眼睛一眨也快三年了，希望就在眼前，人家的车，开了三年就旧得不像个车，但是高三五的车保养得好，还像新车似的，高三五现在看着这车，就像看着自己的儿子，心花怒放，努力工作。

三五呀，钱梅子说，昨天又做到几点？

三点。高三五一嘴的泡沫，虽是早晨起来，脸色却依然疲惫不堪。

钱梅子说，吃力不吃力？

高三五笑笑，不吭声，高三五是个闷头只知道做的人，大家都叫他做煞坯，高三五就笑，高三五年轻漂亮的妻子谢蓝抱着女儿从屋里出来，说，他天生就是个做煞坯，叫他不做事情，待在家里，一天，就要生病，做惯了，劳碌命。看看男人，也心疼，说，早上真爬不起来，可是不爬起来怎么办，不做，钱哪里来，没有钱，女儿将来怎么办？

女儿三岁，高三五开出租车有一大半也是为了这个千金。

女儿出生时,夫妻两个浪浪漫漫给女儿起个名字叫浪漫,取过名便想,要浪漫就得有条件,什么条件呢?当然是学习好了有出息,有出息的人才有资格浪漫,但是万一女儿学习不怎么样呢,这也是不以你家长的意志为转移的呀,万一宝贝女儿读书读得不理想呢,那就得后退一步打算,得给女儿准备一些条件,什么条件呢,就是钱吧,有钱,能读到好的学校,有钱,即使不读书也能出国,到外国去读书,多好,多浪漫,说不定找个外国小伙子做对象。这样小夫妻俩才感觉到了钱的重要,高三五就去开出租车,日子果然好过些了。谢蓝呢,也就不上班了,在家带女儿,女儿进幼儿园了,谢蓝也曾经想重新再去工作,可是原单位也不要她了,再找了个新单位,太苦,又逃回来了,大家说,反正你男人开出租车,养得起你了。谢蓝说,唉,什么叫养得起,什么叫养不起,我算笔账给你听听吧。谢蓝就开始算账,一辆桑塔纳呢,十六万五,运行证呢,十五万,三十一万五千块,少一分也不行的,分三年还清,每个月呢,就是九千,这是铁的,铁一般的硬,没有讨价还价的,一个月九千,一天呢,就是三百,每天都要交三百,一天也不能少的,少了一天,就得在下一天补上,到哪里去补,补不上的,所以只能咬着牙每天做,生了病也不能歇。现在高三五呢,一天做十几个小时,只睡五六个小时,一天能做多少呢,毛的三四百,也要是在旺季,当然也可能更多一点,五六百,但是淡季就不好说了,碰上严打或者别的什么风头,也不好说了,这样就算他平均每天挣四百块,扣除要上交的,还剩多少,还有修车费,汽油费,管理费,停车费,过路费,过桥费,这个费那个费,还要交罚款,交警罚款,什么罚款,自己呢,真是到手不了几个钱的,如果换一种办法呢,干脆借了钱将车买下来,三十几万的钱,到哪里去借,就算有人肯借给你,利息呢,现在的利息,都能吃人的,连本带利,做到哪一天能够做出本来。大家说,那是,做出租车也是辛苦生意,但是不管怎么说,总比以前在单位好一点吧,要是不如在单位里好,你怎么能歇在家里不上班。谢蓝也承认,说,比以前是好一些,但是也好不到哪里,我们高三五的钱,不止来得辛苦,还有许多你们想象不到的苦恼和困难。她没有具体说有什么苦恼和困难,但是大家也承认她的话有道理,开出租车,是挺不容易。

钱梅子逗了逗小浪漫,问她怎么不上幼儿园,小浪漫说,我今天心情不好,不想去幼儿园,说得钱梅子和谢蓝都笑,钱梅子说,小祖宗。

钱梅子回到自己家的院子,向於从屋里走出来,伸了伸懒腰,看看钱梅子,嫂子,向於说,下了岗真的做家庭妇女啦?

钱梅子说,不做家庭妇女你给我介绍工作?

向於说,你们这种人命真苦,一天到晚工作工作,现在是什么时代,现在是休闲时代,你看看街上到处卖休闲用品。

不工作钱从哪里来?钱梅子说,去偷去抢?抢银行?

要那么多钱干什么?向於说,家有黄金万两,我不过一日三餐;家有房屋千间,我不过小床三尺。

钱梅子说,等你结了婚,就要大床五尺。

向於是不结婚的,三十出头的人了,也不找对象,也不谈恋爱,也没有什么伤心的恋爱史,也没有什么悲怆的失恋经历,也和女人说说笑笑,也不畏惧女人,向小桐说,向於,你该看看心理医生了。向於说,不用,我就是看了我姐夫的榜样我才不结婚的。向小桐说,他怎么啦,你以为他过得很苦吗?向於说,他苦不苦他自己知道。向小桐便有些不高兴,说,他和你说什么了?向於说,我姐夫呀,怕是哑巴吃黄连。向小桐说,你只会看表面文章,他呢,偏偏又是最会做表面文章的人。向於说,不管他是表面文章还是内里文章,反正我看着我姐夫,于是我想通了。什么叫结婚呢,结婚就是自找没趣,找个人来对你发火,对你使性子,把所有的缺点都交给你。再呢,就是指使你,支派你,命令你,要你对她好,要你不许谈别的女人,不许看别的女人,不许想别的女人,嘿嘿,向於自己笑起来,嘿嘿,不许想别的女人怎么做得到呢,他在想什么,你知道?其实向於的话是假话,大家都知道向於心里有个人,而这个人呢,就不知道心里有没有向於,钱梅子说,向於呢,你也不是不愿意结婚吧,只是事情总是不凑巧,人家愿意和你结婚的,你又不愿意和人家结婚,你愿意同人家结婚的,人家又不愿意理睬你。向於说,你说谁呢?钱梅子说,大家有数。大家都笑了,向於也笑,说,原来,我的不结婚是假的。

钱梅子说,等吴小妹来,我和她说,你要结婚。

向於急急地摆手,不能。

吴小妹是吴同志的妹妹,向於是在吴同志和向小桐结婚的酒席上认得了吴小妹的,那时候向於和吴小妹都很年轻,这一见面,就把向於的心套住了,真是千百佳丽无颜色,心里只有一个吴小妹。这吴小妹呢,也难得到向宅来看哥哥,因为向小桐不喜欢她,她也不喜欢向小桐,没有话说,来了也难受,向於就去找吴小妹约会,吴小妹倒是每请必到,但却从来没有明确态度,也从来没有让人看出她对向於到底是个什么态度。后来向於有了比较理想的工作,年纪也到了谈恋爱的年纪,给他介绍对象的很多,可是向於一律免谈,开始大家以为向於不想过早谈恋爱,是为了事业为了工作,可是后来又过了好长时间,事业也比较像样,工作也不错,仍然免谈,就觉得奇怪,钱梅子等几人暗暗留心,便觉察出来,原来他心里有个吴小妹,并且是认定了吴小妹不肯改变的。向小桐呢,常在向於面前说吴小妹的坏话,说她冷冰冰,说她清高、骄傲,说她不近人情、不可爱等,向於却听不进去。但是虽然向於这头一往情深,吴小妹那头却永远没有回音,向於等到她高中毕业,她却考上了大学,大学期间,哪敢随便去打扰,又等到大学毕业分配了工作,搬出了向家大院,住到了单位分配的房子去,仍然对向於的意思不予理睬。向小桐倒是心中暗喜,以为吴小妹另有心上人,所以不理睬向於,如果过不久,她结婚了,向於自己就会死了这份傻不拉叽的心思。可是偏偏吴小妹也不结婚,也不谈恋爱,和向於一样,也不知道在等什么。说是等向於吧,又不像,已经这么多年过去,还有什么可等的,要考验也考验出意思来了,如果不是等向於吧,那么是等谁呢,白马王子?

因为吴小妹的不恋不婚,就给了向於永远的期望,一晃,向於已经三十岁出头,吴小妹呢,也已经二十七八岁了,也是叫人说不清他们是啥关系。

吴小妹学的是财会,在一家宾馆做财会工作,但是喜欢文学,平时下了班,既不习惯外出找人玩玩,也不大喜欢看电视什么的,就一个人关在屋子里写东西,写的东西呢,从来不给任何人看,谁也不知写的什么,向於有时候去找她,她倒也不拒之门外,也请他进去,坐坐,但是她不肯说话,面部也没有什么表情,不知她是高兴还是不高兴,向於小心翼翼地试探了许久,也试探不出她的心思是什么,但是向於从不灰心。

向於自己呢,在一家经济单位做部门副经理,活得比较自在,应了一句话,作官要当副的,像向於这样,权呢也是有的,但责任呢却是不大，一切的事情，由正职承担。向於又是个好交朋友的人，常常是朋友的事情重于公司的事情，晚上呢，不是这个朋友应酬，就是那个朋友叫去，总是弄得很晚，第二天爬不起来准时上班。公司对他呢，也不知怎么搞的，就特殊照顾，别人不能迟到就他能迟到，别人迟到了是要扣发工资奖金的，向於迟到了什么也不扣，开始许多人都有非议，但是时间长了，都知道向於这个人，是个肯帮助人的人，公司的同事里，有什么事情，他都愿意出面，哪怕放下自己的事情，也是要为别人做事的，所以对他的迟到之类的小毛病，大家也就放他一马，罢了。

最迟起床的向於也终于走了，钱梅子百般无聊地为自己做了饭，一个人在家里吃了午饭，也不知再干什么，听到谢蓝在前面的院子喊下雨，出来收了衣服，才想起有一双旧套鞋还在车间里放着，拿了雨伞出来，往厂里去，走了走，天又不下雨了，走到车站，等了一会儿，来了一辆车，没有挤上去，眼看着车开走了，从前每天上班挤车的劲头也没有了。再等了一会儿，不见车来，干脆往前走，一直走到厂里，向传达室老张笑笑。

钱梅子，老张说，钱梅子，怎么这时候来上班？

钱梅子说，我下岗了。

噢，老张挠挠头皮，说，噢，对了，我倒忘记了，来厂里看看？

我有一双套鞋忘记在车间，钱梅子说，刚才下雨才忽然想起来，虽然旧了，还能穿穿的，来拿回去。

老张说，是要拿回去。老张咳嗽起来，他的烟瘾很大，但是抽的都是蹩脚烟，呛得厉害。

钱梅子说，老张呀，你还抽烟？

我是不大能抽了，老张说，医生说我不能再抽了，医生说我的肺里全是烟了。

那你就听医生的,钱梅子说。

老张笑起来,我才不听医生的,我一世人生总共也就这一点点喜欢的东西,再叫我不抽烟,我活着干什么呢?老张说,再说了,人做惯了一个事情,叫他停下来,难受。

钱梅子说,是的,我们上了二十年的班,突然叫我们回家了,是难受。

怎么,老张说,钱梅子你还没有找到事情做?

钱梅子说,已经托了人,还没有回音。也难,现在下岗的人多,我们呢,年纪又比较大了,她向老张看看,说,老张,你还是少抽点吧。

我就不相信倒霉事情偏偏会给我碰上,老张笑了一下,说,叫花子命穷,出门碰到南风。

什么?钱梅子没有听懂。什么碰到南风?

老张说,碰到南风,南风雨,家家关门,他讨不到饭。

钱梅子也笑了一笑,她到车间拿了套鞋,又和车间主任说了说话,车间主任也问了问找工作的事情,钱梅子说还没有找到。车间主任说,好像听厂长说,有个什么商务中心的超市要招人,叫她去问问厂长。钱梅子到厂长办公室,厂长不在,厂办秘书说,是有这回事,也是厂长主动去联系的,后来就推荐了厂里下岗的八个女工,也有钱梅子,可是后来只要了两个,都是三十刚出头的,厂长还特意介绍钱梅子的情况,说是骨干,表现很好的,但是那边说,四十出头的人,尴尬了,收银员吧,都由职校毕业的年轻女生做了,做超市营业员吧,怕站不动了,站下来腰酸背疼的,也不能要。只有一个看包的任务,问厂长要不要,厂长说,我们钱梅子是个骨干,老知青,很有水平的,怎么叫她做看包的事情,那边说,你还挑肥拣瘦,看包的事情还有人抢呢,厂长说,那等我问一问本人再告诉你们,可是厂长还没来得及问你,那边已经来告诉有人抢去了,就是这样。钱梅子说,谢谢你们。秘书说,没有办成,但是不要灰心,还会有机会的。

钱梅子拿了套鞋从厂里出来,也没有到车站去挤公共车,她慢慢地往回走,想到街边的读报栏看看报纸,现在的报纸上几乎每天都登招聘启事。看报的人很多,钱梅子往里挤,踮了脚,押长脖子往里看,有个戴眼镜的老人不满地看看钱梅子,说,是报纸,又不是什么西洋镜,挤什么呢?钱梅子说,我看看有没有招工的消息,老人听了,再看看钱梅子,态度好了些,主动说,招工的消息,有,天天有,让出一点地方让钱梅子站了,钱梅子一一将报纸看过来,果然几乎张张报纸上有招聘信息。

招聘之一:

七星电子有限公司招聘启事

七星电子有限公司为适应公司发展需要,需招聘以下人员:

类别	招聘岗位	招聘人数	招聘要求
电气	组长	1	性别:男,年龄:35岁以下……
			学历:大专以上……
	值班电工	1	性别:男,年龄:30岁以下……
动力			性别:男,年龄:30岁以下……
工务……			

制造……

……

招聘之二:

乐天大乐园诚招人才

乐天大乐园是本市第一家全新概念的纯美国风格的大型主题乐园,开张在即,为配合业务发展,经市人事局同意,公司再次向社会诚聘人才:

财务部:

  秘书:女性,未婚,25—30 岁……

  内部审计:女性,30 岁以下……

行政部:

  秘书:女性,25 岁左右……

  人事主任:女性,30 岁以下……

  服装主任:女性,30 岁以下……

  ……

招聘之三:新星大酒店招聘启事

招聘之四:万祥大厦招聘

钱梅子退了出来,戴眼镜的老人又向她看了看,说,不看了?钱梅子说,不看了。走到外面,深深地吸了一口气,往前走了走,就到了公共招贴栏,这是专门空出来的一大面墙,贴着五颜六色五花八门大小不一的字条,有打印的,有油印的,有毛笔写的,有钢笔写的,也有用小学生用的水彩笔写的,字迹呢,也是乱七八糟,也有人鬼画符似的画了点什么,以画代意,倒是有不少人站在墙根前认认真真地在看那上面贴着的东西,钱梅子以前也常常走过这地方,从来没有想到要过去看一看招贴栏上贴的什么,只是晓得大家开玩笑时常说有老军医治杨梅疮之类,现在钱梅子要找工作,也不管什么异怪不异怪了,走过来看看。

果然有老军医治杨梅疮,杨梅疮三个字写得奇大,呈三角的形状。

杨
梅+疮

家教,要大学生,男性,数学或者英语,或者五十岁以上有三十年以上教龄的老教师;

出租房屋,地点,面积,联系电话或者联系地址;

街道小五金厂招工;

愿做保姆,自我介绍,女性,三十岁,有耐心,勤劳,五官端正;

寻人启事,走失了一位老人;

摩托车维修技术培训,学期三十天,学费四百元;

快印名片,免费翻译;

你想学裁缝吗,你想成为一流的服装设计师吗,请打电话××××××;

中老年舞蹈培训,兼收青年,包会;

××牌编织机有货;

转让,夏利车;

转让,红色桑塔纳;

茶馆承包;

帮您搬家;

……

贴得东倒西歪,给人的感觉总有些不规范,内容也比较简单,也有一些看起来比较正规的内容,比如有一张比较大的绿色的纸,标题用标准的仿宋体写着一行怎么念也念不通的大字:

新开辟天堂东方威尼斯水上巴士环城水上游

具体内容是:

新近开辟水上巴士水城风光旅游项目,坐新型游艇,观古城风光,品碧螺新茶,集观赏与休闲为一体,创意新颖,构想奇异,享受独特。

起点:北栅头。

终点:南码头。

票价:全程十五元,一站两元。

路线:经瑞云峰、紫兰巷、全晋会馆、豆粉园、范义庄、仓米弄、况公祠、莲花巷、唐寅墓、曲园、文昌寺、万年桥……

全长:十五点三公里。

中途停靠站:吉利桥、德安里、万佛石塔、定慧寺、大树下、长街……

钱梅子奇怪自己家门口有个水上巴士的停靠站自己怎么不晓得呢,再一看时间,原来要到一个月后才开始运行呢,想这广告倒是做得早,又想街前的河水臭烘烘的,黑咕隆咚,看看垃圾吧,钱梅子想,倒确实是蛮独特的,毕竟到哪个国家也不会让人观赏水上垃圾。

晚上一家人吃晚饭时,钱梅子说了说水上巴士的事情,说长街也是其中停靠站之一,大家便又联想到水的污染问题,引申开来说了说,钱梅子觉得无趣,说,与我们何干,这是市长的事情,我呢,找到工作要紧。向小辉说,我还指望拆迁呢,要开什么水上巴士,绕城旅游,看起来这老破街是拆不了了。钱梅子说,你以为拆迁好呀,拆迁了叫你住到乡下去,去读那种两头无人管的垃圾中学。向小辉说,垃圾就垃圾,反正我也不考大学,考了大学你们也供不起我读大学。钱梅子说,谁说供不起你读大学?向小辉说,你不是下岗了吗?钱梅子说,我下岗不下岗,和你没有关系,少不了你的吃、穿、上学,你好好读书,考大学。

第 3 章

　　星期三的学习，稀松马虎，女老师有的织毛衣，男老师多半是吹吹牛，年轻的耳朵里塞个耳机听音乐，年老的坐着打瞌睡，茶加来加去，烟呢，也扔来扔去，屋子里烟雾腾腾，人声吵吵，千姿百态。向觉民捧了本外语书背单词，大家笑，说，向老师，能念进去吗？向觉民说，哪里念得进去，也不晓得干什么，教语文的，要外语干什么，三十年前就还给老师了，现在哪里还肯回来，我又没得钱给它发奖金，它不肯回来。大家说，那你还捧着个书干什么？向觉民说，骗骗自己吧。大家又笑，说，反正这一个高级教师是给你的了，我们不和你争，你歇歇吧。向觉民说，高级教师是你们能给我的呀？大家说，你让沈老师辅导辅导你，沈老师辅导你，你就进步了。向觉民向沈老师看了一眼，年轻的沈老师正套着耳机听什么，目光散淡，不知在看什么，根本不听大家说话。

　　朱老师满面春风地走进来，给大家派烟，大家说，今日股市看涨，朱老师得意，说，我买的股票，没有不看涨的，什么叫水平，朝自己鼻子指指，这就叫水平，向大家一伸手，说，怎么样，现在觉醒还来得及，把钱拿出来，交给我，就等于交给一棵摇钱树。大家说，你还是留给自己摇吧。又有人指指沈老师,说,你叫沈老师买,沈老师有钱。朱老师向沈老师看看,沈老师仍然目光散淡,发现朱老师看她,便淡淡一笑,将耳机声音开大些。朱老师摇头说,错也错也,你们根本错也,炒股是我们穷人的生财之道,有钱人反正有钱,炒什么股呢,没钱人呢,就靠炒股发财呀,就像我。大家仍然是笑他,说,你发了多少,坦白坦白,我们不吃大户,现在不是共产主义社会,现在是社会主义初级阶段。朱老师说,我呀,别的不说,就上回的机床原始股,赚了多少,说出来不要吓倒你们,不说也罢。大家说,不说也罢,不说也罢,说了你叫我们怎么办,气死?

校长终于来了,说,对不起,对不起,有事情耽搁了,迟了一点,迟了一点。

大家说,不急,不急。

校长坐下来拿了报纸来念,念了念,停下来,看看大家,回头再念,就找不到刚才念断的地方,又从头念起,朱老师仍然在向大家作股票动员,昂扬地说,宁可机会负我,我决不负机会,一直埋头看外语书的向觉民突然抬头看了他一眼,说,原始股?什么原始股?

大家大笑,说,向老师醒了。

朱老师说,所以我不和你们说,我和向老师说,向老师,哪里发行股票就扑向哪里,必扑一声,钞票大大的。

向觉民认真地听了一会儿,仍然不明白。

校长道,你们说够了没有,说够了,听我念报纸。

大家向校长说,校长你自管念报纸。

校长就继续念报纸,念了念,自己也觉得念不下去,说,这报纸,不念也罢,还是说说事情吧,有些事情,也不知道该怎么说。

大家道,说就说,说就说,还能再差到哪里去。

校长说，我先声明，这不是我的意见，也不是我们学校的决定，是说说上面透出来的风声，也算是好事情吧，就是房改的问题，可能要开始，愿意买的，也可以准备起来，政策嘛，到时候会告诉大家的。

会议室里又吵吵起来，七嘴八舌，说，我们这些人过日子都困难，还买房子，要么你校长买，要么，朱老师买。校长说，我哪里买，我拿什么买，我和你们半斤八两。朱老师说，看看，现在知道钱的好了吧。大家说，我们早就知道钱是好的。朱老师说，所以我说，现在觉醒还不算迟，跟着我干，就有钱买房子。他身子向四周一转，朝大家看看，说，咦，你们一个个的，好像我要骗你们钱似的，我这个人天生的大众肩膀，想扛扛众人的，我这是想要拉你们一把，你们怎么以为我要拉你们下地狱呢？老师们都笑，说，我们不敢沾你的手，你去拉拉沈老师吧。朱老师说，拉是蛮想拉的，就是不敢。大家大笑，只有沈老师茫然地看着大家，浑然不觉。

向觉民家的房子是私房，向宅里的五进房屋，前面的四进在各个不同的历史时期都已经不再姓向，剩下的最后一进，还姓向，所以说到房改买房子大家便都向向觉民看，说，这事情烦不着向老师，向老师这回轻松，不愁。向觉民说，怎么不愁，人人都有发愁的事，钱梅子下岗了，拿一六八，天天在家里五心烦躁。话题又说到了下岗的问题，大家说，你们钱梅子是厂里的骨干，怎么也下岗？向觉民说，厂搞不好，厂长也要下岗呢。大家说，总算还没有下到我们做老师的这里，若是下到了，我们也是一六八。又有人说，我们说不定连一六八也拿不到。问钱梅子下了岗在家干什么，找没找到新工作？向觉民说，在家做什么，在家唉声叹气，没精打采，已经托了好几个人，也没有找到工作。朱老师在另一边听到向觉民说话,便走过来,说,你怎么不到我们教委招待所看看,教委招待所的新大楼起来了,十层楼,全部对外开放,几百个房间呢,肯定要招人的。向觉民说,教委招待所,找谁呢,我又不认得他们。朱老师说,咦,他们所长是我们的学生,你怎么不认得,说了是学校哪一届的,叫什么名字,怎么样一个人,向觉民没有印象。朱老师说,没事的,你对他没有印象,他对你肯定有印象,总是这样的,老师记不得学生,学生记得老师。

散了会,向觉民就往教委招待所去,到了那里,一打听,果然如朱老师说的是学生在做所长,向觉民找到所长办公室,在门口站了站,所长就认出他来了,热情地说,是向老师,你怎么来了?

向觉民很高兴所长还记得他,说,你还记得我?

所长说,怎么不记得,自己老师,总不会忘记的,你教我们物理的。

向觉民张了张嘴,想说我不是教物理是教语文的,但是又觉得不太好说,便没有说出来。所长颇有兴致地回忆了他当初学物理时的事情,说了又说,最后所长笑着问向觉民,向老师,你来找我,有什么事,说吧,只要学生能做到的,一定尽力。向老师听了心里也很感动,就把钱梅子下岗的事情说了,所长听了,想了想,问了问钱梅子的年龄,向觉民说了,就看出所长有些为难的样子。向觉民连忙说,也不一定,也不一定,你看着办,如果有困难,就算了,我也是来试试看的,找工作本来就是个麻烦事情。所长说,这点小事,我应该是能够帮助的,只是这四十出头,年龄大了一点,劳动人事部门有硬性规定的,我不敢违背。向觉民觉得无望,说,不能要?所长说,要是能要的,我做了个所长,不见得收个把人的权也没有吧,总是有的,又想了想,说,只是,行政管理人员做不成了,向觉民看到了希望,心里有点激动,说,不一定,不一定,只要能有个工作,做什么不管的,不挑剔的,钱梅子在厂里,也是骨干,表现好的,不会拆烂污的。所长说,我不是说工作表现怎么,我是觉得既然老师来求我,我总要安排得好一点,只是,顿了一顿,说,只能做客房了,向老师你看行不行?向觉民问什么是做客房?所长说就是打扫整理客房,等于就是做宾馆服务员。向觉民果然有点犹豫,所长说,工作呢,分两班,早班和晚班,一个星期轮一次,具体报酬,基本工资一个月二百三,奖金和单位效益挂钩,也和个人的工作情况挂钩,现在我也说不准,估计三百块钱总是有的。看向觉民犹豫不决,所长笑了笑,说,要四十岁的人和女孩子一样做客房,是有点困难的,但是我这里只有这个工种了,其他的,都已经满员,向老师你也是知道的,好一点性质的工种,大家都盯着的。向觉民说,我知道,这你已经很帮忙了。所长说,要不向老师你回去和师母商量商量,过几天给我回音也可以,不急,这个位置我可以给你留着的。向觉民十分感激学生对他的体谅,所长送向觉民出来,绕到新大楼指给向觉民看了看,告诉向觉民新大楼有些什么样的条件,向觉民谢过,走出来。

  向觉民回到学校,时间已经不早,向觉民到办公室拿了包,关了门出来,在校门口碰到朱老师。朱老师说,怎么样,向觉民把情况说了说,朱老师说,叫四十岁的人做服务员,打扫房间?不够意思。向觉民说,也不能怪他,他已经很帮忙了,我看得出来,他也是真心的,对我很热情的。朱老师说,他们这样的人,一般都会来事的,向觉民把劳动人事部门的规定,把所长向他说的招待所的具体情况都说了说,朱老师说,你听他的,换个人他就不这么说了。向觉民说,这也是能够理解的,教委主任去找他和我去找他,当然是不一样的,换了我,我也不一样对待,我理解他的难处。朱老师说,我们这些人,就是太理解别人,谁来理解你。向觉民说,也不知道钱梅子会有什么想法,我回去和钱梅子商量商量。朱老师摇了摇头,一脸哀其不幸怨其不争的样子,说,向觉民呀向觉民,你早听了我的话,跟我去炒股,也不至于叫钱梅子去铺床抹灰搞卫生。向觉民说,现在说这话算什么呢?朱老师眼睛突然亮起来,说,现在说话也不算迟,拉着向觉民往前走,向觉民说,你拉我到哪里去,我的自行车在校门口。朱老师说,几步路,回头你再拿自行车。他拉着向觉民来到离学校不远的售报点,要了一份当天的晚报。卖报老太说,刚到的,朱老师拿了,翻到第七版,股市行情,放到向觉民手里,指着一幅地图样的图画对向觉民说,看看吧。向觉民说,什么?朱老师说,沪股大盘走势图。向觉民说,我看不懂,我又不炒股。朱老师说,所以我来和你说,你认真听着,你看这走势图,目前的沪股呢,呈中期整理形态,根据沪股以往的特点,行家分析,走过中期整理形态,很可能有一个向上突破的上升空间,往往整理的时间越长,上攻的顶点就越高,这一次的回升,普遍认为至少有九百点以上。向觉民说,你是叫我买股票?朱老师说,当然,不然我叫你来看报纸干什么?向觉民,我算一笔账给你听,我们随便挑一只沪股作例子,比如新月,目前呢,是在 7.98 的位置上,如果你以这个价购进一千股,一个月,上升到 9.98,一千股就赚两千块。向觉民说,万一不升而跌了呢,不是赔进去了吗?朱老师说,不会的,我的分析都有科学根据,我有经验,我不会害你。向觉民说,以你的说法,是肯定赚而肯定不会赔,那么别人为什么不买呢?这种送上门的钱为什么许多人不要呢?朱老师说,所以我说他们不觉醒呢,你以为人人都会要送上门的钱,有许多人会把送上门的钱推走的,也不是觉悟高,共产主义思想,也不是不想钱,就是不开窍,不觉醒,向觉民你算算,一个月,够你们钱梅子做一年了。向觉民说,朱老师你是不是认为我有点觉醒了?朱老师说,你自己不愿意炒,可以叫你们钱梅子去炒,与其去做什么宾馆服务员,不如叫她炒炒股票,有不少退休老人就是这样的。如果实力有限呢,也不一定要像我这样胃口大,也不要什么一千股几千股,即使备一点小钱,几百块的,你给她一千块以内就行,每天进进出出也很可观的,至少比做什么宾馆服务员收入高些。说着又向卖报老人要了一张昨天的晚报,看了看,指了指,说,就说金陵股吧,前天收盘是 8.83,今天最高点是 8.98,你早晨开盘时呢购它一百股,不多吧,八百几十块钱,总能拿得出吧,抛的时候呢,我们也不指望它的最高的时候抛出,就算在 8.95 上抛出,一股是一毛二分钱,一百股呢,就是十二块钱,一天十二块钱,一个月呢,将近三百块钱,是不是比做服务员好?向觉民笑起来,说,你真是革命的乐观主义,你老是想着赚,每天都赚,每天都升,有这样的股市吗?朱老师说,我不是告诉你,目前的走势吗,若走势不好,我不会和你说的,这一段,再往后的一段,肯定回升,不信你看着。向觉民说,好了,好了,天也不早了,回家吧。朱老师失望地叹了口气,说,对牛弹琴。向觉民到学校去推了自己的自行车,骑上,看到朱老师仍然站在报摊前看报,便笑了笑。

  向觉民回家就把教委招待所的事情和钱梅子说了,钱梅子急,怪他当时没有答应下来,怕夜长梦多。向觉民说,做服务员,打扫打扫房间,你愿意?钱梅子说,有什么不愿意,一个月两三百块,比我下岗工资快两倍了,加上下岗工资,就和从前在厂里做差不多了,有什么不愿意?问有没有所长的电话,向觉民说,没有要名片,不过所长说了,这位置是留着的,钱梅子才放下心来,将晚饭做好了。儿子向小辉也放学回来,一家人吃晚饭,向觉民又说了说教委招待所新大楼的情况,条件是不错的,中央空调,电梯,有一顿饭是招待所免费供应,吃着饭,议论着钱梅子未来的工作。到了新闻联播的时候,钱梅子洗碗,向觉民和儿子向小辉看新闻,新闻后面财经新闻,向觉民要换频道,向小辉突然说,哎,等一等,向觉民向儿子看看,说,咦,你关心财经新闻?正说着,播音员的声音起来了:春兰空调,为您均衡股市冷暖。介绍的股市行情,向觉民也听不很懂,只是大概听出最近可能呈向上的走势,向小辉握着电视遥控器,看看父亲,说,沪股要涨了。向觉民说,你怎么晓得,向小辉说,我们老师说的。向觉民说,你们老师也炒股?老师炒股不影响工作?你们的功课怎么办?向小辉说,影响什么,我们老师的课上得才好呢,今年数学期中考试,我们班全年级第一,校长也对老师没有话说,本来是想扳错头的,扳不倒,我们学生争气,我们希望老师炒股,老师炒了股,就像换了一个人。向觉民说,怎么换了一个人?向小辉说,扬眉吐气了呗。向觉民说,原来,炒了股,有了钱,就能扬眉吐气。向小辉说,没有钱怎么扬眉吐气呢,正说着,钱梅子也过来看看电视,说,看什么,股票?

　　第二天向觉民抽个空陪钱梅子到教委招待所去找所长,所长见了,愣了一下,说,已经来了?向觉民说,下岗也有一段日子了,心里着急。所长说,新大楼还没有正式启用呢,一般在正式启用前三天,服务人员才到位,看向觉民有些尴尬,笑了一下,说,既然已经来了,也没事,先到老楼做做,熟悉熟悉环境,等新大楼启用了,再过去。老楼呢,条件不如新大楼好,但是工作内容是一样的,行不行?钱梅子说,行。所长给人事科打电话过去,让钱梅子到人事科报到一下,就算录用了。钱梅子和向觉民一起走出所长办公室,向觉民要陪钱梅子到人事科去。钱梅子说,你回学校吧,别耽误了下面的课,我自己去报到,两人就在路口分手,钱梅子看着向觉民向外面走,心里突然就有点孤独的感觉,向觉民呢,也没有回头,就一直往前走了。

钱梅子到人事科报了到,再到值班室见了客房部主任,主任说,人事科电话来过了,你叫钱梅子?钱梅子说,是,叫钱梅子。客房部主任随便和钱梅子聊了几句,问了问下岗的情况,问了问家里情况,最后问了问年龄,有些犹豫,说,钱梅子,你这个年龄,再做客房,做得动吗?钱梅子说,你别看我瘦弱,我筋骨好,从前厂里加班,一天十几个小时也做过的,再从前,在乡下时,男人做的农活我都做的。客房部主任说,那是从前,钱梅子有些着急,说,现在也可以。客房部主任笑了笑,说,你别紧张,所长收下你,我没有权力叫你走的,我只是考虑你的具体情况,先试试看吧,就去叫了组长来,向组长吩咐,又向钱梅子说,你跟她去吧,做什么工作她会关照你,不会的你叫她教你。组长的年纪比钱梅子小得多,看着钱梅子笑,说,走吧,钱梅子就跟着组长来到老楼的服务员值班室,老楼已经很旧了,也没有中央空调,只是在一部分房间装了窗式空调,走廊的地上,也是潮乎乎的,有些阴暗,值班室地方很小,也很零乱,只有一张小床,一张桌子,另外堆着一些乱七八糟的东西。组长让钱梅子在小床上坐下,自己站着,钱梅子有些不好意思,要站起来,组长说,没事,你坐,我站惯了,不喜欢坐,一开口,听出是外地口音,钱梅子说,你是外地的?组长说,家在苏北,钱梅子笑,说,外来妹,组长说,还妹呢,老也老了,告诉钱梅子,现在一家人都在城里,男人呢,踩黄鱼车帮店里送货,小孩子也上学了,租了一间老百姓的房子,十平方,住着,比起来,比住工棚的外地人要强多了,也算是外来工里比较好的了。钱梅子也说了说自己的情况,下岗啦什么的,男人怎么样,儿子怎么样,下岗,一六八,不够用,所以要找工作做,等等。说了一会儿,组长才说到正题,两个班呢,一个是早班,早晨六点上班,下午两点下班,另一个班呢,叫晚班,其实也不晚,是下午两点上班,晚上十点下班,每个服务员呢,一个星期轮一种班,一律公平对待,问钱梅子上晚班有没有困难,钱梅子说没有困难,组长又说了需要做的事情,每个人呢,负责二十间客房,打扫房间,铺床,擦灰,吸尘土三天一次,卫生间是洗浴缸洗抽水马桶洗洗面池,每天都要用去污粉,洁具最容易脏,一天不洗干净,第二天就难洗,两三天下来,就积了黑黑的一层,去污粉也去不掉,就是积重难返。组长将要做的事情说了,最后道,其他呢,估计不会有什么问题,就是铺床,用的是床罩,铺床的方法要学一学,一会儿叫个动作标准的服务员你跟她学学,钱梅子说,好。

　　正是上午打扫房间的时候,组长找了个叫小琴的服务员让钱梅子跟学了一遍,钱梅子也不觉得有什么难的,只看了一遍,基本都学会了,看到小琴将卫生间用过的和没有拆包的小香皂用剩半圈的卫生纸一些牙刷牙膏都扔进垃圾桶,觉得怪可惜,说,这些都不要了?小琴说,不要了,反正每天要发新的。钱梅子说,都是新的!小琴说,你要你拿去好了。钱梅子说,这不好的。小琴笑起来,说,谁来管你,我们以前都拿的,后来也不稀罕了,我们刚来时也和你一样,觉得东西扔掉怪可惜,后来觉得一点也不可惜,反正天天都扔,你拿去,我们的垃圾还轻一点呢,说着便把香皂什么的用一个塑料袋装了一大袋交给钱梅子,钱梅子接也不是,不接也不是,小琴顺手就往钱梅子随身带着的包里一塞,说,回去用用蛮好的，送送人也好的，牙刷呢，我就不给你了，我自己要的，我认得一个剃头师傅，他要牙刷，我都是给他的。钱梅子说，剃头师傅要牙刷干什么？小琴说，现在焗油啦，染头发啦，要用小牙刷。钱梅子说，原来如此。

　　钱梅子到教委招待所上了班，心情也蛮好，和同事相处也不错，大家也没有什么可竞争的，反正做一样的事情，拿一样的工资，又都是临时工，也不计较领导喜欢谁不喜欢谁，也无所谓谁表现好谁表现差，不像在原来的单位里。家里呢，开始稍有些不习惯，主要是上晚班的时候，到十点不回来，觉得不踏实，向觉民问要不要去接一接？钱梅子说，接什么，十点钟街上人多的是，怕什么？开始几天大家等着门声，过几天习惯了，也就不等了，各人做各人的事情，到十点多钟钱梅子自会回来。

　　过了几天，招待所开全体大会，所长作了讲话，讲话的中心内容就是说招待所现在效益不理想，整个经济滑坡，招待所也滑坡，希望全体员工共同努力，在大气候不景气的环境下，创造好自己的小气候，所领导经过集体商量研究，出台一个新政策，就是效益和职工奖金挂钩的具体办法，动员全体员工，包括打扫房间的服务员，包括临时工，人人出力。出什么力呢，就是拉客源，招待所就是招待客人住的，有客人来住，招待所就有效益，没有客人来住，招待所就没有效益，这是最简单的道理，最近一段时期，客源大减，新大楼尚未投入使用，一旦新大楼投入使用，客源就更成问题，做了这么大的资金投入，如果没有客源，没有产出，招待所关门的日子也就快了。其实所长也说得危言耸听，事情还没有那么严重，所长最后自己笑起来，说，我的意思嘛，大家也晓得，也不是要吓唬大家，主要呢，是想调动大家的积极性，拉客人，要想尽一切办法，我们的政策呢,是奖励百分之十,就是说,如果你拉来一个客人,客人如果花了一百五十块钱住我们的房间,那么就奖励你十五块钱,如果客人住了三百,就奖励你三十,如果客人住了三千呢,就奖励你三百。最后又说了新大楼三天以后,正式开始使用的事情,分配了各人的任务。钱梅子以为会将她安排到新楼去工作,可是听了半天,也没有听到她的名字,就散了会,也不好意思去问所长,走过客房部主任身边时,有意走慢一点,想客房部主任会不会叫住她,可是也没有,客房部主任正和别人说话,也没有和她打招呼。

钱梅子回家向向觉民说了所里的政策,向觉民说,现在也都是黔驴技穷了,叫你们做客房的人找客源,到哪里去找,做宾馆服务员的如果有能力拉客源,恐怕也不会再做宾馆服务员吧。钱梅子说,别把我一棍子打死好不好,顿了顿,说,新大楼开始启用了。向觉民没有明白她是什么意思,噢了一声。钱梅子又说,新大楼后天就开始用了。向觉民这才想起来,说,叫你到新大楼工作了?钱梅子说,没有。向觉民说,怎么会呢,说好是进新大楼的,我也是因为听说新大楼要招人才去找他的呀。钱梅子说,可能人事上还没有安排过来。向觉民说,今天宣布人员名单了没有?钱梅子说,宣布了。向觉民说,没有你?钱梅子说,没有。向觉民愣了愣,说,也许如你说的,还没有安排得过来,和所长说定了的,新大楼启用,你就过去,不会不算数的。钱梅子说,也许所长忙,忘记了。向觉民说,我明天打电话问问他。钱梅子说,再等等吧,也许他已经安排,你打电话催,倒显得不相信所长似的。

一直没有人来叫钱梅子到新大楼工作,钱梅子也没有再和向觉民说,向觉民呢,也没有放在心上,过了几天,突然想起来了,问了,钱梅子说,算了,就在老楼做做也一样,反正一样是打扫房间。向觉民说,那怎么一样,条件不一样的。钱梅子说,我几次看到所长,他也没有和我说起这事,你别找他了,找他叫他为难。向觉民说,也罢。

钱梅子呢,倒不太在意新楼老楼,她一心想拉点客人来住,回家向向家兄弟姐妹几人说了,吴同志在市文化局工作,钱梅子说,吴同志,你们单位外地来的客人蛮多的吧,吴同志说,也不算很多,但每个月总有几批的,外地来参观旅游啦、学习啦、交流啦、文化团体什么,总有一点的。还有下面各个县的,我们到县里常麻烦他们,他们来城里,我们也要接待的。钱梅子说,我们教委招待所在市中心,你有客人介绍到我们招待所来。吴同志说,钱梅子,我又不是行政科长办公室主任,接待客人的事情是行政科长办公室主任做的,我们管不着。钱梅子便把所里的政策向吴同志说了,说,吴同志,奖金和你对半分就是了。吴同志说,钱梅子,奖金我也是喜欢的,可是这样的事情人人会做,哪里轮得到我们?钱梅子叹了口气,说,我总是痴心妄想。

隔了一日,向於突然带了几个人来找钱梅子,说,嫂子,我有客人给你,钱梅子喜出望外,问住几天,向於说,住几天还说不准,反正你管他住几天,住得越多你越来钱。钱梅子说,向於,奖金我们对半分,你有没有意见?向於说,奖金我不要你的,我又不讨老婆,我要钱干什么?钱梅子不好意思了半天,寻思着怎么感谢向於,向於将客人交给钱梅子,向他们说,你们跟她去住吧。钱梅子问要住什么标准的房间,好一些的还是差一些的,带卫生间的还是不带卫生间的,带空调的还是不带空调的。客人说,现在天气也不算热,空调不空调也无所谓,但是卫生间总要有的。我们也不知要住多久,每天用公共卫生间不方便,给我们带卫生间的双人房吧,四个人正好两间。钱梅子就给他们安排了标准间,领他们进房间,一一指点过来,客人说,行了,我们常出门,都懂的,又问钱梅子,和向於什么关系,钱梅子说,向於是我的小叔子,客人说,叔嫂关系不错嘛,钱梅子笑笑,和客人随便说了几句,看客人好像有事情商量,便走了出来。钱梅子一走出来,身后客人就将房门关紧了,钱梅子觉得有些奇怪,又没有女的在一起,也不会干那些事情,干吗这么紧张呢?

钱梅子出来就偷偷地算了一笔账,但是因为不知道他们到底住多久,这账也算不起来,只是知道奖金不会少,一张床是五十,一个房间一百,两个房间两百,哪怕只住两天,她就能得四十奖金,住四天的话,就是八十,心里就恨不得他们不走才好,又想怎么可能不走,人人都有家的,总要回家的,出来的人,都愿意早点回去吧。

下晚的时候,向於也回来了,钱梅子说,你的这些客人,干什么的呢?向於说,河南的,到我们公司讨债的。钱梅子说,讨债怎么来了四个人?来这么多人干吗,准备用麻袋装钱扛回去呀?向於说,你知道这四个什么人,其中有两个是法院的,他们那边法院的,一个是庭长,一个是法警。钱梅子说,吓人倒怪的,有没有枪?向於说,法警当然有枪,不过出来讨债不见得带枪吧,讨不到债就开枪打人,打死了人,债也没有了,大家到阎王那里去吵吧。钱梅子说,那他们是不是要讨到债才回家?向於说,大概是的吧,连法院都来了,再讨不到,也没有面子了呀。钱梅子说,你们公司打算还了?向於笑起来,还?拿什么来还?我们老板说,要钱没有,要命有一条。钱梅子说,还不出,那你们怎么办?向於说,怎么办,每天陪着到处玩、吃、喝酒除此,还有什么办法?钱梅子说,他们要是拿不到钱不走呢？向於说，不走也不能赶他们走，钱梅子心下大喜。

讨债的人这么住了几天，钱梅子天天给他们打扫房间，也都熟悉了，只是总觉得有点鬼鬼祟祟，老是像在商量什么秘密事情，又觉得自己太多心，人家是法院的，庭长、法警，怎么会鬼鬼祟祟，又想这几个人也是蛮难过的，背井离乡，也不是为了自己的事情，也是为了单位的事情，住在陌生的地方，陌生的招待所里，虽然有人陪着到处看看、玩玩，也有的吃，也有的喝，但是到底不如在自己家里好吧，也不知到底哪一天能讨到债回家去，想起一句老话，站着放债，跪着讨债，真是这样的，现在大家都说杨白劳比黄世仁凶，黄世仁要喝盐卤啦。

过了一日，早晨钱梅子打扫房间时，庭长他们还没有出门，钱梅子问今天是不是不出去了？庭长告诉钱梅子，向於他们单位约定今天陪他们到太湖看太湖大桥，说太湖大桥是国内第一长的内陆湖桥，问钱梅子是不是，钱梅子说，听说是的，我也没有去过，听说很长很好看的，通往西山。西山是旅游胜地，钱梅子也没有去过，以前是上班下班，星期天做家务，哪里有时间，后来又下岗，哪里有心思去。庭长说，我们出来也很长时间了，看看太湖大桥，也准备回去了，家里老婆小孩都有意见。钱梅子说，讨到钱啦？庭长突然紧张地看了看钱梅子，说，你也晓得我们是来讨债的，是向於告诉你的？钱梅子说，是呀，向於告诉我的，他说你们讨不到债是不肯走的。庭长说，向於还说我们什么？钱梅子想了想，说，其他也没说什么，只说他们现在还不出钱，要是还得出早就还了，不会赖账的。庭长向其他三个人看了看，好像使了个什么眼色，但是钱梅子看不懂。

到九点多钟,向於的单位果然来了一辆车,是一辆旧面包车,车上下来一个年轻人,说,庭长,我是小王,今天我们经理有客人,叫我陪你们去看太湖大桥,庭长向旧面包车看了看,回头又向另外三个人看了看,又使什么眼色,外人是看不懂的。庭长说,小王,我们商量了,不去看太湖大桥了,我们在郊县还有一笔债要讨,今天想到那县里去了。小王说,那县离城里一百多里地呢,路也不好走,正在修公路。庭长说,是呀,我们也打听过了,知道那县里有火车站,我们打算到了县里,不再回市里来了,从县里直接坐火车回去了,来了好些天,也够麻烦你们的,我们决定走了。小王脸上便有控制不住的喜色露出来,嘴上说,哎呀,就这么走呀,真不好意思,就这么走呀,真不好意思,但是给人的感觉分明是在说,哎呀,谢天谢地,总算要走了,谢天谢地,总算要走了。庭长指了指旧面包车,说,我有点担心,一百多里的路,路面情况又不好,这旧面包车不知路上会不会出问题,一旦出了问题又要返回城里来麻烦你们,多不好。小王说,庭长你等等,我打电话回去看看能不能换一辆新车,去打了电话,回过来向庭长说,我们的新面包车正好空着,马上来,送你们到县城,我就不去了,反正有司机送你们。

　　过了一会儿,果然来了一辆新面包车,是辆进口的豪华面包车,庭长一行四人,打点了行装,账台问,你们退房了?庭长说,退房了,账台问谁结账,小王说,我们的客人当然我们结账。向钱梅子说,一会儿叫向於来结账就是。账台说,钱梅子,你介绍的客人,你担保呀,不会赖账吧?小王说,怎么说得出,我们公司是大公司,怎么会赖这么一小笔房费。再说了,跑得了和尚跑不了庙,钱梅子你是向於嫂子,他不给钱,你天天盯着他就是。钱梅子向账台说,他们今天也是临时要退房,结账没有问题,我担保就是。账台这才放行,庭长一行四人,匆匆忙忙上了新面包车,不知为什么钱梅子仍然感觉出他们的鬼鬼祟祟,但是看小王如释重负的样子,也不好多说什么,车子开出招待所,小王在车下向他们挥手,钱梅子听到他长长地出了一口气。

这一天下班回去,钱梅子没有看到向於,一直等到很晚,向於也没有回来,问向小桐和向小杉,都说不知道,也没有来电话告诉家里到哪里去了,钱梅子也没怎么在意,就睡了。第二天是早班,一早就走了,也不知道向於头天晚上什么时候回来,回来了没有。

等了一天向於没有来结账,账台就将事情报告了客房部主任,主任找到钱梅子,钱梅子说,没事的,主任说,常有这种逃房费的事情发生。钱梅子说,我这不会的,是我的小叔子,逃不了的。客房部主任说,逃不了就好。

钱梅子下班看到向小桐,又问向小桐向於在哪里,向小桐说,你还不知道呀,向於他们单位出大事情啦,驾驶员被人绑架了,一辆新面包车,大概值五十万,也被抢走了。

钱梅子就想到肯定是住在招待所的庭长他们干的,说,去追呀,向小桐说,还追呢,人家星夜兼程,都已经到河南家里了,打个电话过来,告诉说已经把驾驶员送上飞机飞回来了,车子呢,扣住了,要拿回来,可以,带钱去拿吧。钱梅子说,我就觉得他们鬼鬼祟祟的。吴同志说,你没有想到提醒向於?向小桐说,提醒,提醒有屁用,人家要整你,还怕没有办法。吴同志叹气说,现在都乱了,你欠我,我欠他,他欠你,谁也拿不到钱,怎么办呢?向小桐说,你倒像国务院总理的口气,轮得到你关心?吴同志说,轮不到。

这天一直到很晚,向於回来了,说是去上海飞机场接驾驶员的,驾驶员吓得魂飞魄散,两天时间就脱了人形,问有没有粗暴对待,说粗暴对待倒没有,一直客客气气,客客气气也把人吓个半死,走的时候,是铐着走的,因为怕驾驶员挣扎,他们四个人中原来有俩会开车的,是预谋好了来的,一路上,也不停车,两个人轮着开,买些干粮就在车上吃,一口气开到河南。钱梅子说,这是犯法的吧? 向於说,是犯法,但是你拿他怎么办呢? 去告,打官司? 劳民伤财,两败俱伤,再说了,人家也怪可怜,做个法院的庭长,算威风的,到这里来做小偷,做强盗,做绑匪,也是没办法呀。钱梅子说,那车子怎么办呢,就不要了,向於说,那是老板的事情,我们也无能为力。

钱梅子想问问房费什么时候来结,又觉得这时候说这话不大好开口,闷了一会儿,想等向於主动提起,向於却大谈驾驶员的历险记,又说最惊心动魄的是驾驶员的家属,头天晚上没见驾驶员回家,以为出了车祸,哭得天昏地暗,一个医院一个医院打电话查问。大家听了议论了一阵,看时间不早,谁说了一句,睡吧,就分头回家睡觉去了。

钱梅子回到自己家,把自己的心思和向觉民说,向觉民说,向於那是大公司,几个房钱不会不给的,怕是遇到突然的事故,忘记了,想起来了,会给的。钱梅子说,我想提醒他一下,向觉民说,你再等等,过几天他要是再不提起来,你就提醒他。

第二天钱梅子上班,经过账台,账台说,钱梅子呀,这个月你的奖金不少,钱梅子说,房钱来了? 账台说,来了,划账划过来的。

钱梅子在高兴之余,不免想到那几个千里迢迢来抢车子的人,心里有些说不清的滋味。

第 4 章

　　转眼钱梅子在教委招待所已经工作一个多月了，领头一个月工资奖金的时候，钱梅子很激动，看到所长时，又去谢了所长，所长却好像有什么话要说，但是没有说出来，钱梅子以为所长是因为没有让她到新楼工作而有些抱愧，为了让所长安心，钱梅子说，所长，我现在蛮好的，在老楼工作也一样的。所长却摇了摇头，说，再说吧，再说吧，钱梅子想了想，也不知道什么意思，就往老楼去上班。

　　这一天来了一个客人，男的，快五十岁的样子，对人十分客气，看见服务员必称小姐，叫钱梅子也叫小姐。钱梅子说，叫我小姐，我都老太婆了。客人说，你这话不对的，在外面工作的妇女都应该称小姐，这是规矩，这是礼貌。说得大家都向他笑，他的房间是在钱梅子分管之中，所以看起来对钱梅子要比对其他人更好一点，趁别人不注意的时候，拿出一件衬衣要给钱梅子，说他的一个亲戚是做服装生意的，这样的衣服多的是。钱梅子说，我不好收客人东西的，我们有规定的。客人有些遗憾，将衣服收回去，钱梅子虽然没有要他的衣服，但是对这个人倒也有些好感的。

　　客人住下后，钱梅子也没有怎么在意他的动静，一般的，钱梅子只管做好自己的工作,只要客人不找她,她也不去会注意客人的事情,但是这个客人,喜欢说话,钱梅子打扫房间时,他就和钱梅子聊天,钱梅子也不觉得他是个不正派的人,瞎七搭八的人,也愿意和他说说话。客人问钱梅子,说,你能看出我是干什么的吗?钱梅子认真地向他看了看,看不出来他是干什么的。客人笑了,说,我是必扑,钱梅子从来没有听说过有必扑这个职业,只知道有种杀虫剂叫必扑,不知效果怎么样,因为比较贵,也没有买来用过,以为客人就是推销或者生产杀虫剂的,将自己想的向客人说了。客人又笑,说,此必扑不是那必扑也,我必扑,是专门扑股票的,哪里发行原始股,我就赶到哪里,必扑一声,股票卖光光。钱梅子也笑了,说,从来没有听说过,客人说,那是你不关心股票,其实,钱小姐,像你这么辛苦做招待所服务员,不如去炒股。钱梅子说,我一点也不懂股票,炒什么?客人兴趣大增,忙说,不懂没事,不懂我教你,包教包会包发财。钱梅子说,实行三包?客人说,在我的教导下开始炒股发了财的还不止一个两个呢。钱梅子说,我们女人炒股票算什么?客人说,女人为什么不能炒股票?女人有女人的优势,头脑冷静,沉得住气。钱梅子又笑了笑,客人说,主要是你没有尝到甜头,像我们,尝到甜头的,哪里发行股票就扑向哪里,没有犹豫的。钱梅子说,你这次来,是不是我们这里要发行股票了?客人睁大了眼睛,盯着钱梅子,像不认得似的,说,啊?你们市要发行高新股你都竟然不知道?钱梅子说,我又不懂那东西,我知道它干什么?客人连连摇头,叹息着,说,哎呀,你怎么就不明白呢,钱梅子,你若是有兴趣,我免费给你做参谋。钱梅子说,我怎么行,我炒股票呢,不要股票把我炒了才好。客人说,你这就是不思进步的表现,人嘛,活着干什么,就是要拼搏一番的,与其辛辛苦苦寻几个小钱,不如豁出去。钱梅子说,我也没有多少钱可以拿来炒股的。客人说,钱少是钱少的炒法,钱多是钱多的炒法,革命不分先后,炒股不管钱多钱少,正说着,突然看了看表,说,我要去看行情了,回头再和你说。对了,你有没有看你们自己的报纸?钱梅子说,什么报纸?客人说,你们市出的日报呀,那上面整整有一版都是介绍高新股发行情况的,你找了看一看,就明白,说着起身要走,停一下,又说,对了,我有这份报纸的。找了一下,从抽屉里取出来,交给钱梅子,说,就是这上面,你看看。走到门口,又回头,压低声音说,我有内部消息,我告诉你,这一次高新股的中签率,不低于千分之一,你别告诉别人。钱梅子说,中签率?什么中签率?客人指指钱梅子手里的报纸,你认真看一看,算一算,就全明白了,你就知道我的话是好话还是骗骗你的,吹吹牛的。钱梅子说,照你这么说,只要能看到这张报纸的,只要是认得字,会算算账的,都去买高新股,都能发财了?客人说,哪能呢,大部分的人都不懂股票,所以也不知道股票的好处,我们这些人,就是乘大家还没有明白的时候赶紧做事情,趁早,说着就走了。

　　钱梅子做完了当班的工作,走出来,看到客房部主任组长等几个人在一起议论什么,显得有些激动,钱梅子也没怎么在意。过了一会儿小琴过来,钱梅子问小琴,他们在议论什么,好像出什么事情了。小琴说,你没有听说呀,招待所可能要卖了。钱梅子心里一惊,卖招待所,卖给谁?小琴说,也不太清楚,好像说是有个外国老板看中了我们的这块地,也不知是真是假。钱梅子说,这么好的地方,教委怎么肯卖呢?小琴说,这也难说,现在什么最来钱,就是卖地皮,卖地皮最能来钱了,来钱的事,谁不愿意做,别说教委,就算是市委,也是愿意做的。

吃晚饭的时候,气氛有点沉闷,钱梅子心事重重,但是八字未见一撇的事情,又不想先说出来烦家里人,便闷在自己肚子里,情绪提不起来。吃过晚饭,过了一会儿,向小桐拿着儿子吴为的数学书,来向向小辉请教,说,五年级的数学已经这么难了,我呢,看了看,做是能做出来的,只是讲不明白道理了,四年级时我还能将就给他讲讲,五年级的应用题,怎么这么难,很复杂了。向小辉拿书看了看,说,我过去告诉吴为吧。向小桐说,好的。向小辉走后,向小桐说,钱梅子,听说你们教委招待所要卖了?钱梅子说,我也听他们说了,也有人说是开玩笑,造谣的,说一个外商看中了那块地皮,要出高价买,也不知是真是假。向小桐说,那块地皮倒是很好的,市中心,水口多好,买了开大商场,开娱乐场所,开大饭店,那是来钱的事情。钱梅子说,我是希望不要卖,好不容易找个工作,又不牢靠。向觉民说,你也不必老早就开始担心,即使真的要卖要买,也不知是什么时候的事情呢,前前后后的谈判,拉锯战,有的拉呢。向小桐说,现在的人,一个个都成了铜箍心,只要有钱,管他什么,卖,卖光拉倒,说了几句,就回去了。钱梅子忧心忡忡,问向觉民,你说会不会卖掉?向觉民说,现在的事情,难说,如向小桐说的,只要有钱,管他什么,卖就是了。钱梅子说,卖了不知还要不要我们这帮人了?向觉民说,这就看他买了去做什么,买了仍然去做宾馆饭店,那可能仍然要你们这些人,买了如果去做其他,就难说。钱梅子说,估计买了会去做什么呢?

连续几天,班上讲卖招待所地皮的事讲得厉害起来,大家说,这可能是真的了,要不然,如果没有这事,说说也就过去了,也会没趣,没趣呢,就不会有人一直往下说,可是现在风声越传越大,真的像回事情了,越来越有眉有眼了,连外商是个什么样子都已经有人看见过了,教委主任和招待所所长请外商吃饭娱乐的情形也有人绘声绘色地描述出来,甚至于连地皮的价钱也知道了,一千万,也有说两千万的,也有说不值那么多,几百万吧。钱梅子在路上碰见所长,便问了问,所长说,你们都听说了?钱梅子说,大家都在传说,也不知是真是假。所长笑笑,说,你们希望是真是假呢?钱梅子说,若是真的卖掉了,我们这批人怎么办呢?所长说,还没有到安排你们的时候。钱梅子把所长含糊不清的话说给组长和小琴她们听,她们听了,说,虽然所长含糊不清,但是听得出是确有其事了,只是进展还不够快,所以所长说还没有到安排我们的时候,如果没有其事,就不存在安排我们不安排我们的事情,钱梅子说,是的,我也这样想。

钱梅子回家将所长的话又向向觉民说了一遍,问向觉民,你分析分析,是不是这个道理?如果没有这事,所长不会说不到安排我们的时候。

向觉民想了想,说,是这个道理,看起来是真的了,可能正在谈着呢。

钱梅子说,我恐怕又要失业了,他们都说,就算卖了仍然拿来做饭店宾馆,那肯定是高档次的饭店宾馆,不会要我们这样的人了,都要漂亮小姐了。

晚上向觉民去给夜校上课,钱梅子在家做家务,整理的时候,看到书下面压着的一张报纸,看了看,发现和招待所的客人给她的报纸是同一天的,又想起那天进屋时看到向觉民藏藏掖掖的,就是这张报纸。钱梅子拿过来,看了看,除了第八版有介绍高新股的详细内容,其他也没有什么特别的内容,那么向觉民是在看什么呢?钱梅子看到广告里有一条和她在公共广告栏看到的相同内容,就是水城水上巴士绕城游的内容,难道向觉民是看这个?这和向觉民有什么关系呢,水上巴士不过在长街上停靠一站,和住在长街的人有什么关系呢?除此之外,只有股票了,钱梅子想到向觉民很可能也是在看高新股发行的消息,心里便有些激动起来,又将招待所客人的话反复想了又想,把报纸上介绍高新股发行的内容又认真地从头看到尾,好像仍然不怎么明白,再看一遍,稍微懂了一些,再拿个计算器出来,根据客人透露的内部消息,将各种可能一一算过来,开始怎么也算不起来,牛头不对马嘴,弄得有点灰心,但又不服气,再硬着头皮重来,再一遍,再一遍,终于如客人所说,居然也算出些数字来了,知道那数字就是钱了,有些激动,拿了报纸和计算器出来给儿子看。

向小辉看了看,奇怪地说,怎么,你要买股票了?

钱梅子说,外面都闹翻天了,过几天就开始认购高新股的原始股。

向小辉"嘻"了一声,钱梅子也听不出儿子这是什么意思,算是嘲笑她呢,还是支持她,觉出些轻视,又觉出些重视,辨了辨味道,也辨不出什么,问道,你说我们买不买?

向小辉说,谁?

钱梅子说,我。

向小辉又"嘻"一声,说,你,买股票?

钱梅子将计算器给儿子看看,说,我算过账了,我都弄明白了。

向小辉说,你变陈景润了,这么复杂的东西你也能算出来?

钱梅子听不出儿子是正话还是反话,还想和儿子商量商量,向小辉却指指屏幕说,对不起妈,我最喜欢这档节目,你让我看吧。

钱梅子快快地回自己屋去,有些坐立不安的感觉,离向觉民回来的时间还早,也没个人说话,想拿本书看,却是看不进去,满脑子是数字,又将报纸拿来看,再算算账,自嘲地想,我变陈景润了。

向觉民回来后,钱梅子又把报纸拿到他跟前,说,你那天在看什么呢,这张报纸上,只有高新股发行的事情。

向觉民说,是我们同事朱老师塞给我的,叫我看看,我也不要看,有什么好看的,发行股票和我们也没有什么关系,不看也罢。

钱梅子说,我看懂了,也算出账来了,我现在有个义务咨询对象,就将招待所客人的事情说了说,向觉民说,你能和他们比,他们那是炒股专业户。

钱梅子说,我也是没有办法想办法,招待所卖掉,我到哪里再去找工作,不如炒炒股票,我记得上回你回来说的,你们朱老师告诉你的,钱不多也能炒股票,还给你算过一笔账,我们那个房客也说,钱少有钱少的炒法,一样赚钱。

向觉民说,你呢,还不知道股票是红是绿呢。

钱梅子说,你别先泼冷水好不好。

向觉民说,你以为股市里人把的钱等你去捡,比你能的人多的是,人家怎么捡不到。

钱梅子说,也不是没有人捡到的,我们招待所的那个客人,就靠股票翻身了。

向小辉走到父母房门口,向里看看,向觉民说,小辉,你妈要炒股票。

向小辉说,我妈不要被股票炒了才好呢。

向觉民向钱梅子说,你儿子也不相信你。

钱梅子说,他懂什么,小孩子。

时间也差不多了,他们便睡下,向觉民累了,一会儿就睡着了,钱梅子因为心里有点激动,一时睡不着,侧过身看看向觉民,向觉民的睡相已经有点老了,不由想起当年在乡下的时候,挺浪漫,现在再回忆那段浪漫,却是咀嚼不出什么滋味来了,也罢,浪漫了又怎样呢,钱梅子这么想着,便也睡去。

第二天钱梅子去上班,看到必扑客人,问他,你说的那个中签率,有没有依据?客人道,依据什么我也不敢说,但是小道消息出来,总是有原因的,这是他们的老总亲口说的,不低于这个比率。钱梅子说,谁们的老总说的?客人说,当然是发行高新股的老总。钱梅子抽空给向觉民打了个电话,说,向觉民,我真的想试试高新股的事情。向觉民说,我没有意见,只是家里辛辛苦苦积下来的钱,蚀了,你不要心疼啊。钱梅子说,你又泼我的冷水。向觉民说,好,我不说,随便你。钱梅子说,你这个人怎么这样,我是和你商量,你连个主意也不肯给我出。向觉民说,你要试试,我同意,但是我希望你不要把所有的希望寄托在这上面。钱梅子挂了电话,看到组长在向她笑,有些不好意思,说,组长,我打个电话。

组长走近来,说,钱梅子,你真的买高新原始股?

钱梅子不知该怎么回答。

组长说,有把握吗?

钱梅子不能再装聋作哑,说,听说中签率在千分之一以上,如果可靠的话,有把握的。

组长眼睛亮起来,靠近钱梅子一点,声音也更低些,说,你有内部消息?

钱梅子说,我也是听人家说的。

组长点了点头,好像在下什么决心似的,也没再和钱梅子多说什么。

认购股票分四天进行,头两天是卖大户,钱梅子不是大户,但也到街上转了转,只看到一家很小的分行,里边站着四个警察,还有一个不穿警察服装的人,也看不见什么踊跃认购的情况,心里有些不踏实似的,就去上班,下午下班时,看到组长,钱梅子向组长把情况说了说。组长说,我怎么听说认购的人空前踊跃,许多人都是用蛇皮袋装了钱去买的。钱梅子说,我没有看见。组长说,那些大户一般我们也见不着他们,都是住的高级宾馆,外地来的,都是飞机,安全。钱梅子说,安全什么呀,也有被杀的,吓人倒怪。组长笑了笑,说,钱梅子,你不想买了?钱梅子说,再看看。组长说,我们的熟人也这么关照的,等一等,看一看,再说。钱梅子说,是不是后边买的中签率高?组长笑了,说,大概没有这样的事情吧。钱梅子说,那为什么要等呢?组长说,按照他们的说法,迟买些,主动权就大些。钱梅子说,什么叫主动权大些?组长说,我也不知道,我听不懂。

第二天仍然是大户认购,钱梅子继续到街上看看,仍然没有看到什么人山人海,到招待所,正碰上必扑客人要出去,拦住就问情况。客人说,好,形势非常之好,明天就卖散户了,钱梅子你决心下了没有?钱梅子说,你买了没有?你是要买大户的,你买了没有?客人一愣,说,我嘛,你别管我买不买,我和你是不一样的,说着就往外走了。

到第三天,钱梅子仍然犹豫不决,又到街上看看,就看到有人排队了,问是不是开始认购散户,排队的人说是,钱梅子想再问问什么,大家却一律地闭着嘴,很紧张的样子,不肯说话。

钱梅子到招待所,组长说,钱梅子,买了吧?

钱梅子说,没有。

组长奇怪地看着她,说,不会吧,你把账算得清清楚楚,我倒已经买了。

钱梅子说,你买了多少?

组长笑笑,没有说多少。

到最后一天,钱梅子终于将钱揣着,这也算是有生以来随身带着最多的钱了,根据向觉民的意见,出门先往几个认购点打探了一下情况,时间还早,门还没开,但是门口已经有人开始排队,钱梅子又走一家,排队的人也蛮多,再走一家,发现人好像稍微少一点,就守着这一家了,到队尾跟着,在她前面是个老同志,干部模样,钱梅子心里就有些感慨,连老同志也来买股票了,时代是不一样了,觉得招待所的客人和向觉民的同事朱老师的想法是对的,心里踏实了些。到了九点,门却没有开,队伍里就有人开始议论,钱梅子心里也乱乱的,很想和谁说说话,可是看前面的老同志嘴闭得紧紧的,一言不发,看上去是拒绝回答一切问题的,无法,再朝身后看看,是一个年轻妇女,手里紧紧地捏着一个小包,护在胸前,也是一言不发的,钱梅子一回头,她就将小包更紧地搂住了,钱梅子不由得笑了一下,再后面,是一个年轻的男人,看钱梅子回头,倒是想和钱梅子说话的样子,但是因为中间隔着一个人,他便将自己的头勾过来,向钱梅子笑笑,钱梅子也笑笑,算是联系上了,钱梅子看他两手空空,也没有包,身上口袋里也不像装着很多钱的样子,有些奇怪,年轻人主动说,我买二十块钱,碰碰运气的,有当无吧,蚀了也不心疼,听口音是个外地人。

两人说话,让隔在中间的年轻妇女感到不自在,说,你们说话,唾沫都喷到我脸上了,向钱梅子说,你们要说话,我和你换个位子。

钱梅子觉得就差这么一个位子,换就换了,也无所谓,总不至于差一个人就会有什么大的差别,便说,也行。

不料那个外地的年轻人说,别换,每个人的位子都早就定了的,该你在哪里你就在哪里,换不得,换了位子那就不是你的命运。

钱梅子听这人的话里竟有些什么深刻的意思,一时也辨别不出是什么意思,但是她还是听了他的话,没有换位子,回头发现嘴唇一直紧闭着的老同志正回头看她,钱梅子朝他一笑,问,老同志,你买多少?

老同志严肃地说,我不是一个人的,有些朋友搭船一起买。

钱梅子听了,有些不解,过了一会儿说,你们既然搭船,为什么不买大户呢?

老同志听了钱梅子的问话,看得出有些不踏实,问,这位女同志,买大户和买散户有什么区别吗?

钱梅子又认真地想了想,说,照说是没有的,但是为什么人家都要买大户呢,像你们这样,有能力买大户而来买散户的,恐怕也是绝无仅有的。

老同志说,我们不像你们,我们第一次搞,不懂。

钱梅子说,我们也不懂,也是第一次弄这东西。

老同志庄严地点头,说,大家都是这样,慢慢来。

一会儿后面的那个外地人又勾过头来问钱梅子,是不是真的一个月以后就见效?

钱梅子说,报纸上是这么说的,报纸上说的不会假的。

几个人这么随便说说,看起来都很自然,其实内心都很紧张,只是不愿意表露出来罢了,钱梅子感觉出大家的紧张,自己倒放松了些。过了一会儿,便听身后的年轻妇女"哎呀"了一声,大家朝她看,年轻妇女举起手臂,看了看表,说,怎么搞的,大半天了,怎么队伍动也不动？

再等，队伍终于有了动静，第一个人挤出来了，满脸通红，情绪很激动，走过队伍的时候，长长地叹了一口气，钱梅子心里也跟着松了一口气，却听得身后的年轻妇女说，一个人买一个小时。

钱梅子不由回头看她，她紧紧搂住包，贴在胸前，也不看钱梅子，只是说，排到我们，早关门了。

钱梅子说，不会的，报纸上说，无限量的，不会控制的。

年轻妇女似是而非地笑了一下，老同志回头来说，这位女同志说话也不是没有道理，看起来，像是在捣什么鬼了，这是人为的控制。

钱梅子心里又有些乱，说，和他们说说，叫他们动作快点。

老同志说，怕不是动作的问题，是有意识的。

后边的外地人便自告奋勇上前去说，一会儿回过来，一脸苦相，说，人家理也不理我们。

钱梅子问，动作快点没有？

外地人说，哪里，钱梅子就有些懊悔，说，早知这个得这么慢，还不如到其他点上去买。

钱梅子话音刚落，身后的妇女又哼了一声。老同志呢，皱着眉头，好像在思考什么问题，过了一会儿，说，依我看，这样的情况决不是一个点的问题，看起来是事先安排好的。

外地人说，现在什么时代，还搞阴谋诡计，不怕群众造反？

年轻的妇女终于也忍不住，开口说，你抓不到他们什么的，他们这样，最多算工作不卖力，你抓不到把柄的。

再站下去，已经站得腰酸背痛，钱梅子看看时间不早，下午的班恐怕要迟到，便向老同志和身后的年轻妇女说，对不起，我去打个电话。

排了半天队,大家竟好像也有了些感情似的,老同志说,你去打,你去打,这个位置是你的,我们可以做证,年轻妇女也微微地点了点头。

钱梅子心急慌忙跑到马路对面的小店打电话给向觉民,叫他来换她。向觉民说,你还没有买到呀。钱梅子将情况说了,说大家都认为在搞鬼,向觉民说,你跟我说,我怎么懂,这样吧,你等一等,我问问我们朱老师。过了一会儿,果然朱老师过来接钱梅子的电话,很激动,说,钱梅子,你坚持住,如果真的在搞鬼,说不定这股票真有希望,如果没有希望,上市就套牢,搞什么鬼呢,多卖一点,让上当吃亏的人更多一点,他们不是赚得更多吗?吩咐钱梅子排好队,他马上陪着向觉民过来。

不一会儿,朱老师果然陪着向觉民来了,看了看队伍的情况,说,这样排下去,这样的速度,下午三点钟之前也不一定能买到呀。

钱梅子说,你的意思,是不是现在就放弃?

朱老师说,既然已经等到现在,就咬牙坚持下去,说不定到了最后,会放一放,向觉民叫钱梅子先回家吃饭。钱梅子说,算了,我也没有心思再回家做饭,我去买盒饭,我们就在这里吃了算了,又叫朱老师回去,朱老师说,我没有事,下午我没有课。钱梅子又问前前后后的几个队友要不要带盒饭,大家说不要,钱梅子去买了盒饭,和向觉民朱老师一起吃,吃过以后,快到两点,向觉民说,我下午已经请了假,你上班去吧。钱梅子说,我现在走不放心,我也不去上班了,我去打电话请假,去打了电话请假,组长接的电话,钱梅子把情况说了说,组长很理解很体谅地让钱梅子坚持到底。

钱梅子回到队伍这边来,正好有个人从里边出来,向队伍喊道,排在后边的人,看看时间吧,差不多了,不必再排下去了,排下去也是白排。

一下子队伍混乱起来,有人骂起来,也有人问什么问题,里边出来的人根本不回答,说完了就要进去,被几个人拦住了,说,这不是有意拖延吗,我们一大早就来了,队伍总共才十几个人,到现在你看看基本上就没有动过。

那人也不生气,笑笑,也不说话,就进去了,关了门。

钱梅子问朱老师,我们这位子,有没有希望?

朱老师说,这是尴尬位子。

就这样一直等到两点四十分,离结束还有二十分钟,终于有人开始破口大骂,乌龟王八也都骂了出来,也有的人说,我就买一张认购券,排了一天,笑话,有的说,好处都给有权的人得去了,我们小老百姓,想发财,做大头梦吧,钱梅子现在排在第四个,自知没有希望,浑身发软,向向觉民说,没有希望了。

朱老师鼓励说,再坚持,说不定到最后会放开,出现奇迹,要不然,他指指队伍后边的人,说,他们怎么都不走?话音未落,听得买认购证的小窗口"咯嗒"一声,小窗口的门关了。

钱梅子和向觉民你看看我,我看看你,说不出话来,身后的年轻妇女脸色铁青,紧闭嘴唇,仍是一言不发,也不走开,老同志呢,捶着腰,钱梅子心里说不出是个什么滋味,正不知怎么办,突然听到有人高声喊:认购证,认购证!

回头看时,那个男人已经被好些人围住了,只听得他的声音:一张认购证加二角,一张认购证加二角!

朱老师对钱梅子说,是认购证贩子,买了再来卖。

钱梅子说,一张加二角,也不算太黑。

向觉民说，怎么，你想买他的？

钱梅子说，你说呢？

那男人喊道，要买快一些，动作快一些，所剩不多啦。

钱梅子说，我要。

从票贩子手里接过认购证，将钱交给票贩子时，心里一阵紧张，大家都围着他们看，钱梅子能够感觉出他们的些许羡慕些许怀疑。

朱老师呢，一拍巴掌，说，钱梅子，你做得对，有胆量，有气魄，炒股票就得像你这样炒！

盯着钱梅子看的人更多了，钱梅子觉得脸上一阵热似一阵，朝向觉民看看，向觉民似笑非笑。

接下去的事情就是等高新股上市。

一个月的时间过得也快也不快，期间有各种各样的消息，起初呢，每听到一点消息，钱梅子就激动一回，后来说法越来越多，也不再动心，只是等吧，一直到上市前两天，消息似乎越来越确切，形势很不乐观，据说是高新股老总亲口对什么人说的，上市价要低于成本价，股民哗然。

必扑客人早已经走了，也不知到底买了没有，买了多少，组长看到钱梅子，苦着脸，说，钱梅子唉，听说要套牢了。

钱梅子说，明天上市才晓得，嘴上这么说，心里也难受得要命。

回去问向觉民，他们朱老师怎么说，向觉民说，朱老师说，不要先愁起来，钱梅子说，万一真的套牢，亏了，怎么办？向觉民说，真的亏了，就算是体现一回自身价值吧。钱梅子说，谁说的，向觉民说，朱老师说的，钱梅子说，你们朱老师这么没心没肺？向觉民说，我们朱老师，套得最牢了，钱梅子说，我们的认购证，比别人更贵，说着眼泪就要掉下来,向觉民说,幸亏买得不多,朱老师能过下去,你我有什么不能过下去的。

终于到了高新股上市的时候,证券公司门口的广场上,人山人海,警察紧张地维持着,九点半,高新股正式上市,高新股的股民全部套牢,警察们的脸色都很紧张,可是广场上却是出奇的静,竟然没有一点吵闹声,股民们默默地盯着显示牌。

钱梅子很想找个人说说话,可是谁也不愿意和别人说话,钱梅子再看看显示牌,一会儿之间,高新股开始往下跌,跌一会儿,又稍微上一上,一会儿又下来,再上去,再下来,都是一点点的进出,看得钱梅子眼花缭乱,发现广场上的人已经散不少,被套牢的高新股股民大多已经走了,剩下的是二级市场的有耐心的股民,虽然也议论纷纷,但是钱梅子听不懂他们说的话,一个人傻傻地站了很久,才想起回家。

下一日上班,钱梅子忍不住又到证券公司门口看看,她看着那块高大的显示牌,心里忽然有些奇怪,我怎么走到这里来了呢,以前上下班的时候,也走过这里,看到许多人围着电子显示牌,神情激动、紧张,那时只是觉得那些人怪累的,像被那块大牌子套住了,挣不开来,只不知道自己会与这大牌子有何关系,想不到才几时,自己也被这大牌子套了进来。她看了一会儿高新股的行情,仍然是忽上忽下,但是离她的成本一直很远很远,看了一会儿,头颈就很酸,不再看了,正要走,突然就看见了"必扑",西装笔挺地站在一边呢,钱梅子连忙走过去,叫了一声"贾先生","必扑"向她看看,好像根本不认得她,只是说,怎么样,也是套牢的朋友?钱梅子正奇怪,就听得"必扑"声音大起来,一下子盖住了广场上所有的声音,他说,你们套牢的人,向我看看就不会叹气了,你们要看股市的风险，看看我就行，我就是榜样，我是谁呢，我就是一块钱起家，赚了三百万，又从三百万赔到家破人亡身无分文的贾百万。

没有人接他的话茬，只是朝他看，贾百万继续说，知道什么叫潇洒？我就是潇洒，我就叫潇洒。什么叫男子汉？能赢的叫男子汉，能输的更是男子汉，你们懂不懂？

有人说，炒股票炒疯了，精神失常。

贾百万马上说，有人说我疯了，其实我心里明白得很，为什么有人说我是疯子？因为这个世界上人人都是金钱的奴隶，而我不是，所以我就和别人不一样，和别人不一样，不就是疯子吗……

钱梅子上班去，把"必扑"的事情告诉大家，大家听了，都说，唉。

第 5 章

　　教委招待所到底还是卖掉了,钱梅子果然又要下岗,招待所也算不错,给下岗的人每人增发一个月的工资,算是安慰,临时工也有,钱梅子到财务科领了工资出来,碰见所长,所长说,钱梅子,对不起了,现在这事情也由不得我做主了,是外商的事了,回去代我向向老师打个招呼,说声抱歉。钱梅子说,怎么说得上你抱歉呢,我这已经给所长添不少麻烦。所长又说,我自己呢,还不知怎么安排我,一旦我有了着落,我会替你留心工作的事情。钱梅子十分感激,谢过所长,就走了出来,回头看看工作了几个月的招待所,像是自己的一个家似的,有些依依不舍的感觉。

　　钱梅子从已经卖掉的教委招待所往回走,路不算近,但是她没有坐公共汽车,只想一个人慢慢地沿着大街小巷走走,经过市中心新开的一家购物中心,眼前忽然有向小杉的影子一晃,和另一个年轻女孩子,手里提着大大小小的包袋,从购物中心出来,就上了一辆出租车,钱梅子定心看时,出租车已经走远,也不知是不是向小杉,还是看错了人,看错人的可能性也许更大些,向小杉是护士,白天上班很忙,不可能有时间出来逛商场买东西。

钱梅子到长街，走到家门口，向绪芬仍然摆着茶水摊，便民小店店主老三和她打招呼，钱梅子，今天回来得早。

钱梅子说，又下岗了。

老三说，到底把招待所卖了呀。

钱梅子说，卖了。

老三说，也好，你又是白纸一张了，又可以画最新最美的图画。

钱梅子说，我是一张废纸了，向向绪芬问道，姑奶奶，小杉今天是不是休息？

向绪芬茫然地看了看她，休息，向绪芬说，我不休息。

钱梅子摇了摇头，穿过狭长的备弄往里走，遇见了出门的高三五，高三五说，钱梅子，告诉你个事情。

钱梅子没想到高三五说的是向小杉。

向小杉的命运是从那天晚上开始改变的。

快下班的时候，打针的人多起来，还有一个打青霉素要做试验的，向小杉看看墙上的钟，指指，说，几点了，还来打试验，试验要等一刻钟，你还要去划价，付款，配药，再过来打针，我们等到你几时，不要下班了？病人愁眉苦脸，尴尬地站着，小凡说，你明天上午来打吧。病人说，我发高烧，医生叫我马上就打针，不打针不行了。向小杉不再多说什么，接过病人的药方，取出试验针剂，坐下，手臂，病人急忙坐下，伸出手臂，向向小杉讨好地笑一笑。向小杉说，现在的医生，也不管我们的死活，只管开药，打针打针打针，一点点小病也是打针，他们到时候反正下班走人，把我们苦死。一个病人说，护士是辛苦。另一个病人说，现在的药是不是质量有问题，效果很不好呀，我以前咳嗽，打三天青霉素一准能好，以后就不行了，三天哪里好起来，我这一回已经打了十几天了，也不见好。别的病人都看着向小杉和小凡的脸色。向小杉说,不一定是药的质量,谁叫你们小病用大药。病人说,不是我们要用的,是医生开的。向小杉说,那是,嗓子疼也叫你们吃先锋,得了大病看你们怎么办,拿什么药治。病人说,所以了,看一个小病,倒要几十块上百块的药钱,我们单位每人每年才给报一百二十元,哪里看得起病,看不起了。向小杉向他看看说,一百二十元,算好的了。大家说,是,一百二十元,算好的了,有的单位根本就没有钱给你看病,我老婆两年前的一笔住院费,到现在也没有报掉呢。一个孩子屁股上挨了一针,大哭起来,挣扎不止,小凡批评孩子的家长,叫你抱紧一点,针头断在屁股里谁负责?家长面色紧张又心疼,紧紧夹住孩子,说,好了,好了,阿姨打针不疼,阿姨打针不疼。

终于送走了最后一个病人,向小杉脱下工作服,洗了手,对小凡说,我先走了。小凡说,你走吧。向小杉出门来,看到杨展推着自行车守在医院门口,走了过去,说,来了。杨展说,来了一会儿了,走吧,骑上自行车,向小杉往后座上一坐。杨展说,我送你回去我就得走。向小杉说,说好了今天在我家吃饭的。杨展说,有个当事人马上要见我。向小杉说,我特意叫我嫂子买了点菜。杨展说,没有办法。向小杉不高兴,也不说话了,杨展也不说话,闷着头骑车,正是下班时候,小巷里人来人往,十分拥挤,杨展的车龙头歪来歪去,有人指着说,这么挤的小路还带人,杨展也没有理他,只管往前,就看到迎面来了一个警察,也骑着自行车,探着头的向小杉也看见了,说,会不会管我们?杨展说,他又不是当班,也是下班吧,不会管闲事的。正说着,警察已经骑到他们身边,向他们看了看,也没吭声,骑过去了。向小杉回头看看骑过去的警察,正要松一口气,突然发现警察停了下来,也回头看他们,喊道,停下。向小杉说，不好，叫我们了。杨展停下来，下了车，等警察过来，警察推着自己的破自行车过来了，说，怎么骑车带人呢？杨展说，这又不是在大马路上，警察说，不是在大马路上可以带人？谁规定的？杨展说，对不起，我不知道小巷里不能带人的，我以为大马路上不准带人呢。警察说，你这是狡辩。杨展说，怎么办呢，罚款吗？警察挥挥手，算了，我也是下班，罚你的款我也没有发票给你，就说你几句，下次不许再犯，走吧。以为警察急于回家，不会再管他们，想等警察走了重新再犯，谁知警察偏偏不走，远远地一直盯着他们，杨展只得推着车子，向小杉跟在一边走，杨展事情急，不由看了看表。向小杉说，你走吧，我去坐公共汽车回家。杨展说，现在正是挤的时候，向小杉说，以前没有你的时候，我不是天天挤吗？杨展无话，将向小杉送到车站，向小杉说，你先走吧，还不知什么时候来车，来了也不知能不能挤上，你别等了。杨展说，我下决心买摩托车。

杨展走后，有人拍拍向小杉的肩，回头一看，是老同学阿娟，阿娟问向小杉晚上有没有事情，向小杉说没有，阿娟便邀向小杉晚上出去玩玩，向小杉答应了，说了约定的时间和地点，车也来了，向小杉挤上车，阿娟说，说好了，不见不散，向小杉看见阿娟在车下向她挥手。

吃过晚饭，向小杉在约定的时间来到约定的地方，稍等了等，就看见阿娟过来了，向向小杉笑着，说，小杉，你很准时，小杉说，是不是跳舞？阿娟说，叫你到舞厅门口等，不是跳舞干什么呢，向小杉是很喜欢跳舞的，医院呢，难得组织舞会，机会不多，听说阿娟叫她跳舞，当然高兴，开开心心跟阿娟进来，说，就我们两个人？阿娟说，还有几个朋友，手一指，果然在角落里有人在向阿娟招手，阿娟领着向小杉过去,给大家介绍了。大家说,噢,是向小姐,阿娟介绍你的舞跳得很好,向小杉不大好意思地向他们笑笑,因为灯光比较暗,也看不很清是些什么人,坐下了,就有服务小姐端上饮料茶水和小吃,才坐了一会儿,阿娟就被一个人请去跳舞,再一会儿,也有人请向小杉了,因为陌生,开始向小杉心里有些紧张,可是她的舞伴很大方,也很老练,和她随便地说话,轻轻松松,舞步也走得比较正规,不是花里胡哨的,所以只跳了一会儿,向小杉的心情就放松了,良好的自我感觉也回来了。舞伴问她在哪里工作,向小杉说,在医院,舞伴说,噢,是白衣天使,向小杉说,是护士,舞伴笑了,说,护士也是白衣天使呀,向小杉也笑了一下,跳了一曲下来,此人就向大家说,果然,果然,向小姐的舞步,没得说,向小杉心里也很高兴很满足。

这个晚上女伴少,男的多,所以向小杉和阿娟几乎就没有空下来过,虽然有些累,但是心情愉快,那些舞伴都比较正派,没有什么歪门邪道,都是规规矩矩地跳舞,舞步也比较正规,谈吐什么的,也比较文雅,有一定的文化水平,向小杉开始有一点担心,后来很快就适应了,到十点多钟,有人说,时间差不多了,两位小姐也累了吧,休息吧,几个人都和向小杉阿娟告了别,走了。阿娟和向小杉出来,阿娟打了的,先送向小杉回家,车到向小杉家门口,向小杉下车,阿娟塞了什么东西在向小杉手里,向小杉正要问是什么,车已经开走了。

向小杉回家,进自己房间,拿阿娟塞给她的东西一看,是钱,有一百多块,向小杉的心突然一沉。

第二天上班时,向小杉不方便在医院里当着同事的面给阿娟打电话问,找了个机会跑到外面公用电话亭给阿娟打电话,责问阿娟什么意思,阿娟说,小杉你别生气,也是人家几个朋友的一点心意,你也跳得蛮辛苦,向小杉说,阿娟你拿我当什么人,阿娟说,小杉你别往坏处想,大家都是朋友,跳舞的时候不都是规规矩矩的吗?向小杉说,跳舞就跳舞,玩玩就玩玩,给钱算什么,阿娟愣了愣,说,小杉,我想不到你这么较真,你如果真的生气,我下次再也不敢叫你了。向小杉说,那我手里的一百多块钱怎么办?阿娟说,总不见得叫我为一百多块钱专门来跑一趟,你送来也不必了,先放你那儿,下次见了面,若是气还没消,你就还给我,向小杉说,好,下次还给你,那边阿娟叹了一口气,说,你今天如果不打电话来,我倒想再约你呢,那几个朋友,都愿意和你跳,算了,我另外找人了,向小杉挂断电话,回到医院来上班,心里不知是个什么滋味,说不出来。

过了两天,阿娟又来找向小杉,仍然叫她去玩。向小杉说,你不是说不再来叫我了吗,怎么又来了?阿娟说,你跳舞跳得好,你去了,人家跳舞的人才有劲。向小杉说,我不去,阿娟说,算我求你帮忙好不好,这回保证没有上回的事情,不提钱不钱,就是几个朋友一起聚聚、玩玩,向小杉抵御不住诱惑,又跟着阿娟去了一回,仍然是规规矩矩地跳跳舞,没有什么不好的事情,甚至过头一点的动作也没有,这一次果然没有说什么钱不钱。下一天阿娟路过医院进来看看向小杉,给了一瓶香水,说是她送给向小杉的,向小杉够哥们儿,肯帮忙,阿娟走后,小凡拿香水瓶看了看,说,呀,这是CD,法国名牌,这一瓶,好几百,你的朋友出手好大方,向小杉没有说话。

阿娟仍然来找向小杉,向小杉就跟阿娟去,后来也就心安理得地开始收钱,每陪跳一次,一百多元到几百元不等,但是钱不是由客人直接交给向小杉的,而是由阿娟转交,向小杉一直提心吊胆,怕被熟人发现。阿娟说,你怕什么呢,就是玩玩,跳跳舞,又不干什么不好的事,法律也没有规定不许跳舞,你单位管得着吗?向小杉说,我们毕竟是医院,阿娟说,医院怎么样呢,现在年轻的医生出来陪跳舞陪唱歌的也多得是。向小杉说,但是我们医院管得很严的。阿娟说,什么破单位,不要你,你反倒自由。

向小杉的事情向家的人一点也不晓得,向小杉从小是个严肃有余的孩子,不苟言笑,骨头很沉的,所以即使天天晚归,做兄姐的也不会怀疑到别的什么事情上去,都以为和同学朋友一起玩玩的,再说,女孩子有了对象,更多的时间恐怕是和对象在一起,而不是和父母在一起。

但是杨展多少有点感觉,他是从向小杉的性格变化开始感觉到的,他认得的向小杉,脸呢,总是挂着的时间比笑的时间多得多,但是现在向小杉情绪好起来,看见杨展也没有很多冷言冷语了,也有了笑脸。杨展说,小杉,最近碰到什么好事情?向小杉说,杨展你别瞎猜,你别瞎说,杨展说,我没有猜什么,我也没有说什么,你紧张什么?向小杉真的有点紧张,说,我紧张什么,我哪里紧张了?杨展笑笑,也没有计较向小杉的紧张,说自己最近不算太忙,约向小杉明天晚上出去玩玩,向小杉答应了。可是到了第二天下午,向小杉打电话来说,晚上有事情,不能和杨展一起玩了,改日吧。杨展在电话里和向小杉开玩笑,说,向小杉,是不是另外找对象了?向小杉愣了半天没有回答,最后说,杨展,我不会那样的,杨展说,我相信你。杨展反正有的是年轻的朋友,向小杉没时间和他在一起,他就和朋友们去聊天,朋友问起向小杉,杨展说,可能对我没有信心了,朋友说,怎么,嫌贫爱富了?杨展说,嫌贫爱富是正常的,人活着首先是要过日子,日子过不下去,哪里来的爱情呢,听不出他是感伤还是无所谓。

杨展虽然对向小杉晚上的事情有点想法,但他并没有去跟踪向小杉,看看向小杉到底是不是重新谈了对象呢还是干别的什么,向小杉陪跳舞的事情,是被高三五发现的。

这一天晚上,高三五车上载了几个乘客,是到某某舞厅去的,上了车,就听得其中一个问另外两个,今天谁陪?另外两个说,向小姐今天要来,那一个就很开心,情绪也高昂起来,说,向小姐舞确实跳得好,轻盈,飘飘欲仙,另两个就笑,说,你小子别动歪脑筋啊,向小姐这样的小姐,只是陪跳舞不陪其他的,你一旦动歪脑筋,她就不陪你了,他们说了说现在的几陪小姐,怎么样的情况,又说,文化水平也是很重要的,有素质的女人就是耐人寻味,向小姐,虽然也不过只读个卫校,但是到底不一样,素养高得多,等等。

起初呢,高三五只是听到他们在议论向小姐、向小姐,也没有往自己邻居向小杉身上想,后来又说到读过卫校,也仍然没有想到向小杉身上,只是想到现在医院里的年轻医生和护士也有三陪的,高三五倒是蛮同情她们,也是没有办法,工资太低,日子过得太苦,陪着跳舞就跳舞吧,只要不做得过分恶心,再说了,像高三五这样开出租车的人,还就指望着这些人坐他的车挣钱呢,如果小姐们谁也不出来做三陪,先生们当然就不愿意出来跳舞,高三五到哪里去做生意呢,普通老百姓除了有要紧事情要办,才坐一回出租,晚上一般是不出来的,要是没有这些三陪小姐,没有这些被小姐陪着跳舞的先生,高三五近三十万的车钱,到哪里去还?从某种意义上讲,高三五是蛮感谢这些晚间出来活动的人们,是他们给高三五生意,让高三五的生活慢慢地好起来,这么想着,车子就到了舞厅,停下来,收钱的时候,突然就看到一个熟悉的身影,车上三个人都说,向小姐已经来了,高三五直到这时候才把三陪的向小姐和向小杉联系起来了。

高三五犹豫了一下,侧着脸,没有让向小杉看见他,等三个客人一下车,他就将车开走了。

高三五也不知道这事情该怎么办,告诉人吧,也不知该告诉谁,向小杉父亲母亲早已去世,姑奶奶向绪芬也有点老糊涂,和她说,恐怕说不清,向觉民呢,阴阳怪气的,高三五不大愿意和他多话,向小桐呢,脾气也是吓人,想来想去,只有钱梅子能告诉,将事情在心里压了几天,终于忍不住告诉了钱梅子。

站在备弄里,高三五说,我昨天晚上看到向小杉的,钱梅子说,在哪里看到?高三五说,在舞厅,钱梅子说,大概是同学叫她去玩的,小杉喜欢跳舞,高三五摇了摇头,神色严肃地说,钱梅子,这件事情我连谢蓝也没有告诉,她嘴快,会说出去的,我本来呢,也不知道到底该不该告诉你,但是想来想去,几个晚上也没有睡好觉了,还是要和你说说。钱梅子就听出些紧张的意思来,盯着高三五,你说,你说呀。高三五好像开不了口,过了一会儿,才说,你家里都不知道你们小杉在干什么?钱梅子说,干什么?高三五说,在舞厅里陪人家男人跳舞。钱梅子说,你在舞厅里看见她,怎么就知道她不是自己在玩,是在陪人家跳舞呢?高三五把自己在出租车上听到的话和所见所闻说了,钱梅子的眼睛突然就红了。高三五有些慌张,说,钱梅子,也可能是我搞错了,也可能是我搞错了,你先别着急,再问问向小杉。钱梅子说,高三五,这事情你不要告诉别人。高三五说,我知道,所以我连谢蓝也没有告诉。钱梅子含着眼泪说,谢谢你,高三五。

向小杉这一整天就没有回来，钱梅子心里七上八下，又不敢把事情告诉向觉民，也不敢和向小桐他们说，只是憋在心里，坐立不安，到第二天上午实在坐不住了，便来到向小杉的医院，到注射室，看到向小杉正忙着给人打针，病人患者围了一大堆，都是等打针的，又是大哭小叫，吵得厉害。钱梅子在门口站了一会儿，向小杉也没有发现她，还是小凡先看到了，说，小杉，门口站着的，好像是你嫂子。向小杉才抬头一看，果然是，"呀"了一声，说，嫂子，你怎么来了？说着就要站起来走过来。钱梅子说，你先打针吧，这么多人等着，抓紧时间替他们打完针再说。向小杉说，再抓紧时间也打不完的，打完这批，又会来新的一批，一天到晚，哪有时间空着。钱梅子听了，心里难受，也说不出话来，果然就有病人说，哎呀，我是请假出来的，只给我半个小时，超过时间要扣奖金的，你快替我打吧，另一个说，我一大早出来看病，挂号排队。看病排队，划价排队，交款排队，配药排队，到了打针还要排队。向小杉说，那你就别来看病，现在的病，就是这样，看了，打针吃药也是那么几天才好起来，不看呢，不打针不吃药，那么几天也会好起来，不是省去一番麻烦吗？大家都说不出话来，向小杉也不理他们的意见，跟着钱梅子走到走廊上，说，嫂子你怎么来了，家里有事情？钱梅子说，家里没有事情。向小杉说，那就是为我的事情。钱梅子心里紧张，说，你说什么，你的什么事？向小杉说，有天晚上高三五看见我在舞厅里的吧。向小杉说着还笑了一下，又说，我知道高三五会说出来的，他不说出来，要烂在肚子里，多难受。

钱梅子说，小杉，你别瞎说，高三五没有告诉任何人，他只告诉了我。

向小杉说，你相信他，他是个藏得住话的人吗，我知道他看见我的,他假装看不见,其实我知道他看见了,于是把阿娟怎么找她的事情说了一说。

有医生护士走过向向小杉点头,钱梅子怕他们听见,说,小杉,你乱说什么,钱梅子虽然相信高三五的话,也相信高三五的为人,不会乱说,更不会无中生有,小题大做,但是在她的心底呢,很希望小杉听到这个事情,会很理直气壮地解释,说高三五看错了人,或者说高三五误会了,根本不是什么三陪几陪,只是几个朋友一起玩玩,或者不是理直气壮,是有些慌张地辩解,说一大堆叫人听了不知是真是假的话,却想不到向小杉既不理直气壮,也不慌张,却如此坦然,如此镇定,好像她在舞厅里陪人跳舞是很光彩的,钱梅子一下倒不知说什么好了,愣愣地盯着向小杉。

说话间又有好些打针的人拥进注射室,听得小凡在里边大声嚷嚷,骂病人,病人呢,多半不敢吭声,有的病人,从注射室里探出头来,看着向小杉,不敢催她,但却眼巴巴地希望她快点进去打针。小凡在里边又喊,看什么看,就许你们一个跟着一个来打针,就不许我们做护士的有事情,说几句话,吓得探出头来的人又缩回头去。

钱梅子说,小杉,你先打针,我在外面等你。

向小杉说,等我做什么?

钱梅子张了张嘴,不知说什么好,那么多病人等着打针,又不能不让小杉去工作,想到小杉居然出去做三陪小姐,心里难受,只好说,小杉,你要钱,哥哥嫂子会支持你的,你为什么要这样?

向小杉说,你给我钱,你有几个钱?自己下了岗,还给我钱呢,说着便回注射室去,钱梅子站在门口看看,小杉动作熟练地操起注射器,给人打针,一个孩子高兴地说,阿姨打针不疼。

钱梅子站了一会儿,心里酸酸的,来到医院的院子里,在花坛边沿坐下,看着进进出出的病人和病人家属。

这么坐坐,时间晃过去,到了下班时间,向小杉走过来,说,嫂子,你没有走?

钱梅子说,小杉,你答应我,不再做这样的事情。

向小杉说,我没有做什么不好的事情,就是陪人家跳跳舞,都是朋友,都很规矩的,你别以为陪跳舞就是很下作的事情,不相信你可以到舞厅去看,一点也不下作的,找我们跳舞的人,不是社会上那种混子,也不是那种暴发户,都是有档次的人。

钱梅子说,不管人家有多少档次,你去陪人家跳舞,你就没有档次。

向小杉说,本来,我一个小护士,哪里说得上档次,现在跳跳舞,和他们谈谈说说,倒也长不少见识,看钱梅子忧心忡忡,又说,嫂子,你别把这种事情看得太严重,现在外面,这也算是比较文明的事情,做老师的,做医院护士的,还有做干部的,女大学生,都陪人跳舞。

钱梅子说,不管人家怎么做,你不能再去。

向小杉说,嫂子,我这也是减轻大家的负担,也是给杨展减轻压力,杨展都当了三年律师了,还和人家合住一间小屋,省吃俭用的,干什么呢,还不是为我们以后的婚事,我多挣点钱,他也不要这般辛苦了。

说到杨展,钱梅子更担忧,说,杨展知不知道你在做什么?

向小杉说,我没有和他说,但是我估计,他早晚会知道的。

钱梅子惊讶地看着向小杉,十分不解,说,小杉,你不怕杨展知道?

向小杉说,开始的时候,我真的很怕,他问我,晚上干什么,我就心慌,好像被他发现了什么,抓住了什么,但是现在我的心情不一样了,经过这么一段时间,我想通了,我这也是凭本事挣钱,和我做护士给人打针不也一样吗,有什么见不得人的?

同事们都拿着饭盒到食堂吃饭,招呼向小杉,向小杉说,嫂子,要不你也在我们食堂吃一点?

钱梅子说,你去吃吧,晚了买不到菜,我回家去了。

向小杉跟上同事一起往食堂去了,钱梅子看着小杉的背影消失,心里不是个滋味,出了医院,想回家,又想回家又怎么样呢,下岗了,再下岗,也不知再能到什么地方去,又想向小杉这事情怎么得了,总得想个办法阻止她,胡思乱想就想到了找小杉去跳舞的阿娟,想回头去问小杉阿娟的地址,但是知道小杉不肯告诉她,就找到小杉的另一个同学家,打听了阿娟的地址,找到阿娟家里。

阿娟说,我认得你,你是小杉的嫂子。

钱梅子说,是的。

阿娟说,你一个做嫂子的,管这么多干什么呢,小杉自己愿意,你就让她快快活活过过日子,不好吗?你想,小杉这样一个年轻漂亮姑娘,连化妆品也用不起,现在多好,想买什么都能如愿,逛大商场时心情多好,有什么不好。

钱梅子说,这代价太大了。

阿娟说,现在这样的时代,做什么不要花代价?

钱梅子说,阿娟,你的话也不是没有道理,但是小杉不能做这样的事情,我求求你,不要再叫小杉了。

阿娟说,现在我不叫她,她自己也会去的,小杉已经习惯了。

钱梅子说,我如果说不动小杉,我只好告诉她哥哥姐姐,叫他们来管她。

阿娟说,不管谁来,都管不了这事情的,你以为想来就来想走就走,我们做事情都是有规矩的,小杉入圈,我是替她垫了保证金的,我告诉你,多少姑娘想进圈都进不来呢,你若是一定要叫小杉走,如果小杉自己也愿意走,是可以走的,但是要退还我替她垫付的保证金。

多少?钱梅子问。

阿娟说,两万,顿一顿,又说,还有,要经过大哥同意。

钱梅子说,大哥是谁?

阿娟说,你就别问大哥是谁,你先将小杉的工作做通,再拿两万块钱来,再说大哥,又顿一顿说,以我的看法,大哥不会同意,小杉是很出色的,顾客现在都知道她的名字,点名要她,如果大哥不同意,这事情就没门,你想也不要想。

钱梅子说不出话来,阿娟说的"顾客"两字,像两根针刺在她心上。

钱梅子回到家已经快一点钟,也不觉得饿,但是吃饭也算个任务,即使不上班,吃饭的任务还是要完成的,没兴趣做什么东西,就下了一碗面,正吃着,有人在外面喊,钱梅子,钱梅子在家吗?迎出去一看,是居委会主任,迎进来,看看饭桌,说,哟,钱梅子,这么节约。钱梅子说,一个人,也不想吃什么,下碗面吃就算了,主任说,钱梅子,听说教委招待所那边你又不做了?

钱梅子说,不是我不做了,是不要我做了,招待所也卖掉了,我没地方做了。

主任说,正好有个工作,你看看能不能出来帮我们做做,便将事情说了说,开发长街五景和桥西游乐场的工作已经正式开始,在统一的规划中,长街沿街一面的住宅,都要开辟成店面形式,做出统一的修复和装潢,这就需要对沿街的房主,做一些调查了解和面积登记工作,看看沿长街到底能开出多大的一些店面,至于店面开出来,以后是派什么样的用场,卖什么样的东西,那是第二步的事情,总是要开能够挣钱的店,而不会蚀本的店吧,若是私房呢,当然是房主自己做主,上级领导只能有个倾向性意见,听不听,照不照办,还是房主自己说了算,如果是房管所的房子呢,当然是由房管所和有关部门说了算。

本来这种工作该是开发部门的事情,但是他们落实到居委会,居委会的一班人呢,老的老,病的病,文化水平也有限,怕做不好这个工作,想到下岗的一批人中间也有水平比较好的,但水平比较好的,有的又找到了新工作,有的呢,也不一定愿意给居委会做事情,排来排去,觉得钱梅子比较合适,也比较好说话,便过来找钱梅子。

钱梅子也知道长街要开发的事情,但想不到这么快真的紧锣密鼓起来,心里也蛮高兴,就答应了居委会主任。主任说,我就知道,钱梅子是好说话的,工资报酬问题,现在他们还没有谈到这个问题,但是钱梅子你放心,有我们在,不会亏待你的,他们若是亏待你,我们也不答应的。

长街相当的长,光门牌号就有二百多号,每个门牌号里又有复杂的情况,钱梅子挨家挨户了解登记情况,住户什么样的态度都有,是公房的,也没得话说,反正公家做主,若是私房的,事情就多了,有的人家呢,巴不得让他们开出店面来做生意,但也有的人家呢,偏偏和别人的想法不一样,不愿意将自己家的房子改做店面的,再比如修复和装潢的钱吧,若是私房,当然得自己掏,凭什么呢,我住得好好的,我不修房子也一样住下去,干吗要叫我出钱修房子，房子是我自己的，我愿意修就修，不愿意修就不修，政府管天管地，管得了我私房修不修？也有的呢，没钱，修也是想修的，修呢也是必须要修了，可是穷呀，没有钱修，你政府要叫我修吗，那你政府出钱，等等，这些问题呢，钱梅子是说不清的，大家说，我们知道你，你也是帮他们做做事情，你也做不了主，我们和你说了也没有用，但是仍然要和钱梅子说说，甚至愿意和钱梅子商量商量开了店面做什么生意的。

其实在整个一条长街最合适开店的还是向家老宅这里，向宅开间大，从前有一字排开八扇墙门，后来都砌了墙，如将这堵十多米宽的墙推倒，再进深进去，可以开出百十平方米的店面，比如能开个饭店，也就蛮像样了，但向宅的性质比较奇怪，除了向绪芬家住的一进房仍属私房，其余的都是属于房管所的，包括墙门间开不开饭店的地方，都是公私合营合给了公家的，所以，开不开饭店，向宅里的人，谁说了也不算。

钱梅子没有敢把向小杉的事情告诉向觉民，看起来高三五也没有对谁说过这事情，钱梅子很感激高三五，高三五问她和向小杉怎么说的，钱梅子把向小杉的话说给高三五听，高三五叹息了一声，说，也难怪他们，现在老老实实做工作的人收入实在太低。钱梅子说，那你看该怎么办呢，她又不听我的，万一给杨展知道了，会不会有想法？高三五说，想法肯定是有的，人可以对别人的事情很开放。但碰到自己的事情就不开放，钱梅子说，是的呀。

钱梅子留心向小杉的态度，看她是不是知道自己去找过阿娟，向小杉却若无其事。向小杉说，嫂子你就别再操我的心了，我也不是小孩子了，我做的事情自己能够负责，你担心我，我还担心你们呢，你家里是不是也应该换个办法过日子，像现在这样，我大哥呢，老老实实教教书,你呢,下岗一六八,日子能过下去吗?我自己的事呢,我也不会指望你们,我自己解决自己的困难,但是小辉还得靠你们呀,小辉明年要考大学,你们是希望他考上呢,还是希望他考不上?当然是希望他考上,但是考上了这四年的大学费用,你们拿什么去负担?

钱梅子说,我没办法。

向小杉说,什么叫有办法,什么叫没办法,办法是人想出来的,如今的年头,社会发展有多快,你不进取不主动出击,你就活该穷。

钱梅子被向小杉说得有点坐立不住,想如今这年头,社会发展确实是快,生活水平也是越来越高,眼看着有钱人和没钱人的距离越来越大,眼看着有钱人吃香的喝辣的,他们坐高级的小车,住很大的房子,他们在家里养着一个,在郊外某个别墅再养一个,手膀子上还又再挎一个,唱歌的时候又有两个陪着,喝一瓶洋酒抵老百姓一年的工资收入,他们给狗买洗澡液,几百块钱一瓶,老百姓看着,说,哼,或者说,唉,对于有钱人的样子,老百姓虽有很多的想法,但是归根到底,老百姓也管不着别人的事情,老百姓只是有自己的想法,他们想,到哪里去挣点钱来,将日子好好地过下去,这也是好事,如若大家都不想钱,那么会去想什么呢,这就不好说,也许就要想打架了,像从前那样,多不好,或者,你想东他想西,张三想这李四想那不能统一了,现在老百姓的思想倒是很一致,并且这一致倒也不是谁谁谁发号施令下来的,是老百姓不约而同的想法,大家说,现在的时代,不想办法去挣点钱回来,日子真是没法过呀,靠夫妻俩拿死工资,孩子要上学,再养一两个老人,日子紧紧巴巴,离小康太遥远,如果夫妻两个里再有一个下了岗,那就更难,别说小康,连温饱都要成问题。

钱梅子说，我现在正在做开店面的工作，看着人家能够开个店面做生意，我难道不想吗，可是运气总是找不上我们，我们的房子，偏偏又在院子深处，以前呢，以为住得深些更好，又安全，又安静，现在看起来，若是沿了街面住，多好，我现在就可以开店做生意。

向小杉说，长街将要开出那么多店面，我们为什么不能去争取一个来开店，若是家里下决心做事情，我也可以不去舞厅跳舞，我们全家齐心协力，都不是笨人，能干出事情来的。

钱梅子说，我借钱开店？

向小杉说，人家高三五不也是借钱开出租车的？

姑嫂俩人正说着，就听到外面哗啦一声巨响，钱梅子说，向家大宅的墙门推倒了。

第 6 章

在向家老宅的墙门推倒的那天晚上,钱梅子刚躺下,忽然听到向小杉在院子里大声喊,快来帮我一把,她急忙和向觉民冲过去,一看,老太太倒在地上,大家手忙脚乱地把老太太送到医院,一路上,向小杉一直说,医生说的,她不能倒下,一倒下了,怕就难再起来。

向绪芬被送到医院,医生查了,说,就这样了,要维持呢,要花很多钱,不维持呢,也就几天时间了。向小桐说,当然要维持,医生说,交钱。

交了钱,仍然没有能够维持多长时间,老太太一直没有再开口,也不能吃东西,靠流汁维持生命,大家估计老太太也到时候了。

过了一天,向绪芬却突然清醒了,神清气爽,喝了两大碗粥,向守在身边的向小桐说,小桐,我要去了,你去把大家叫回来,我有话说。

向小桐吓了一跳,自从老太太倒下,就没有听到过老人口齿清晰地说话,向小桐愣了一愣。

老人又说,小桐,我要去了。

向小桐回过神来，说，姑奶奶，您身体好了。

向绪芬摆摆手，说，我这是回光返照，我看见你们的姑父在向我招手，历来的书上都这么写，看见死了的亲人向自己招手，这是要上路了。

向小桐无法相信将要死去的老人如此清醒，按老太太的吩咐，把大家都叫到床前，只有吴同志没来，正在县城出差，起先向小桐怕叫起来麻烦，就没有叫人带信，可是向绪芬没有看到吴同志，她不同意，一定要等到吴同志，向小桐无法，只好往吴同志的单位打电话，问在县里什么地方，电话号码是多少，吴同志单位的人还和向小桐开玩笑，说向小桐你查丈夫就是这样明目张胆地查呀，也不遮人耳目，也不掩掩饰饰，其实你放心，吴同志也不是一个人到县里去的，再说了，到县里去有什么意思，陪跳舞的小姐要比城里差远了。向小桐说，吴同志不会跳舞，问明了县里的地址电话，就给吴同志打过去，吴同志接了电话，就赶回来了。

向小桐说，姑奶奶，吴同志回来了。

向绪芬说，人到齐了，向绪芬口齿清晰地说，很快，就几句话，我不占你们很多时间，其他我也不交代了，你们商量着，该怎么就怎么，但是有一件事情，我要你们中间的一个人答应下来。

大家互相看看，什么事？向小桐问。

债，老人说，一笔债。

什么债？

谁欠你的？向小桐问。

你们谁先答应了我再说，向绪芬说。

谁的？

你们谁答应了，向绪芬说，我告诉他。

没有人吭声。

你们谁？向绪芬说，你们中间的谁？

仍然没有人。

向绪芬目光炯炯，她的清醒和固执使她的孩子们惊讶而恐惧，我不闭眼，向绪芬说，你们中间没有人答应我，我不闭眼。

谁？

向绪芬的眼睛停留在吴同志的脸上，吴同志觉得自己的脸红起来，他赶紧避开向绪芬对他的盯注，这时候向绪芬的目光已经转向钱梅子，钱梅子心里莫名其妙地抖了一下，她也想躲开一个垂死的老人的令人毛骨悚然的盯注，但是向绪芬的目光如同钉入铁板的钉子般的坚硬，一直盯在钱梅子脸上，钉入她的内心和灵魂。

向绪芬始终不肯闭眼，向小桐向钱梅子说，钱梅子，你就答应她。

钱梅子根本不知怎么回事情，犹豫，钱梅子说，我，我？

向於说，你就答应她吧。

钱梅子说，我是，我不是……

向於说，但是她的眼睛盯着你。

向小桐说，你就答应她吧。

钱梅子终于点点头，说，好吧，姑奶奶，我答应你。

向绪芬说，我一辈子守在我们的老宅，终于也到了守到头的时候，想不到在我离开之前，老家的墙门倒了。

大家你看看我，我看看你，不知老太太所言是什么意思。

向绪芬继续说，你们呢，我也知道，对老宅已经不关心了，你们也不知道它有历史，也不想知道，不想了解，三里塘镇的巧娣，有一年进城来，喝我的茶，看了我们的老宅，告诉我，说她家里有一本古书,是她爷爷留下的,名字就叫《向宅》,是从前的人写我们向家大院的书,巧娣答应下次进城来给我带来的,我一直等呀等呀,巧娣却再也没有来。

钱梅子说,你是要我去把那本书找回来?

向绪芬两眼发亮,脸色也泛红。

钱梅子着急,说,姑奶奶,你等等,这个事情我恐怕,我恐怕……

向绪芬没有等钱梅子说出下面的话,笑了一下,说,你去找巧娣。

钱梅子说,到哪里去找巧娣?

向绪芬说,你记着,巧娣会唱民歌,随后笑了一下,慢慢地说,我去了,慢慢地放心地闭上了眼睛,她去了。

向绪芬的平静,让孩子们觉得在她上路的时候哭天喊地是不合适的,他们平平静静地送老人上路。

过了好些天,大家回过神来,向小桐说,奇怪了,老太太怎么叫嫂子做这个事情?

向於说,老太太知道只有嫂子愿意做这件事,我们这几个,手指指自己,再指指向觉民向小桐,再指指吴同志,我们这几个,谁愿意?

钱梅子哭笑不得,说,我愿意,我怎么愿意呢,你们都是她的小辈,我又不是,她怎么找我呢?

向於说,老太太知道你下岗了,反正闲着也是闲着,让你外出去走走,说不定歪打正着,碰到个好运气呢。

钱梅子说,她叫我到三里镇去,又不是叫我到什么好地方,乡下能有什么好运气给我。再说了,我这个人,天生命运总是不好的,门槛上的鸡蛋,总是滑出不滑进的。

向绪芬的后事办过以后,一切归于平静,一天钱梅子向向觉民说,哪天我们一起到乡下去。

向觉民没有听明白,到乡下去,干什么?

钱梅子说,咦,我答应姑奶奶的。

向觉民说,答应姑奶奶,答应姑奶奶什么?

乡下有一本书,写向家老宅的,你难道已经忘记了?姑奶奶不肯闭眼,是他们叫我答应她的,他们都希望我答应她,她那时盯着我看,也许她根本认不得我是谁,钱梅子说,本来是有些莫名其妙的事情,可是既然我答应了她,我不能不去,不去,我的心里放不下来的,你就和我一起去一趟,我们从三里塘回来好多年了,也不知道现在三里塘是个什么样子,回去看看,也蛮好的。

向觉民说,你难道真的要去,开什么玩笑,干什么?

谁开玩笑,钱梅子说,既然我答应了她。

向觉民说,人都死了,眼睛也闭上了,她也不知道你去不去,她也不会再问你,你干什么。

钱梅子说,既然我答应了她,我要去做。

向觉民说,要去你自己去,我不去,我请不出假来,学校最近又抓劳动纪律。

钱梅子说,星期天去。

向觉民说,难得有个星期天,你让我歇歇吧,也给我点时间的自由和精神的自由。

钱梅子说,好吧,你不去,我只好一个人去走一趟。

隔日钱梅子便独自一人去三里塘镇,反正钱梅子下岗在家,也没有什么特别要紧的事情,一个人晃晃悠悠来到长途汽车站,买了一张去三里塘的车票,上车一看,车上大部分人看起来是三里塘镇的人,公路的情况和以前有所不同,路面改善了,行车平稳多了。钱梅子昏昏欲睡,后来就打了瞌睡,她依稀感觉自己老是将脑袋歪到同座的老乡身上,一下子又歪过来,一会儿又歪过去,有一缕口水悄悄地漏出来,挂在嘴角,一觉醒来时,老乡说,你睡得真香,钱梅子抹去口水,说,是吧,车已经到三里塘镇了。

当年钱梅子插队的地方,就在三里塘附近,村里的人,上街买东西都走到三里塘镇来买,那时候,能跑一趟三里塘镇,已经算是一年中最愉快的事情了,钱梅子回想起认识向觉民的过程,就是在往三里塘去的路上,他们搭上一辆拖拉机,路不好,拖拉机开得颠颠簸簸,碰到一个大坑,把钱梅子掀翻在规规矩矩坐在旁边的向觉民怀里,钱梅子尖叫,向觉民呢,满脸通红,大家哄堂大笑,事情就开始了。

二十年过去,三里塘的面貌确实大变了,钱梅子走在三里塘的街上,心里有些激动,现在有许多人在功成名就的时候,喜欢回故乡看看,衣锦荣归,也许人们以为那样的人回到故乡心情才会很激动,其实是错了,像钱梅子这样,下了岗,很困难,她来到三里塘,心里也一样激动,一样心潮翻滚。

时间快到午饭时候,钱梅子肚子有些饿了,看看街上的小店,随便选了一家,走进去,也蛮干净,钱梅子要了一碗光面,店老板说,这位女同志,这么节省。

钱梅子说,下岗了,吃不起肉了。

店老板向她看看,摇了摇头,说,你是城里来的?

钱梅子说是,问店老板知道不知道三里塘镇上有个会唱民歌的巧娣。店老板笑了一下,说,你听我的口音听不出来呀,我不是本地人,不是三里塘人,我是外地来的。钱梅子听了听,说,你三里塘话学得不错。店老板说,你也懂三里塘话?钱梅子说,我在三里塘南边的农村待过好几年,后来回城了,现在已经不会说三里塘话,但是当年我们在这里时,说得才好呢,连三里塘的人,都说我说得像他们的话。店老板说,女的学话比男的来事,就像我,我家属说的三里塘话,比我好多了。钱梅子吃了面,和店老板说了说话,临走时。店老板说,你可以到乡政府去问问,他们了解情况的,既然是会唱民歌的,可以去问文化站站长。

钱梅子谢过店老板,向三里塘乡政府去,乡政府办公的地方还是老房子,一个老式的院子,里边有一幢老式的楼房,二层,全木结构,早已经破破烂烂,歪歪扭扭,像随时要倒下来似的,这还是四十多年前没收了地主的房子拿来作政府用的,一用就用到现在,新的政府大楼正在盖着,盖了有一段时间了,盖着盖着就要停一下,没有钱了,等钱来了,再往下盖,乡干部恐怕也没有什么翘首盼望等不及的意思,毕竟不是自己家造房子,急迫心情是不一样的。

在乡政府门口的大树下,仍然聚集着一些老人在喝茶,三里塘一带的风俗,喝茶不喜欢一个人关在家里喝,也不大去街上的茶馆,却愿意几个人来到大树下,坐着喝茶,聊天,许多年来一直这样,叫作喝野茶。钱梅子许多年以后再又看到当年的情景,忍不住走过去看看,听听他们说话,在大树下喝野茶的老人,他们向钱梅子打招呼,来啦,老人说。

来了。钱梅子向他们笑笑,喝茶呀。

老人说,喝茶。

其实互相不认得,钱梅子到乡政府,已经都下班了,问了问传达,传达说,巧娣到哪里去找,我们这个乡里,叫巧娣的多着呢,钱梅子说,是一个会唱民歌的。传达说,我不晓得的,你下午来问吧。

钱梅子从乡政府传达室走开,就看到有个年轻人站在一边,钱梅子以为他是乡干部,过来问了一声,年轻人向钱梅子看看,说,你认得我?

钱梅子愣了一愣,说,你是?我,我不认得你。

这人说,你不认得我,你怎么能朝我笑,和我打招呼?

钱梅子更加发愣。

这人却笑起来,说,没事,没事,许多人碰见我,都和你一样,我说话不是按照正常人的思绪说话的,你听出来了吧。

钱梅子不知怎么回答,有些紧张地看着他。

年轻人继续和蔼地笑着,说,没事没事,我是一个精神病人,你明白了这一点,你就不会害怕了。

钱梅子说,你大概是个喜欢开玩笑的人。

病人说,我不喜欢开玩笑,我这个人天生缺少幽默感,我是一个精神病人,住在这个小镇上,小镇上的任何一处,我都走过,都看过,都摸过,烂熟于胸。

钱梅子说,你怎么得病的?

病人说,我是遗传性的精神病,到了一定的时候,没有什么原因也会发病,我们这个家族,也有不发病的人,但是我们家族里谁不发病,就会被当作奇怪的事情。

钱梅子忍不住一笑,嘿嘿。

病人说,我不是你们想象的那种什么花痴,或者是因为受到什么刺激,我没有受到过什么刺激,我的生活很平淡,我出生在三里塘,从小就在三里塘镇长大,我没有离开过三里塘。顿一顿,又说,不对,我这话不够科学,我还是离开过三里塘的,在我发病的时候,家里人带我到精神病院看病,那时候离开过三里塘。

钱梅子现在笑不出来了,呆呆地看着他,站在乡政府的大门前,有些尴尬。

病人却一点也不在意,继续说,也有的时候,是我送我的家人到医院去,这都是很正常的事情,你们别以为这是什么大不了的事情。

钱梅子说,我没有以为。

病人向钱梅子认真看了看,说,你刚到?

钱梅子说,上午坐班车到的,在街上吃了中饭,就来找乡政府的干部,他们都吃饭去了。

病人说,那你得等到下午两点,他们两点上班。

钱梅子说,中午了,你还没吃饭吧,回去吃饭吧,你家里人会找你的。

病人说,谢谢你的关心,不要紧,他们知道我有无目的游走的习惯,不会来找,而且,我不会出事情的,他们知道。

正说着,传达室的人突然在传达室里大声地骂他,叫他赶快离开乡政府大门,再不走就要对他采取严厉措施。病人却和颜悦色,笑眯眯的,钱梅子吃惊地看着,觉得这事情真有点不可思议,也不知这个人到底是不是个精神病人。

病人走得离乡政府的大门远了一点,钱梅子突发奇想问问他知不知道民歌和巧娣,说,三里塘四周,有许多人会唱民歌,是吧?

病人点了点头,说,民歌?我也会唱,我唱你听听。

他果然拉开嗓门就唱起来:

做天难做四月天,
蚕要温润麦要寒,
秧要日头麻要雨,
采桑娘子要晴干。

唱了四句,不等钱梅子说话,又唱:

小麦青青大麦黄,
姑娘双双去采桑,
桑篮挂在桑枝上,
一把眼泪一把桑。

还有:

新打格只桑篮是篾青,
张小弟拣好格只桑篮送给六姐表表心,
那六姐姑娘拿仔格只新桑篮,
要到娘房里梳头打扮换衣襟。

钱梅子非常惊讶,说,你真的会唱,怎么你唱的都是蚕桑方面的事情?

病人说,我们这里本来是蚕桑之地呀。

钱梅子一下子感觉到自己愿意和这个自称精神病人的人说说话,可是他却向钱梅子露出笑意,挥挥手,说,再见了,我要回去吃饭了,反背着双手,沉沉稳稳地离去。

钱梅子奇怪地目送着他,看他走了一大段,还回头来向钱梅子挥手,心里有些感动似的,明知这是个精神病人,可感情上却怎么也不愿意相信他是个精神病人,也不知为什么,像当他是自己弟弟似的。

钱梅子又来到大树下,老人向钱梅子看看,有一张空着的凳子,指指,说,坐吧,乡政府的干部都吃饭去了,要到两点钟上班,你要喝茶,就在这里喝。

钱梅子坐下来,向老人打听,刚才那个年轻人,真是个病人?

老人说,是的,精神分裂症。

钱梅子说,他怎么说话一点不混乱?

老人说,有时候不混乱,有时候很混乱,混乱的时候就不像样子了。

虽然是这么说,但是仍然改变不了他留在钱梅子心里的好印象,彬彬有礼,谈吐很有修养。

老人告诉钱梅子,这个病人很有本事,只要他知道你是干什么工作的,他马上可以和你讨论你的专业,可以说天南海北,没有他不知道的事情。钱梅子说,怪不得,他唱了几首民歌,唱得蛮好的,都是蚕桑方面的,又向老人打听知不知道三里塘有个唱民歌的巧娣。老人说知道,前几年有一长段时间,大家都来找巧娣,搜集民歌,天天叫巧娣唱民歌。钱梅子说,我说的就是她,她现在在哪里?老人说,巧娣早几年就死了。

另一个老人说,你又不知道她要找的是南巧娣还是北巧娣?南巧娣死了,北巧娣可没有死,也许她找的是北巧娣呢,说着又回头问钱梅子,是南巧娣还是北巧娣,钱梅子也不知道是南巧娣还是北巧娣,只知道是会唱民歌的。老人说,两个巧娣都会唱民歌,我们这里的人会唱民歌的多得很,不过南巧娣的名气比北巧娣大,正议论着,一个老人手一指,说,王站长来了,钱梅子顺着他手指的方向看去,果然乡干部走过来。老人说,他就是乡文化站的王站长,你找他,他知道的。

钱梅子上前喊了一声王站长,王站长也蛮热情的,看了看钱梅子,问有什么事,找什么人,钱梅子就把事情经过说了说,王站长看起来好像有点想笑的样子,但是没有笑出来,多少有些怀疑地问道,你真的就是为这事情来的?

钱梅子说,我想,我既然答应了老太太,我就要来的,如果我不答应她,我是不会来的。顿一顿说,我也不大相信老太太临死前的话,人到临死的时候,说话也不知算不算数,也许根本就是幻觉了。

乡干部说,不是幻觉,是有个叫巧娣的,是个民歌手,而且,家里上辈人确实是留下不少古书的,在巧娣去世时这些书都赠送给乡文化站了。

钱梅子说,我能不能看看,有没有一本叫《向宅》的书?

乡干部说,书都在乡图书俱乐部,你自己到那里去找吧,你去的时候,就说是我叫你去的,不然,那边可能不让你进去乱翻。另外,巧娣赠送的书,都专门辟开一个书橱另外放的,很好找的。

钱梅子来到乡图书俱乐部,果然很快就在巧娣赠送的书中找到了一本发黄的薄薄的线装书《向宅》,十分高兴,也有些意想不到,将书拿给图书管理员看,管理员是位上了年纪的老头,看了一眼,眼光似有些不屑,说,我还以为找什么了不起的好书呢,这本,早已经重新出版了。

钱梅子更加意外。

管理员从新书的书架上找出一本再版的《向宅》,给钱梅子看,又指指钱梅子手上的那本旧书,说,这书,你要就拿去吧,既然王站长说了,就给你,别的人,从我这里,是拿不到书的。

钱梅子谢过管理员,从图书室出来,又到大树下谢过喝野茶的老人,就往长途车站去,买了回城的车票,离开车时间还早,坐在候车室里等车,看着大人小孩吵吵闹闹,心里有些茫然,一时间也不知道自己是在什么地方,到这地方来干什么的,有什么意思,正心无所属,突然就看到那个年轻的精神病人迎面站在她面前,向她微笑,钱梅子心里涌起一股说不清的感觉,又稍有些害怕,又有些温情的,说,是你,你怎么来了?

病人说,我到乡政府去找你,他们说你已经走了,我估计你就是来车站了,就追过来,一看,果然在,说着笑起来,笑容像孩子般的天真。

钱梅子害怕的心情慢慢升起来,说,你是专门来找我的?

病人说,你别紧张,我对人没有伤害性,我来,只是想告诉你一个秘密。

钱梅子越发紧张,再也不敢看着病人的眼睛了。病人说,你看着我的眼睛,没有问题的,我也不知怎么的,刚才一见了你,就像前世就认得似的,就想来告诉你我的一个大秘密。

病人的话语常常让人产生错觉,和他说话时,你一不小心就会以为你是在和一个正常人说话,说完了话,才会想起这是个病人,钱梅子不由自主地被病人牵着走,说,什么?你有什么秘密?

病人神情坦然,但是压低了声音,说,我计划今天晚上放火烧乡政府的老楼。

钱梅子吓了一大跳,张着嘴,不知说什么,她从来没有和精神病人接触过,印象中的精神病人不是傻笑,就是骂人打人胡乱说话之类,眼前的这个人,她实在是不知道该怎么判断他的话,也不知道该怎么对付他,只想着班车早点来,早点上车走。

病人和言细语地说,没有别的事了,就这个事情,我是特意来告诉你的,我走了,往候车室外走。

钱梅子忍不住说,哎。

病人回头看看钱梅子,说,我没事,我不会有事的,今天晚上的这个行动,我已经准备了几年了,我会当心自己的。

钱梅子说,你真的要烧乡政府的老楼?

病人说,我从来不骗人的,说着又往外走。

病人走后,钱梅子坐在候车室里,心神越来越不宁,越想越担心,站起来就往乡政府去,走到乡政府门口,就听到一阵哈哈哈哈,看见那个精神病人正站在她面前大笑。

钱梅子愣了,说,你到底是骗人的,反身就走。

病人在背后说,我是骗人的,可是从来没有人相信过我,只有你。

钱梅子再来到车站时,班车已经开走,一问,这开走的竟是今天的末班车,钱梅子懊丧不已,慢慢地再往镇上来,今天走不了,要在小镇上住一夜,就近看到一家旅馆,叫三里塘旅社,是一幢木结构的老式房子,两层,已经很陈旧,摇摇欲坠,看到这旅馆的房子,钱梅子就想到乡政府的老楼,又再想自己被精神病人骗了的懊恼事,简直哭笑不得。走进旅馆去,有个年轻的女服务员,向钱梅子看看,觉得她不像是来住宿的,怀怀疑疑地问,你住宿?

钱梅子说,是的。

就你一个人?

一个人,钱梅子下意识地回头看看,好像要看看那个精神病人是不是一直跟着她。

服务员点点头,问,有两人间和三人间,你要哪个?

钱梅子说,随便,最便宜的就行。

服务员说,那还有通铺呢,要不要,十块钱一晚上。

钱梅子问,那么三人间呢,多少钱一个人?

十五块。

钱梅子说,那就三人间。

服务员再问,不包房?

钱梅子说,不包房,我一个就睡一张床,包房干什么?

服务员说,好的,登记。

钱梅子登记了,将表交给服务员,服务员说,拿你的身份证看看。

钱梅子没有带身份证,哪里想到会在三里塘住一夜呢,一想起来心里又懊丧不已,说,是不是没有身份证不能住?

服务员笑了笑,说,住吧。

钱梅子说,没有身份证也给住,看我不像坏人是吧?

服务员说,坏人脸上又看不出来的,上回就来过一个,和你差不多年纪,四十来岁,也是女的,看起来就像好人,一见了就像亲人似的和你亲热,谁知是个人贩子,到半夜里派出所来抓了,才知道,把我吓一大跳,现在想想还后怕呢,倒没有把我拐去卖了。

钱梅子说,那我没有身份证你怎么给我住,不怕我把你拐去卖了?

服务员说,不能因为怕坏人就连生意也不做吧,再说了,像我这样,也等于是卖了自己了,独自一人远离家乡,再卖也卖不到哪里去。

钱梅子说,你是外地人?

服务员说,是外地的,大家叫作外来妹的。说着自己先笑起来,又说现在三里塘外来的人多着呢,星星集团有百分之八十外来工。

钱梅子说,星星集团我听说过的,是个搞丝绸服装的大企业吧?

服务员说,是的。

钱梅子说,看你的样子也是心灵手巧的样子,你怎么不到星星集团去做服装呢?

服务员说,我去做过的,太辛苦了,要求太严格,我受不了,做坏了衣服,要自己赔的。

旅馆里很冷清,没有什么客人,钱梅子问服务员什么原因,服务员说现在呢,没钱的人都不出门了,有钱的人呢,出了门也不愿意住我们这样的小旅馆,说着拿出钥匙交给钱梅子,钱梅子一看,是205房间。

钱梅子接了钥匙,沿着木楼梯上楼,鞋踩着木板,发出吱嘎吱嘎的声响,开门进了205房间,屋里有些憋闷,钱梅子开了窗,看到窗后一片桑树林,升腾出清新的桑叶味。

服务员提着热水瓶进来,说,我们这里条件差,没有带卫生间的房间,要洗洗弄弄,到走廊顶头的公共卫生间吧。

钱梅子说,好的。

服务员说,你是来办事情的吧,你怎么不到新街去住有卫生间的旅馆,那边的旅馆条件好,晚上可以洗热水澡。

钱梅子说,我没有钱。

服务员说,你也不像很穷的样子,顿一顿,自己笑起来,说,不过,也不像很有钱的样子。

钱梅子说,是吗?

服务员说,来我们这里住的人,多半是这样,再又停顿一下,语气肯定地说,你是讨债的。

钱梅子说,也有女人讨债?

服务员笑起来,说,女人怎么没有讨债的,女人的讨债多着呢。

钱梅子说,是不是住在你们这里的讨债人很多?

服务员说,多,有的人一住几个月,讨不到就不回家,所以我知道你们。

钱梅子说,我和他们一样?

服务员说,差不多吧,要不,像你这样的人,到三里塘来干什么呢,做生意吧,也不会住到我们这小旅馆来,住我们这种蹩脚地方,带了钱,也不安全。

钱梅子说,除了做生意,就没有别的事情可做了?

服务员奇怪地看着钱梅子,想了半天,反问说,除了做生意,还有什么事情好做的?顿一顿又说,新街那边的旅馆条件好,像我这样的服务员,天天洗头,卫生间发的洗发液,客人也不用。

钱梅子说,根据科学的说法,洗头也要有节制,洗得太多反而会对头发有伤害。

服务员说,那是说说的吧,有的洗总比没的洗好,不过,我在这里也有的洗。

服务员走后,钱梅子呆呆地坐了一会儿,想到今天回不去,家里会着急的,看看时间,向觉民可能还没有下班,便下楼到旅馆服务台,这里有旅馆里唯一的一台电话,给向觉民的学校打电话,向觉民的同事去叫了向觉民来,果然还没有下班,钱梅子只说没有赶上末班车,也没有说被精神病骗的事情,说晚上要在三里塘住一晚上,明天一早赶回去。向觉民说,你看看,叫你别去,你一定要去。钱梅子说,现在说这话也迟了。向觉民叹息了一声,说,是迟了,今天的晚饭得我自己动手了。

钱梅子挂断电话,又回到房间,房间有一台十四英寸的黑白电视,钱梅子开了电视,接收信号也不强,看不太清楚,胡乱看了看,就关了,走到窗口向外看看,远处有一只狗在叫,钱梅子突然想自己的家。

下晚的时候,钱梅子出房间,想到街上小店随便吃点晚饭,混过一晚,经过服务台时,服务员说,你不到星星丝绸市场看看,在这里买丝绸比城里便宜得多。

钱梅子看看手表,说,已经快五点了,市场不关门?

服务员说,到晚里十点才关门,生意好着呢,每天有许多城里人赶来买丝绸的,告诉钱梅子出了门怎么走就到丝绸市场,钱梅子想,这倒是丝绸市场的义务宣传员呢。

钱梅子走出来,两只脚就不由自主地往那个方向走,到了那里一看,果然如服务员所说,十分热闹,虽然已是黄昏,市场仍然人山人海。钱梅子只是大概地看了一眼,就已经心意纷乱,心里算了算带出来的钱,还够不够买一两段丝绸料子的。又想是买花的好呢,还是买素色的好?正想着,就见拥挤的人群分出一道空来,看到一群人前呼后拥地过来,中间被拥护着的一位,中年,一派大款气派,其他的人呢,脸都侧着,向着他,笑着,笑意灿烂,钱梅子想这肯定是什么大老板,到底有派头,像个样子,正与己无关地想着,突然那个中心人物的眼睛就落到她身上,盯了她一会儿,明显地愣了一愣,又上前一步,靠钱梅子更近些,说,你是谁?

这样的问法实在有些不礼貌的意思,钱梅子心里有些不高兴,但也没有表现出来,只是笑了笑,表示你认错人了。

哪里料到大款已经激动起来,一把就抓住了钱梅子的手,钱梅子挣扎出来,只好说,你认错人了。

大款说,我没有认错人,你是钱梅子,我呢,你一定记得我,我是金阿龙。

钱梅子也已经从金阿龙的一系列动作和表情中捕捉到从前的金阿龙的意思,笑起来,说,金阿龙,是你,你现在是大款了。

金阿龙说,你呢?

钱梅子说,我下岗了。

金阿龙说,你怎么跑到三里塘来了?

钱梅子说,这么多人等着你,你也没时间听我说。

金阿龙说,好,好,等会儿慢慢说,向跟着他的人挥挥手,说,走吧,走吧,丝绸市场有什么好看的,手向周围的人一指,一画,说,你们要买,一会儿到星星集团去韩总会给你们,韩总也在人群中,笑着说,小意思,小意思,一群人也跟着笑着,继续往前,金阿龙见钱梅子不动,去拉钱梅子,钱梅子说,叫我也一起走?

金阿龙露出一个惊奇的表情,说,当然你一起走。

钱梅子说,到哪里去?

金阿龙说,你跟我走就是。

走出市场,有几辆车子停在市场边,一群人分别上了车,金阿龙呢,拉着钱梅子上了他的小车,说,到星星集团去。

车开起来,金阿龙开始问钱梅子,钱梅子就把事情来来回回说了,先说自己下了岗,又找了招待所的工作,又下了岗,再从向绪芬摔倒到向绪芬临死的事情说起,说到被精神病人骗了,自己也忍不住笑起来,金阿龙却不笑,钱梅子又说到误了末班车,住到小旅馆,这是出来找个小店吃晚饭的,服务员介绍到丝绸市场看看,等等,金阿龙听了,半天没吭声,钱梅子说,怎么,以为我骗你?

金阿龙仍然不作声,又过了好半天,突然说,钱梅子,你大概不知道,当初那一次,在拖拉机上,你歪倒在向觉民的怀里,我真恨不得你歪倒在我的怀里。

钱梅子说,我怎么不知道你的心思?

金阿龙说,我不敢告诉你。

钱梅子笑了一下,哪有的事,钱梅子说,不要拿我寻开心了,老也老了,还说从前做什么?

金阿龙说,你一点不见老。

钱梅子问金阿龙的情况,金阿龙也一一告诉了钱梅子,金阿龙在城里开着大公司,到三里塘来,是星星集团请来的,星星集团通过金阿龙正在谈一个很大的外商投资项目,钱梅子听了金阿龙的话,叹了口气,说,人和人的差别,越来越大了。

说话间,车到了星星集团,韩总的车先到,已经下了车在厂门口迎候了,金阿龙让钱梅子跟他一起下来,钱梅子说,到星星集团参观吗?

金阿龙说,有什么好参观的,织丝绸有什么好看的,做衣服有什么好看的,叫他们送礼,请吃饭,星星集团的餐厅,我们市里的宾馆也赶不上它的水平,手向身后一指,又说,我带来的这些人,都是我的朋友,赤卵弟兄,平时做事很赤胆忠心的,带他们来玩玩。钱梅子不解,说,玩怎么玩到乡下来呢?金阿龙说,你别以为三里塘还是从前的乡下呀,三里塘这个星星集团里什么都有,娱乐中心,五毒俱全的,钱梅子"扑哧"笑了一下,说,你说得出,五毒俱全,金阿龙也笑了。

由韩总引着,来到成品仓库,各种各样的高档丝绸产品摆满了,金阿龙手一画,说,大家随便挑,喜欢什么拿什么。

韩总也跟着说,对,随便挑,喜欢什么拿什么。

但是钱梅子看出来也没有几个人对这些令人眼花缭乱的丝绸成衣有兴趣的,他们只是胡乱地挑了几件,多半是挑的女式的,每人适可而止地拿了一两件。阿龙让钱梅子挑,钱梅子有些尴尬,说,我没带多少钱。金阿龙说,不要钱,白送的。韩总也说,不要钱,星星集团送你们的。钱梅子就去挑了一件男式的,颜色比较嫩,怕金阿龙误会以为给向觉民穿,解释说,给儿子的。金阿龙说,你自己再拿几件,给向觉民也拿几件。钱梅子不好意思再拿。金阿龙就对韩总说,韩总,你叫个人帮她拿几件,弄个袋子装起来。韩总说,好的。

拿过衣服,时间也不早了,一行人在韩总带领下,来到餐厅,果然如金阿龙所说,气派豪华,高档装饰,叫钱梅子眼花缭乱,钱梅子也不知道这算不算是最高级的餐厅,她是连一般的餐厅也很少进去的,落座的时候,金阿龙当然是在主桌的主宾位置上,金阿龙坐下后,就顺势把钱梅子拉到他身边的位置上,大家就笑。金阿龙说,笑什么,这是我二十多年前的单恋对象,今天能够在三里塘重逢,是缘分,要好好庆祝的,想当年,相思好苦呀。大家又笑,朝钱梅子看,钱梅子说,听他瞎说,我们是一起在农村待过,算是战友。金阿龙说,战友多呢,怎么就你我能在今天相遇在三里塘,不是缘分是什么?大家起哄,嚷嚷,缘分,缘分。

星星集团的韩总对金阿龙一直是很恭敬的,好像言听计从的样子,金阿龙说什么他应什么,钱梅子以为这个韩总很老实的,哪里想得到,到了喝酒的时候,韩总弄了手下一大帮的人来轮番向金阿龙和金阿龙带来的人进攻,金阿龙喝了不少,眼看着呢,舌头也大起来,动作也不规范起来,韩总仍然不放过他,金阿龙不喝酒的时候表现得很威严的样子,说话大家也只能顺着他,现在一喝了酒,就有些无形的样子了,大家也不怕他了,也随便乱开他的玩笑。当然可能当着钱梅子的面,也没有开过分的玩笑。这么将酒敬来敬去,你欠我一杯,我欠你两杯的,算到最后,韩总宣布金阿龙已经欠下十八杯酒了,并且宣布如果今天金阿龙不把这十八杯酒喝了,就是看不起星星集团,就是看不起他韩总,话说得重了,气氛也有些紧张起来,韩总却笑了,向钱梅子看了看,说,当然,如果有女士肯代金阿龙喝,可以一杯抵三杯,那么十八杯酒呢,只要喝六杯就行,这话分明是说给钱梅子听的,因为今天桌上,金阿龙这边,除了钱梅子,没有别的女人,韩总的意思,只要钱女士喝六杯酒,事情就过关了,而钱梅子呢,从来就不喝酒,倒也不是有意地拒绝喝酒,根本她就没有喝酒的机会,只是逢年过节,家里人凑在一起,吃团圆饭时,弄点黄酒,或者亲戚朋友有什么家宴,也去过,啤酒为多,钱梅子喝过,不好喝,苦苦的,怪怪的,以后就再也不喝,平时就再不会有喝酒的机会,即使偶尔有什么机会碰上了,因为平时从来不喝,到酒席上就会对酒产生排斥心理,只要别人不强劝,钱梅子基本不喝,像钱梅子这样,年纪也过了四十岁,在酒席上基本上已经引不起异性挑逗喝酒的情绪,所以多半也不会有人强劝了,所以呢,现在钱梅子到底是能喝酒还是不能喝酒,酒量到底是很大还是很小,到底是可以喝一点应酬还是根本滴酒不能沾的,连钱梅子自己也没有数,事情逼到眼前,看金阿龙迷迷糊糊地看着她笑,心想无论如何得代金阿龙喝下这些酒了,也不说话,便举了一杯一饮而尽,酒是高度的白酒,很辣,一下子从嗓子眼烫到心里胃里,韩总带头叫了一声好,还有五杯等着呢。金阿龙呢,也不阻挡钱梅子,好像自己已经醉得不行了,根本管不来别人了,哪怕是钱梅子,哪怕是自己当年暗恋的对象,钱梅子原以为自己喝了一杯,就会有人出来阻止的,至少金阿龙会不让她喝,却没有,有些尴尬,只好硬着头皮继续喝,心想反正六杯跑不了,干脆动作快些,痛苦的时间也短暂些,就手脚麻利地把五杯酒并在一起,不等旁人说话,一口吞了,也没有怎么样,一时全场都愣了一愣,过一会儿才爆发出一阵大笑,连醉醺醺的金阿龙也突然清醒了似的,钱梅子也不知道他们笑的什么,只是觉得心里热乎乎的,产生了想再喝酒的强烈的欲望,便站起来,举个杯子向韩总说,韩总,我敬你一杯,谢谢你的丝绸衣服。韩总说,哟,哟,不好了,不好了,冒出来个女杀手,钱梅子也不管他说什么,一仰脖子,喝了。韩总从喝酒开始,一直在作赖,现在却不好意思和钱梅子作赖,便也喝了,钱梅子高兴,又举了杯子向金阿龙说,金阿龙,你刚才说我们二十年前的战友能相遇在三里塘是缘分,冲着这缘分,我敬你一杯。大家鼓掌,金阿龙说,你怎么来敬我,你怎么来敬我?钱梅子说,我怎么不能敬你,你不喝,看不起我?金阿龙站起来,立即把酒喝了,钱梅子这么你一杯我一杯地向人家敬酒,一直敬了很长时间,只见她两颊通红,神采飞扬,一点醉意也没有。韩总向金阿龙竖了竖拇指,说,想不到金老板到处都有秘密武器。金阿龙说,哪里哪里,这完全是歪打正着。

　　酒席终于散了,韩总问玩什么,金阿龙向他的手下看看,说,你们自己挑吧,玩保龄球呢,还是室内高尔夫,也有室内游泳、桌球,又指其中两个,你们两个呢,是要洗桑拿浴的,去吧,大家分别散去,金阿龙对钱梅子说,我们到哪里坐坐?

钱梅子说,随便。

金阿龙说,到舞厅坐坐吧,喝点茶,或者咖啡。

钱梅子说,好吧,心里仍然觉得有些遗憾,觉得酒还没有够似的,心想,怪不得许多人喜欢喝酒,酒真是有意思,正想着,脚步跟着金阿龙走,听得金阿龙问,会跳舞吗?

钱梅子说,不会。

金阿龙说,怎么可能,从前你文艺很好的,不跳舞?

钱梅子说,我真的不会跳,人家常说,有牙的时候没花生吃,等有了花生呢,牙没了,像我们,年纪轻的时候呢,也不兴跳舞,等到兴跳舞了呢,我们年纪也大了,再去学跳舞,算什么呢?

金阿龙说,那人家老年人还跳舞呢,你还正当年呢。

钱梅子说,正当年什么呀,都下了岗了,单位也不要了,废料。

金阿龙也看出钱梅子不是假谦虚,说,想不想跳,想跳我教你,说着已经到了门口,钱梅子心里有些紧张,一时不知说什么好,犹犹豫豫,金阿龙说,进去吧。

被金阿龙带过来,看到门口有窗口卖票,窗口前贴着女士免票四个字,而金阿龙却不买票,只对看门人说,韩总的客人,看门的人点点头,就放进去了。

钱梅子跟在金阿龙后面进舞厅,里面黑乎乎的,看不很清,只是感觉到周围一圈坐满了人,他们找到空位子坐下,服务小姐已经跟过来问要什么,金阿龙向钱梅子看看,钱梅子说,喝茶。

音乐声响起来,多数人却都坐着不动,下舞池的人很少,看看那些坐着的人,都在交头接耳,说着话,大概把舞厅当作茶馆吧,过了好半天,听到旁边一桌的人在互相鼓励,说,既然来了,就去跳。有人说,不会跳呀,鼓励的人就说,不会跳学呀,但是跳的人仍然不多,看起来这几个人都不太会跳,或者还都不习惯,扭扭捏捏的,其间也有一个有些勇气的人,说,看我的,过去请了一位女士,女士有些不好意思,但看得出是想跳的,两人就去跳了,另几个都看着,也很想下去跳,但是没有勇气,钱梅子想,小镇上到底和城里不一样,舞厅里也有这样扭扭捏捏的。

跳完一曲,跳舞的人回到自己位子坐下,金阿龙向钱梅子说,这一曲让你先看看,下一曲就下去。

钱梅子说,我真的一点也不会。

金阿龙说,我教你。

下一个曲子响起来,金阿龙果然站起来,向钱梅子伸出手去,钱梅子无法躲避了,只好也站起来,学着那些跳舞人的样子,被金阿龙拉着手,走下舞池,感觉到金阿龙的手有点凉,心里掠过一点奇怪,但是没有往深里想。

踏进舞池,钱梅子又慌张了,说,金阿龙,我不行的,我一点也不行,被人家看了,出洋相。

金阿龙说,人家自己跳舞,哪个来看你。

钱梅子说,那也不行,我一点乐感也没有,踩不到点子。

金阿龙说,你跟着我踩,不再和钱梅子啰唆什么,便拉着跳起来,钱梅子就觉得许多双眼睛都在看她,脸上发烫,眼睛不敢抬起来看金阿龙的脸,只听到金阿龙在说,这样走,那样走,这边跨出去,那边收进来,一二三四,一二三四,只觉得自己的脚步乱七八糟,根本没有一步是走对的,几次踩着了金阿龙的脚,慌得心里直跳,金阿龙却毫不在意地笑着,很鼓励的样子,好像钱梅子根本没有踩着他似的,终于过了一曲,停下来,金阿龙和她一起走近座位,听到旁边座位上有人说,这个男的跳得不错,教舞也教得好,钱梅子朝他们看看,知道他们说的是金阿龙,心里居然也有点骄傲。

再一曲的时候,金阿龙又带着钱梅子跳,钱梅子就自在多了,也明白没有很多人在看她跳舞了。

钱梅子被金阿龙带着走了几回,又听了乐感好、感觉不错之类的表扬,心里到底也有些活动,很开心的,突然就想到向觉民这时候不知在家做什么,总是备课,心里就有一种异样的感受,也说不清那是什么感受。

到很晚了,金阿龙带来玩的人也都玩得尽兴了,韩总要他们在三里塘住一个晚上,大家却都想回家,金阿龙说,想回家就走,反正自己有车,方便,回头对钱梅子说,你也没什么事了,跟我的车回去吧,钱梅子一愣,说这么晚了?金阿龙说,晚怕什么,我送你到你家门口。钱梅子说,我已经在旅馆开了房间,十五块钱房钱也交了。大家笑起来,钱梅子也觉得有些不好意思,说,那我要不要回头跟旅馆讲一声不住了呢?大家又笑,韩总说不用,一行人就各自上自己的车,钱梅子仍然上金阿龙的车,看到韩总在车外挥手,车子就开走了。

没怎么觉得,车子就进了城,金阿龙一直把钱梅子送到长街街口,仍然要往里开。钱梅子说,别再进去了,最近街面乱七八糟的,开辟店面,沿街的墙都扒了,要开店。金阿龙说,对的,长街是开发计划中的街,顿了一顿,说,钱梅子,你这条件很好呀,为什么不就近弄个门面,开个饭店,以后肯定能赚。钱梅子苦笑一下,也有人这么跟我说,我哪来的钱开饭店。金阿龙说,你这说法是不对的,错的,你若有了钱,还开什么饭店呢,就是因为你没有钱,才叫你想办法挣钱呀。钱梅子说,可是我的基础太差。金阿龙说,钱梅子,你有什么困难,来找我,将名片给了钱梅子,钱梅子接了名片,下车,向金阿龙挥手道别,看着金阿龙的车开远去,拐了弯,才往家去。

已经是半夜,向觉民和孩子早睡下了,向觉民听到开门声,惊醒,喝问,是谁?

钱梅子说,是我。

向觉民惊愕地盯着钱梅子,半天没有回过神来,钱梅子呢,虽然只是到三里塘镇去了一天,却已经有一肚子的话要向向觉民说,也不顾向觉民第二天还要上班,便将这一天的经过,从头到尾原原本本地说出来,说得最起劲的是上那个精神病人的当和巧遇金阿龙,当然隐瞒了金阿龙的那些玩笑话,钱梅子越说越觉得痛快淋漓。

向觉民听了,闷头闷脑,说,你什么事情都碰得上。

钱梅子说,你好像不高兴?拿出星星集团送的衣服给向觉民看。

向觉民说,你为什么要去拿人家的衣服?

钱梅子说,我人穷志短,这些衣服,都是高级丝绸服装,我哪里买得起。

向觉民说,你知道金阿龙是谁?

钱梅子说,怎么叫金阿龙是谁,金阿龙和我们在一个大队待过,就是金阿龙。

向觉民说,那么你知道金老大是谁?

钱梅子疑惑了一下,说,金老大?就是那个最早下海做生意的九天公司的大老板,又传说是黑社会老大的那个金老大?突然想到了什么,脸也有些变色,喃喃地说,金老大,就是金阿龙?

向觉民说,你现在才想明白,金老大就是金阿龙,就是和你一起喝酒、跳舞,开车送你回来,你还拿了他的衣服,你见了金阿龙就这激动,连他是谁你都搞不清了。

钱梅子说，我怎么搞不清呢，我知道他就是金阿龙，我也没有搞错，嘴上说着，心里又有些莫名其妙的不安，又有些疑惑，好像也感觉不出金阿龙像是传说中的黑社会老大的样子，除了他的气派蛮大，别的，也没有什么特别，想着，就问向觉民，你早就知道金老大就是和我们一起在农村的那个金阿龙？

向觉民说，我早知道。

钱梅子说，你也没有告诉过我。

向觉民说，告诉你干什么，和你有什么关系？

钱梅子愣了一会儿，叹了口气，说，和我是没有什么关系。

向觉民脸色一直没有好起来，但也没有再多说什么，重新躺下，说，明天一早还有课。

钱梅子也躺了，却睡不着，千思万想的，想到三里塘的那个蹩脚的小旅馆，想那间205房间，有三张床铺，不知后来有没有人进去住，想自己没有回去睡旅馆，不知那个外来妹服务员会不会当回事儿，说不定也以为她是个人贩子，被说穿了逃走了呢，说不定警惕性高一点就去报案了呢，当然警察也查不到钱梅子，因为她没有登记身份证，想着，不由笑了起来，觉得很久没有这样的笑，是从心底里发出来的笑。

钱梅子将找到的古书《向宅》给向觉民看看，向觉民翻了翻，说，这个向宅，不是我们家，钱梅子惊讶不已，也将书翻着看看，果然发现说的并不是长街上向家的这座房子，而是不知道什么地方的另一座向宅，和长街上的向宅完全是两回事，心里突然就空落落的，不知怎么是好，和向小桐说，向小桐也没兴趣听，和向於说了，向於也将书翻看了一下，说，也好，也算还了个心愿。

第 7 章

　　长街17号向家大院的墙门,辟成了一个一百多平方米的店面,这算是长街上最大最气派的一个店面,人来人往地走过,都要停下来看看,想,这么好的店面,谁在干事情呢?这条件可是非常优越,长街的开发已经开始,旅游者越来越多,在万年桥西,大型游乐场也已经开工,年内就要投入使用,长街将会越来越热闹繁华,所以大家都看好在长街上新开辟出来的这些店面。

　　钱梅子从三里塘回来后,心里一直没有踏实过,好像有什么重要的事情该她去做却一直没有做成,想来想去,又想不出是个什么事,仍然没有合适的工作让她去上班,在家闲着,却觉得自己像个老太婆似的,身心都感到疲劳,心里有些恐慌,从前也没有这种恐慌的感觉,现在有了,才晓得这滋味是个什么样的滋味,坐立不安,随时好像都要发生什么事似的。在家待不住了,便出门看看,就看到有人在他们院门口的一百多平方米的店面里说话,上前看看,其中有区房管所的一个干部,钱梅子认得他,他看到钱梅子出来,忙喊住钱梅子,说,钱梅子,你来说说,这房子质量怎么样?钱梅子说,什么质量怎么样?房管所干部说,比如说,漏雨啦什么的,有没有，钱梅子说，房子虽是老房子，质量却是很好的，从来也没有漏雨啦什么的。房管所干部向另两个人说，你们听听，她是住户，住户往往是最挑剔的，她都说房子好。那两个人向钱梅子看看，其中一个说，你就住在这院子里？钱梅子说，是，另一个说，高三五也住你们院子里？钱梅子说，是，你们认得高三五？两个人同时说，认得，我们也是开出租的，同行，和高三五很熟的，这店面，就是高三五向我们推荐的。钱梅子说，你们看中这店面，干什么呢？他们说，当然是开饭店，在旅游区，店面开饭店是最好的，当然开工艺品店也好，但是现在的工艺品全国各地大同小异，外地游客也不稀罕本地的特产了，人呢，在其他方面总是有满足的时候，唯有在吃的方面，永远没有满足，因为今天吃下去，就吸收了，变成营养到了血液里或者变成屎拉出来，肚里没了，还得再吃，永远没有满足，开饭店是最理想的，人可以对工艺品厌烦。却永远不会对吃饭厌烦，钱梅子听他们这么说，心里也很认同他们的说法，其实，许多人都这样说过，去三里塘那天金阿龙送她回来时也说过这样的话，钱梅子记得当时她叹了口气。

房管所干部盯着两个人，说，怎么样，决定了没有？

两人相对看看，其中一个说，租金能不能再降低些？

另一个说，是的，房子我们看了也没有意见，只是这租金，太贵了些。

房管所干部说，这个不是我定的价钱，你和我说没有用，你找我们头头去。停顿一下，又说，不过，找头头也不会有用，肯定降不下来，一年八万，你们也不想想，这么大的店面，一百多平方米，水口又这么好，你们打着灯笼也找不到的。我告诉你们，你们如果犹豫，后面跟着想要来谈的人多着呢，若不是高三五给你们通信息，你们也找不到这里吧。

两人又对看看,其中一人说,那倒是的。

一行三人就走了出去,边说边走,很快远去,钱梅子也不知道他们谈妥了没有,往居委会来看看有没有活干。主任说,长街有家人家要找个临时保姆,问钱梅子干不干,钱梅子问主要做什么事,主任说,那家人家的老人中风瘫痪,看起来时间也不长了,要个人伺候几天,差不多也要送终了。钱梅子想了想,摇了摇头。主任说,钱梅子呀,下岗了,就别嫌工作好歹啦,做几天伺候人的事情,好歹能挣几个钱。钱梅子又想了想,说,我自己吃点苦受点累倒也无所谓,家里人会对我有意见的,向觉民是做老师的,老婆若是给人家做保姆,他会不高兴。再说了,孩子呢,也会想不通的,觉得丢他脸面的。主任说,这倒也是,不过嘛,你如果不肯做这个,别的吗,暂就没有事可做了。钱梅子说,我不急,再等等也行。主任说,你还不急呢,看你一天到晚失魂落魄的样子。钱梅子下意识地摸摸自己的脸,说,我失魂落魄吗?

正说着,高三五跑了进来,看到钱梅子,说,钱梅子,你帮帮忙,回去一趟好吗?

钱梅子吓了一跳,说,回去?出什么事啦?

高三五说,没出什么事,有个事情想和你商量。

钱梅子就跟着高三五出来,往回走,问高三五,你不是出车了吗,怎么又跑回来了?

高三五说,唉,别说,就是我那俩朋友,也是开车的,有了钱了,光开车不过瘾了,要做饭店了,我向他们推荐的我们门口的店面,就来看了。

钱梅子说,噢,是他们,刚才我看到他们在看房子,和房管所的人谈判，也不知谈成了没有。

高三五说，谈成了，定了两年合同，马上就打 Call 机把我叫回来，他们想发财，倒耽误我做生意，今天上午，坐出租的还特别多，我这回来的路上，好几个招手的，但是朋友叫我又不能不来，他们就在我家等着。

钱梅子说，两人都是开出租的？

高三五说，他们是连襟，妹夫是我朋友，我开出租，开始的时候，他也带带我的，帮助我不少，现在我也不能不帮助他们，又说了说这两人的情况，反正是属于有点钱又想让钱更多的那种人。

钱梅子听了听，有些奇怪，说，那叫我去干什么呢？

高三五说，这话就长了，他们呢，虽然租下了店面，要开饭店，但是呢，出租车那一头又舍不得放弃，那妹夫呢，还得去开车，只有那个姐夫，能够空出身来做饭店，家里人呢，都在单位里工作，也舍不得丢了单位的铁饭碗，只能在业余的时间帮帮下手，做点零活，这开办饭店，前前后后，可是有许多事情要忙的，想雇个人。

钱梅子说，雇我？

高三五说，他们刚才看到你，知道你住在这院子里，对附近情况也熟，把我叫回来，也问了问你的情况，我都说了，他们认为你很合适，想请你回去商量。

钱梅子觉得很突然，愣了一会儿，说，雇我叫我做什么事呢？

高三五说，这个我也不太清楚，反正一会儿他们会和你商量，你自己决定，我不发表意见啊，我已经惹了点麻烦在身上，我再不想惹什么了。

说着就到了家，那两个人正等着，见了钱梅子，起身打招呼，高三五介绍了，妹夫叫阿平，姐夫叫罗立，钱梅子向他们点过头，算是认得了。高三五说,你们谈吧,我走了。两个人拦住高三五,说,你怎么能走,你是牵线搭桥,事情还没谈成,你不能走。高三五只得坐下,无可奈何地看着他们。

他们向钱梅子说了说情况,其实大体的事情钱梅子也已经听高三五说了,他们得知钱梅子下岗在家,想请钱梅子帮他们做点事情,具体的工作,就跟着开饭店的步骤走,刚开始呢,就是装店面,要请装修工,钱梅子的工作等于就是做工头,照顾张罗,工资呢,因为不知道到底要装修多长时间,只能按每天的工作来付钱,一天给钱梅子十五元。

钱梅子心里有点奇怪,说,所谓的工头,也没有什么具体事情可干,只是管管工人的工作,看装修质量和装修水平,我也不懂,是外行,你们请我,是不是有必要?

罗立说,有必要,大有必要,不管你外行还是内行,有个人管着,和没有人管他们,是大不一样的。

罗立这样一说,钱梅子心里也比较踏实了,就答应下来,两连襟果然抓得很紧,第二天就请来了装修队,装修队一开进来,就向钱梅子要开水喝,钱梅子回家去烧了一大锅开水。快到中午时,罗立抱了一个电饭锅过来跟钱梅子说,钱梅子,他们工人的饭菜,就借你家的地方做一做,行不行?钱梅子也没有犹豫,答应了,工人中就有人接过电饭锅往钱梅子家去,钱梅子跟在后面,给他指点,怎么插电,怎么开煤气。工人说,我知道的,我们经常在外面做工,总是在人家做饭做菜的,都有数,看他手脚麻利动作娴熟地将米用自来水淘了,倒进电饭锅,加了清水,插上插座,同时呢,眼睛在注意着钱梅子家的煤气灶周围的东西,看到了炒锅,就说,这炒锅,我们用一用,也不等钱梅子答应,就出去转了一圈,带进来一棵白菜和一块肉,三下两下就将白菜和肉一起下锅煮,说,我们很简单,就一个菜。

到吃饭的时候,工人就端着碗站在院子里吃,有的蹲着,钱梅子看不过去,说,你们到我家来坐着吃吧。工人一听,就都进来了,桌上是钱梅子自己的菜,工人也不等钱梅子说话,就自己夹了吃起来。钱梅子说,晚上可不行,晚上我家的人都回来吃饭,工人说,晚上我们回住的地方吃,不会打扰你的。钱梅子心想,就光中午这一顿,也够烦人的,工人中的一个头头模样的,看看钱梅子,问,你和老板是亲戚?

钱梅子说,不是。

工人头头奇怪,说,不是亲戚,怎么跑到你家来?

钱梅子说,他们雇我帮帮忙的,每天给十五块钱,叫我帮他们管管事情。

工人头头嘿嘿一笑,说,会算计。

钱梅子也知道他说的是阿平和罗立,也没有多说什么,跑到高三五家,对谢蓝说,你们高三五,挑我个好事情。

谢蓝是早知道这一出戏的,心中也有点内疚,说,本来是要到我们家来的,我们这样子,你知道的,地方太小,哪里容得下那么多人,就想到你们家,地方大些,反正向老师他们中午也不回来。

钱梅子说,这么多人进去,把家里踩得,我光是打扫卫生也得多花费很多力气,说着看谢蓝脸色尴尬,便笑了笑,说,不过,我倒不怕麻烦,脏也不要紧,只是想想,人家开饭店挣大钱,倒给我们家添乱,再一想呢,谁叫我自己人穷志短,要拿人家一天十五块钱呢,拿人的手软,我没有话说。

谢蓝说,唉。

钱梅子笑起来，说，没事，反正也没几天，熬一熬也就过去了。

装修工程是承包性质的，所以进度比较快，将一百多平方米的面积，隔出三个包间，其余的就是一个大厅，也能放下十来张大圆桌子，加上铺地，粉墙，吊顶，装灯饰等，一个月已经全部完工，工程队走的那天，罗立也把钱梅子的工钱付清了，钱梅子在家里进行了一次彻底的大扫除，忙完以后，走到大门口，看看装饰一新的饭店，心里突然有些空落落的，好像生活中缺少了什么。

罗立站在店里，欣赏着自己的杰作，看到钱梅子，笑了笑，说，快了，等跑到了营业执照，就开张。

正高兴着，突然有人惊慌失措地跑过来，大声喊叫，罗立，罗立，阿平出事了。

阿平出了车祸，原因是阿平过度疲劳引发的，一边开车一边打瞌睡，控制不住自己，一头撞上一辆大卡车，阿平的出租车全部报废，自己呢，身受重伤，送进医院，医院等着家属交满了一万元的保证金才动了手术，手术情况不太理想，医生说，这样的病人，不花个三万五万别想恢复。

一场突变，把罗立阿平开饭店的梦想全部打破，他们得把已经租下的和已经装修完毕的店面转租出去，才能挽救阿平的生命，钱固然重要，固然宝贵，但是生命更重要，更宝贵，没有了生命，要钱干什么，这样的道理，罗立他们都能想通。

事情突然就推到了钱梅子眼前，罗立说，钱梅子，这装修什么，都有你一份，你如果想干，我们就把饭店租给你，你家又在这里，便利得多。

钱梅子说，我哪里有这个实力？

罗立说，你咬咬牙，我们花费了这么大的力气，白让给别人，我真的不甘心，让给你，我心甘情愿的。

钱梅子的心一下子混乱起来，混乱中，隐隐约约有一种要做大事情的感觉，这种感觉让人提心吊胆。

罗立说，凭良心讲，八万块钱的年租金不算贵，装修的费用，我和家里都算过了，只收你一个成本费，我们进料的发票也都可以给你看，大理石是多少钱一个平方，涂料是多少钱一公斤，至于装修费，工程队的情况你也都很了解，我们呢，也绝对不会蒙你，决不从你身上赚一分钱。

钱梅子心里，也没觉得房租很贵，也没觉得很便宜，但是有一点她是明白的，八万元的房租只是一个小头，饭店虽然装修一新，但也还只是个空壳子，要把它真正做成饭店，还得添置许多硬件，空调、卡拉OK设备，都是必不可少。钱梅子呢，从来没有接触过这样的事情，也不太明白到底这些添置还得再花多少钱，只是心里隐隐约约感觉到不会是一笔小数目，问罗立，罗立呢，也不说，也许是怕说出来个天文数字来把钱梅子吓着了，所以也是含含糊糊，只是向钱梅子道，钱梅子，这事情我们也不能等很长时间，你过三天给我个回音好吗？钱梅子说，我恐怕不可能。罗立说，不管你可能不可能，你过三天给我准信，三天里你不决定，我就要找别人了，这么大的便宜就让别人占去了。

钱梅子心里十分混乱，等向於和向小桐他们下班回来，忍不住把事情向他们说了说，向於一拍巴掌，激动起来，摩拳擦掌，说，人呢，人呢，怎么不叫我来跟他谈谈？向小桐说，你和他谈有什么用，人家也不是来找你的。向於说，这是个好机会，大好的机会，嫂子，有部电影叫《好运撞上你》，现在恐怕真是好运来撞你了。钱梅子说，哪有什么好运撞到我。

向小桐向向於说,你还不知青红皂白,就乱拍巴掌。

向於说,我怎么不知青红皂白,手一指院子里的人,说,这里,有谁比我更了解行情的?

钱梅子说,我一点也不懂的,你帮我算算,除这八万块钱的年租金和七万元的装修费,大概还得花多少钱才能将饭店开起来?向於想了想,说,小意思。钱梅子说,什么叫小意思,多小的叫小意思,多大的叫大意思?向於说,我来帮你算一算,噢,一百多平方米的面积,开几个包间呢,至少三个吧,现在都是包间生意好。钱梅子说,是三个包间,他们已经隔好了。向於说,是吧,我没说错吧,我是懂行情的,另外我得提醒你,他们那装修,是不行的,档次呢,太低了点,你看他们那些灯,省几个钱,就买得土里土气,怎么行,你要我说,你还得投点钱进去加加工,档次呢,至少要中等偏上,现在外面的人,都知道,吃装修的格调,吃餐厅的豪华,吃餐具的讲究,比吃菜更要紧,餐厅的环境是第一重要的,其他呢,比如空调,一个包间一个空调,三个包间三个,一个大厅呢,买一个立柜式就行,一个壁挂空调呢,算它五千,三个,也才一万五,一个立柜式,算它一万块钱顶了天了,卡拉OK电视机,算它八千块钱一套,买四套,也不过三万二,餐桌椅,餐具,有两万块钱也足了,还有什么呢,大头也差不多了吧,另外就是些电费水费什么的,小意思。

钱梅子算了算,说,即使是小意思,至少也得有个二十多万才能将店开起来。

向於看着钱梅子,说,怎么,嫂子,你以为三五块钱就能将饭店开起来?

钱梅子说,是二十万哪。

二十万把大家的嘴都堵上了,心里窝窝囊囊的,想,谁若是有了二十万,还着什么急呢,再也没有谁沿着这个开饭店的话题往下说。

到了下午,钱梅子忍不住走到长街的街对面,向这边的饭店看着,饭店坐北朝南,宽宽的大门,像一张大大的嘴,钱梅子想,正等着人把钱送进去呢,一边想着一边暗自笑了一下,想自己现在怎么变成铜钿眼里翻跟斗的人了呢,再一想,也不能怪我呀,我没有钱,当然想挣钱,再说了,现在这时代,想钱也是正常的吧,不想钱,倒像是有点不正常呢,正胡乱想着,就看见有两个人向她走来,打听向家是不是住在17号的院子里,钱梅子说是,问找向家谁,两人说他们是向小杉医院的人,来找向家的家长,知道向小杉父母亲都去世了,也不知道找谁说话。钱梅子心里已经猜到是什么事情,犹豫了一下,那两个人看出什么,问,你也是向家的人吧?钱梅子说是,我是向小杉的嫂子。医院的人说,那太好了,我们就找你说说,果然是说向小杉陪舞的事情,说向小杉原来在医院工作是很好的,肯用心,也肯吃苦,能算个业务尖子,但是自从晚上出去跳舞以后,工作就差了,前几天还出了个医疗事故,虽然不算很严重,但影响极恶劣,单位里处罚了她两千块钱,二话不说,就将钱交了,但是行为依然如故,最后说如果再这样下去,医院恐怕要请她走路了,医院是个特殊的单位,不像别的单位松松垮垮问题不大,医院是人命关天的地方,出不得一点差错,现在医院正在做最后的努力,做向小杉的工作,也希望向小杉的兄长姐妹们一起做做工作,尽最大力量拉向小杉一把,一个人说完了。另一个人又接着说,他问钱梅子知不知道向小杉晚上到舞厅陪跳舞的事情,说这种事情单位也不能太干涉,也是她的自由,但是因为陪舞影响了工作,单位是要计较的。

钱梅子呆呆地听他们说话,她无法回答他们的问题,既不能说她知道向小杉的事情,也不能说不知道。医院的人倒蛮体谅她,说,你是做嫂子的,也许不太好说话,我们可以找她哥哥谈,钱梅子急忙说,不用了,不用了,我会告诉她哥哥,你们放心,我们会做她的工作,你们给我一点时间好吗?

医院的人说,好,我们再耐心看她的表现。

钱梅子送走医院的人,犹豫了一会儿,回家找出金阿龙给她的名片,看了看,来到有公用电话的小店,按照名片上的电话号码给金阿龙打电话,拨号的时候,心里抖了一下,等呼叫音一响,一吓,赶紧将电话挂断,小店里的阿姨奇怪地看看她,说,钱梅子,给谁打电话?钱梅子支吾说,没有,没有,没有人接。阿姨说,你要等一会儿的,有的人离电话远,听到电话声跑过去接电话,要好大一会儿,有时候我们打电话,叫十几声才有人过来接呢。钱梅子说,没事,不打了,赶紧逃跑似的走开了。

钱梅子又照着金阿龙名片上的地址,找到金阿龙的公司,在门口绕来绕去,仍然没有勇气进门,眼看着时间一分一秒过去,快到下晚了,心里正着急,突然有个小姐从公司的门里出来,笑眯眯地向她走来,说,这位女士,您是来找金老板的吧?钱梅子吓了一大跳,不知怎么回答,脸也红起来。小姐仍然笑,说,金老板今天正好在公司,请您进去。钱梅子心慌意乱,不由自主地跟着小姐往里走,踩在漂亮的坚硬的花岗石上,脚下却觉得软绵绵的,由小姐带着穿过一个很大的办公室,来到最里边,小姐手一伸,说金老板在里边,您进去吧。

钱梅子身不由己地往小姐指的门进去,刚到门口,就看到金阿龙正冲她笑,说,钱梅子呀,你也太不够意思了,来找我,却不进来,在楼下转了一个多小时,这是干什么呢,以为我是吃人的老虎?

钱梅子说,你怎么知道?

金阿龙说,是我们值班小姐看到的,说有个女的一直在外面转,我走到窗前看,原来是你,开始也没有想叫你进来,看你会不会自己来的,哪知一等两等就是等不来,我也性急了,就叫小姐去叫你。

钱梅子想不到自己的一举一动都被金阿龙看在眼里,十分尴尬。

金阿龙说,钱梅子,一定是有什么事才来的吧,以你这样的人,没有事是不会来找我的。

钱梅子便把向小杉的事情说了,金阿龙问了问阿娟的情况,又问了问她们经常在哪些舞厅跳舞,钱梅子说了。金阿龙说,我知道了,是麻皮的人。钱梅子说,你认得这个麻皮?金阿龙说,这条道上的人,没有我金阿龙不认得的,钱梅子,你放心,我可以和麻皮说说,只是,口气停顿下来,过了会儿,说,只是你的那位小姑子,若是不肯退出来,怎么办,现在的小姑娘,都是愿意干这个的,你的小姑子,干什么工作的?钱梅子说是护士。金阿龙说,护士是很辛苦,钱又挣得少,何苦呢?钱梅子说,不能因为要钱其他一切都不要了。金阿龙说,这是你的思想,不是你小姑子的思想,你无法说通她的。钱梅子叹息一声,说,她也这么说。金阿龙说,你不想让她做陪舞这样的事情,那她做什么呢,她想做白领,做得到吗,做不到,她也许更愿意自己开个公司做老板,做得到吗,恐怕更做不到,有什么工作既体面,又能挣比较多的钱呢,恐怕没有呀。

钱梅子说不出话来。

金阿龙说,你也不必太愁,对了,你小姑子叫什么名字?

钱梅子说,向小杉。

金阿龙说,向小杉,好的,我记住了。

钱梅子临走时,金阿龙说,钱梅子,我当初下海干个体是被单位开除了才下决心的。

钱梅子说,向小杉到底还年轻呀,才二十多岁。

金阿龙说,我不一定是指向小杉,也许我是说你呢。

金阿龙这句话,一直追随着钱梅子,钱梅子从金阿龙的公司出来,呆呆地站在门口回味着金阿龙的这句话,到后来才发现九天公司对面就是吴小妹工作的宾馆,心思一动,便往宾馆去找吴小妹。

吴小妹和自己的嫂嫂向小桐关系不好,可是和嫂嫂的嫂嫂钱梅子却相处不错,突然见到钱梅子,吴小妹很高兴,也有些奇怪,想不到钱梅子会来看她,请钱梅子到咖啡厅坐了,要了咖啡,喝着,听着悠扬的钢琴声,吴小妹说,大嫂,你是第一次到我这里来吧?

钱梅子有些不好意思,但还是将心思说了说,吴小妹听了,很有兴趣,说,向家门面的饭店,真是天时地利人和呀,这么好的条件,到哪里找,找是找不来的,可遇而不可求。钱梅子脱口说,向於也是说是好运撞来了,说到向於,吴小妹脸色有些异样。钱梅子赶紧扯开话题,说,我想到你是在宾馆里工作,对饭店的事情可能比较熟悉,过来想听听你的意见,开饭店到底行不行。吴小妹说,我正好要下班了,这样吧,我和你一起到长街去,先看看房子再说,喝干了咖啡,她和钱梅子一起往长街来。

两人一起过来,走到饭店门口,里边出来一个男人,向他们看看,说,你们干什么?

吴小妹说,不干什么,看看。

男人立即堆起一脸的笑,说,噢,你们是来看这店面的吧。

被点穿了,钱梅子不好意思否认,但也不好意思承认,只是含糊了一下,那人说,看吧,看吧,进来看吧,引她们进了屋,说,这几天,来看店面的人很多,他们叫我在这里迎候的。钱梅子说,谁叫你在这里迎候的?那人说,是罗立他们呀,这屋子他们已经租下来了,现在要转租给别人,一边指着四周,说,你们看看,这地方,多好,开饭店是再理想不过了,你们看看,包间都已经替你们隔好了,三个包间,一个大厅,你们看看,有什么想法,可以提出来。

钱梅子也说不出有什么想法,只是心里乱乱的,对饭店的印象已经是非常深了,往前一个月里,钱梅子每天都在这里,却没有留下什么印象,到底那不是自己的事情,现在呢,感觉却是不大一样,就像这地方已经是自己的了,对这里的一砖一瓦,哪怕一点点灰尘,也是要深深铭刻在心底里的。

接待她们的男人特别热情,满脸的笑一直没有停过,弄得钱梅子不好意思再多看多问,好像再看了再问了,再不盘下这个店来就对不起他似的,急忙告辞走了出来。

吴小妹说,大嫂,你很想做这件事情?

钱梅子说,吴小妹,我家里的情况你也是知道的,靠我一个人,怎么可能做得起来?

吴小妹说,嫂子,你若是真的想干,可以采取大家合伙的方式。

钱梅子说,合伙,谁愿意合伙?

吴小妹说,我愿意。

钱梅子有些吃惊地看着吴小妹,正不知该说什么,向於从自己屋里出来,一眼看到吴小妹,愣住了,两眼发直,说,嘿嘿,吴小妹。

吴小妹面对向於仍然面无表情,看不出她是什么意思,向於呢,也早已经习惯了吴小妹这么对他,只要能看到吴小妹,吴小妹怎么一副嘴脸对他都无所谓啦,走近了说,嫂子,你们说什么呢?

钱梅子心里突然一亮,如果能够拉上向於,事情就有希望,当下把事情说了,最后说,这是吴小妹给我出的主意。

向於一拍巴掌,说,这主意好,太好了。

钱梅子说,向於,你愿不愿意也算上一个,也和我们合伙?

向於说,那还用说,当然算我一个,说着把大家拉到向小桐屋里,把事情向向小桐说了,最后道,我姐姐姐夫当然也算上一个,向小桐一看吴小妹来了,便不高兴,说,什么我也算上一个,向於也不理睬向小桐,只顾自己说,算算,算算,差多少钱。

钱梅子心里更混乱,但是那种要做大事情的感觉也越来越明白,她说,我算算,吴小妹算一个,向小桐算一个,向於算一个,我们家呢,也算一份,可是我们不一定拿得出你们那么多的钱来。

向於说,这个可以算清楚的,你是劳动力投资,可以按比率。

钱梅子说,你们大概每家能出多少?

向小桐说,我只有两三万块钱。

向於看了看吴同志,说,吴同志,你家老弟也可以算一个。

吴同志呆坐着不知在想什么,根本也没有将大家说的话听进去,这时候被向於点了名,才清醒过来,摸不着头脑,说,什么算一个?

钱梅子就将他们的打算向吴同志说了,吴同志咧嘴一笑,刚要说什么,一眼看到向小桐盯着他,便住了嘴。向小桐说,他呢,心思全在别人身上,他要培养文学青年,文学女青年呢。

大家笑,吴同志在文化局工作,常常和一些搞文艺搞文学的青年往来,也有一些女青年偶尔来找吴同志,向小桐便把这样的事情挂在嘴上,常常拿来说一说。

向於说，这是另一回事，和开饭店无关，吴同志，你弟弟那里，当然要算一个的。

吴同志摇头，向小桐说，他家小弟，倒也没有什么，主要是他那弟媳妇，年纪轻轻，却是个守财奴，恨不得把几个钱挖个地洞埋了，让钱在地底下生根发芽生小孩，现在这样的人，也少见了。吴同志也笑，说，我家弟媳妇确实是这样的。向於说，那就不算他一个，不过吴同志你还是问他们一下，也许人家现在思想进步了呢，机会来了，不带上他们，就是我们的不是。吴同志说，问我是可以问他们一声，不过你们不要抱很大的期望，向於说，不抱希望就是。

钱梅子又算了算。

吴同志这时候也集中精力了，说，我倒是有个比较合适的人，我有个表弟，叫阿兵，人非常活络，外面路子也很多，又热情能干。

向於显得特别兴奋，说，我知道阿兵，我了解他，是个人才，回头对钱梅子说，阿兵也可以算上，我找他，他肯定愿意参加。吴同志点点头，说，这倒是的，我这个表弟是想做点事情的，他不是那种守几个小钱就够的人。向於说，是吧，阿兵没问题。钱梅子说，这就够了？向於说，你别着急，还有人呢，人多呢。吴同志说，我单位有个同事，和我关系特别好，他也有些钱，老说要找地方合伙干点事情，分分红，他也可以算上一个。钱梅子朝向於看，向於摇头，说，还是自己人可靠，都要自己人吧，有个事情什么的，也好商量，说道理也说得通，还有小杉呢，叫小杉的男朋友杨展也参加，说到小杉和杨展，钱梅子隐隐的不安，犹豫着说，杨展毕竟只是个对象呀。向於说，对象也行，对象总比外人强，再说了，经济绑在一起，对象的事也就更牢靠了。大家笑了，钱梅子说，杨展也没有多少钱的。向於说，重在参与。大家又笑了，向小桐说，你们像真的一样。

向於说,我看你们像真的一样,所以我也像真的一样,怎么,难道是假的,并没有人要开饭店?说话间看着吴小妹。吴小妹说,合伙的建议是我提出来,大家若是觉得不好,等于我没有说。吴小妹一说话,向於就住了口,向於一住口,一时大家也无话了,都有些说不出话来的感觉,尤其是钱梅子,也不知道自己心里到底是个什么想法,是要想开饭店呢,还是觉得根本不可能开饭店。

　　钱梅子回到自己家,将事情向向觉民说了,向觉民听了,半天没吭声,钱梅子等着听向觉民的意见,着急,说,你怎么,觉得不好?向觉民说,我也没有觉得不好,我只是觉得,这事情,对我们家来说,好像大了些,我们这个家庭,有这样的能力吗?钱梅子说,我又不是自己开饭店,将吴小妹的提议和刚才在院子里向於及大家的话都说了,向觉民说,这算什么,乌合之众,七嘴八舌,怎么搞得好?钱梅子不大高兴,说,你觉得我们干不起来?向觉民说,我没有说干不起来,我只是想提醒你,开饭店不是件容易办成的事情,仅是跑一个营业许可证,恐怕就够你跑的。钱梅子说,我不怕跑,我只怕没有我跑的事情,这种体验,这种心情,你是不能够理解的,哪天等你也下了岗,你就才能体验得到,你才能理解。向觉民说,我怎么不理解,关键在你自己,你要是不怕跑,不怕难,我也没话可说。关于钱不钱的,各人有各人的想法,我不能勉强你,你也不必勉强我,你开你的饭店,我做我的老师。

　　事情真的就开展起来,钱梅子一直到和罗立谈定,心里还疑疑惑惑,好像还不太相信自己能将这样的事情开展起来。

　　这样事情就迫在眉睫,钱梅子把准备入股的未来股东们一一叫来,把和罗立谈定的事情一一向大家说清楚,大家呢,在这些天的时间里,也早已经将饭店看来看去,里里外外,前前后后,烂熟于胸了,谈出来,感觉都不错,互相增添信心,看到光明的前途,余下的事情就是刺刀见红的事情,拿钱,各人先自报了可能入股的数额,钱梅子粗一算,和她原来估计的要差一大截,想,虽然大家有信心,却还是有保留,怕风险,这也正常,谁也不知道事情将会朝什么样的方向发展,想挣钱就要冒风险,但最好是风险少一点,把握大一点,钱梅子向大家一笑,向於呢,也探过头来,敲敲记录各人自报投资数额的纸,说,现在投的少,将来可是分的少呀,到时候,别眼红呀,大家面面相觑,一时都无话。钱梅子又说,我已经将初步核算的情况告诉了你们,你们都知道,将来饭店开了张,一天只要能做出六百元的利润,一年就能还本,第二年开始,就是纯利了,而六百元的利润,意味着什么呢,意味着一天有两桌客人,难吗?向於说,我看是没问题。钱梅子等着大家的态度,却仍然没有人吭声。钱梅子向向小桐看看,说,向小桐,你说说吧。向小桐说,我搞不清楚,要问得问吴小妹,主意是她提出来的,她自己倒不来了,算什么?向於说,主意是绝对好的,只是看我们怎么操作。向小桐说,怎么操作,知道出主意的人,就应该知道怎么操作,人影也不见的人,怎么参与这事情,钱梅子见他们扯开去,赶紧将话题拨过来,但是毕竟信心不足,却又不敢表现出来,说起话来,就有些含糊,边说着,边等向小杉和杨展,但是等到最后向小杉和杨展一直也没有来。向小桐很不高兴,说,不想干就不干,也得说一声吧,也没有谁逼他们入伙,这算什么,一声不吭,人也不来,叫大家干等他们。向於说,没事,少他们一股也碍不了大事。向小桐仍然心存疑虑,向钱梅子看着,说,既然没问题,罗立他们怎么不要这店了呢?钱梅子愣了愣,说,他们不是碰到困难了吗,正因为罗立他们碰到困难,才有了我们的机会,要不,我们到哪里去弄这么个现成饭店来开？这些人里，除了向於，要数阿兵态度最积极，说，钱大姐说得是，我们要的是机会，没有机会，什么也没有，现在机会来了，我们不能轻易放过它，我自己，再添一个指头。向小桐说，我也再添一个指头。向於笑起来，说，原来向小桐你也保留着呀，我也再添一指头，这么几个人你一指头我两指头认下来，再一算，仍然有个缺口，大家苦了脸，说，再也逼不出来了，不能卖家当卖房子吧。阿兵说，别急，我有个朋友，在银行做信贷科长，曾经答应过我，如果我有好的项目，他可以给我一笔贷款的，我一直没有利用起来，他欠着我的，现在可以找他了。钱梅子说，多少的利息呢？阿兵说，当然是低息了，当时说是一个点，现在可能稍高些，也高不到哪里去，高了，他还要不要我这朋友？大家说，那是，还是阿兵有路子，换了我们，还不知道银行信贷科的大门朝东朝西呢。阿兵被大家一捧，情绪又高了许多，说，以我这样，外面朋友也多，早可以做起事情来，只是找不到好的合作伙伴，我们家那边一堆人，我看着就不顺眼，喜欢肚子里做文章，九个人倒有十条心似的，我不想和他们搅到一起，你们这边，就不一样，我虽然和你们接触也不算很多，但是感觉挺好，大家团结一致齐心合力的，能办成事情。钱梅子说，有阿兵这话，我们大家心里也有底了。向於也说，不识庐山真面目，只缘身在此山中，现在叫外人看起来，我们这一大家庭，也还算不错呢。阿兵笑着指指向於说，於兄你说错话了，这儿谁是外人呢，有外人吗？大家笑了，说向於说错话，该罚。向於说，认罚认罚，到饭店开张那天，罚酒三杯，大家说，好。

接下来的几天时间，各人把钱从银行里或者从别的什么地方抽过来，交给钱梅子，阿兵再到银行朋友那边贷了五万元的款，合并在一起，虽然是很壮观了，但是离他们需要的数字还差一截。

隔了一天,向小杉带着一笔钱来了,将钱交给钱梅子,说,这钱不是我的,也不是杨展的,意味深长地看着钱梅子,说,有个人委托我的,以我的名义入股。

钱梅子突然一阵心慌,问,谁?

向小杉笑了一下,说,就算是我吧。

紧接着吴同志的弟弟同民也来了,拿来三万块钱,也入了股,大家信心百倍,向於说,看看,人心所向呀。

钱的事情差不多,股东一起又开一个会,商量人选,意见倒也比较一致,叫出钱最多的吴同志做董事长,向於和阿兵做副的,经理呢,当然是由钱梅子来做,因为事情是钱梅子牵起来的,而且也只有钱梅子自由身,别的人,都有职业,按规定不能做这个事情,政策大家都研究得比较透,但是钱梅子很担心自己能力不够,说,我做经理,怕不行,我根本不懂。大家便鼓励她,说,什么懂不懂,事情都是人做起来的,做下去,就懂了。

钱梅子说,我怕万一做不好。向於说,没事,经理是你,但是事情是我们大家一起做,我那单位反正也是个自由单位,我每天都会到店里去的。阿兵说,我在单位,也算是很清闲,我也可以每天来帮帮忙,哪怕做做下手呀。

钱梅子说,哪能要你做下手呢,你才是经理的材料呢,你来指点指点。阿兵笑着摆手,哪里哪里。大家向钱梅子说,你看看,你还愁什么东西,董事长副董事长都做你的下手,你做不成谁做得成?接下来的事情应该再简单些了,服务员什么的,不算很难,发个招聘启事,写上要求,面试的时候,尽量选漂亮些,看上去面善些的,再跟他们讲讲规矩,现在的年轻人头脑多半活络,面带七分笑,端个盘子摆个酒杯,这也难不倒谁,最后商量请大师傅的事情,在这些股东里,懂烹调的几乎没有,也就吴同志,自称从前对苏帮菜有些兴趣,但也只不过是纸上谈兵,口头革命,真正动手是不行,所以大师傅一定要请够水平的,说到底,别人也看你饭店的规模,也看你饭店的地址,也看你饭店的装潢,只是最终怕是要吃你的东西,看你的菜呀,现在大师傅的候选人已经有了几个,这时候钱梅子也已经把话说亮了,无论是谁的介绍,我们选人只有一个标准。大家都笑,说,我们知道,价廉物美,说着又笑,说,不好了,这事情还没有做起来呢,就已经把人当作物了,像资本家了呀。向於说,这是进步呀。大家说,是进步,是进步,我们这些人,进步真是不小呢。阿兵忽然就叹息了一声,说,唉,我那边家里,就没有这种和谐气氛呀。经过一番评比,最后认为阿兵介绍的那个厨师条件最好,基本就定下来这一个领头的大师傅,阿兵这时候却有些支支吾吾,说,只是,只是,大师傅有个要求。钱梅子说,什么?

阿兵说,他想入股,说哪怕只占最小的一股也行,如果他能入股,薪水也好商量,不然的话,他不肯到我们店做,大家互相看看。

向於说,看什么呢,说好了都要自己人的,有事情也好商量,现在的社会上,正如阿兵说的九人十条心,谁知道呢,如果他不愿意来,我们再另外物色也行。阿兵支支吾吾地说,我,我是答应他了的,怎么向他说呢,蛮尴尬的呀。

钱梅子说,你不如现在就给他打个电话,告诉他薪水我们倒可以再商量多加些,但是入股不行,再说,我们需要的钱也已经凑齐了。

阿兵说,那好,去给大师傅打了电话,大师傅考虑了一会儿,说我还是到你们那里做吧,看你们的势头,不错,以后如果你们要扩大经营,需要股金,一定不要忘记我呀。

阿兵说，好，回头将大师傅的话向大家说了，大家心里更是乐呵呵，话题说到市里有名的某某个体户，就是靠开饭店发起来，现在都有了上千万的资产，向小桐说，人家那是走得早，现在生意，哪有从前那么好做。

向於说，革命不分先后。

第 8 章

区工商局的长长的走廊里每个房间门口挨个挂着牌子：

局长室

秘书科

办公室

人事监察室

商广科

企业登记管理科

市场管理科

个体经济管理科

经济检查科

财会科

个体劳动者协会

消费者协会

经济合同科

调研员室

……

钱梅子站定了，一个牌子一个牌子地看，只知道找工商局登记，却不知道工商局里有这么多的科室，也不知哪一个科室是管开饭店的，想了想，对企业登记科、个体经济管理科以及个体劳动者协会都觉得有点像，走过去朝里看看，三个房间人都很多，退出来，往办公室看一看，倒没有外人，只有两个工作人员埋头在写什么东西，钱梅子站在门口问了一声，两个人同时抬头，其中一个女的说，你找谁？钱梅子说，我申请开办饭店，问话的女同志向男同志看看，说，这一阵开饭店开疯了，手向出门左边一指，说，出门往左，到个体经济管理科。

钱梅子谢过，退出来，听到男同志说，中国人做事情就是一窝蜂。

钱梅子走进个体经济管理科，站着，两位工商干部都忙着，其中一个抽空看了钱梅子一眼，说，你找谁？钱梅子说，我来申请开饭店。干部说，你准备在哪里开？钱梅子说，长街17号，干部又问，个体？钱梅子说是，干部说，等着吧。

钱梅子便在一边等着，看其他人在这里干什么，一个人呢，是被工商局叫来的，要他改一改店名，他原先的店名呢，叫皇家酒楼。干部说，现在都讲精神文明，你个小破店，我们都知道，还皇家呢，皇家像你这样，也倒了霉了，改个名字吧，朴素一点的。那个店主不服气，说，我当初来登记的时候，你们也没有反对，是你们批准了，我才叫皇家酒楼的。干部说，当初是当初，现在是现在，现在要求改，你就改，啰唆什么。店主仍然嘀嘀咕咕，说，我好不容易做出点信誉来了,人家也都知道皇家酒楼了,你们叫我改,损失是我的,你们反正损失不到。干部笑起来,得了吧,老板,你那点信誉,我们还不清楚,你那破店,没有哪一处像是皇家的,那把刀,倒有点像,厉害。店主说,所以人家都说,共产党的政策像月亮,下半句没敢说出来,干部却接上去说,初一十五不一样,说得大家笑起来。店老板也挂不住脸了,认了输,说,我弄不过你们,我改,改什么呢,我想不出来,我就算想得出来,你们又嫌不好,你们替我想吧。干部说,你说得出,你开店挣钱,叫我们替你想店名,回去,回去,给你两天时间,想好了来改名,到第三天不改,我们叫你关门,店主嘟嘟囔囔地走了。第二个人呢,是个中年人,来申请办电子游戏机兼出租录像带的,先将烟一根接一根地递在干部面前,干部说,这一阵一律不办,停着,问到什么时候能办,说不知道,等上面通知,也许几天就放了,也许要停很长时间,说不准,又问为什么,干部说,不为什么,上面叫不办就不办,那中年人愣了愣,又递了一轮烟,再从口袋里摸出一张字条,哆哆嗦嗦地交给干部,说,文化局的刘科长,写了条给你们的,干部接过去不用心地看了看,将纸条还给他,说,没有用,中年人又愣住了,过了会儿,问,找谁写条有用?干部说,找谁写条也没有用,那人就更愣了,退到一边不知在想什么。第三个人上前说,我的表格填好了,将一张表格交给干部,干部接了,也不看,搁在桌子上,也不向那人说话,那个人问,什么时候可以给我答复,干部说,等几天来看看吧,那人说我的店面已经租了,租金已经开付了,能不能尽量快一点?钱梅子心想,我们的情况一样,干部说,我们会抓紧的,但是我们不是只为你一个人一个店服务的,我们手里的事情排到过年也做不完,招呼钱梅子,你这位女同志,刚才说,是干什么的?钱梅子赶紧上前,说,我申请开办饭店,干部说,说说情况,钱梅子就把情况说了说,干部听了,向另一个干部看看,说,长街那头,倒是应该优先考虑,另一干部说,是的,市局开会也说过这件事情,长街是市政府重点开发的老城区之一,要我们大力扶持的。钱梅子听了,心中一喜,说,谢谢,谢谢。干部说,你谢我们没有用的,上面不说话,我们也不会自作主张优先考虑长街的,这样吧,如果你说的情况属实,先拿表格回去填起来,记住,别乱填,我们要来看的。

发给钱梅子一张表格,钱梅子接过来,是一张环秀区个体企业工商注册登记表,有许多栏目,正看着,干部说,也不用在这里看,带回去仔细看了,填了送过来。钱梅子便回家来,将自己能填的栏目,比如企业法人,钱梅子在填自己的名字时,心里很激动,再填住所,长街17号,注册资金,经济性质,经营方式,经营范围等都一一填清,这都是事先商量定的,也有的比如经济性质这样的内容也不是谁和谁商量出来是一个事情,所以填的时候也不必犹豫,但是也有些栏目因为事先没有商量定,这时候钱梅子也不好自作主张填上去,比如,企业名称,大家也曾讨论过饭店的名字,七嘴八舌提过许多建议,比如长街饭店,万年饭店,瑞云饭店,环秀饭店等,都是和地理环境有关,再比如开口笑饭店,乐乐饭店,常常来饭店,再回首饭店等,就是希望顾客到饭店来吃了高兴能再来的意思,还有呢,抽象一点意思的,比如明天饭店,比如远望饭店,比如星星饭店,都有些向往未来的意思,总之名字想了一串又一串,总是不太满意,你冥思苦想想出来的呢,被他否定,认为不行,他煞费苦心取出来的呢,又被你推翻,认为太差,没有一个名字是被所有人一致赞同的。为饭店名字,大家耗了一个晚上,起先呢,一个个跃跃欲试,总觉得自己有一肚子的好名字,出口就成,到最后,却一个个都败下阵去,最后说,店名的事,先放一放吧,到填表的时候再想也来得及。

起先呢,以为工商局不会这么痛快把表就发下来的,哪想因为长街的开发,对于长街的一切,一路开绿灯,钱梅子到工商局的前一天,向於说,钱梅子,明天你去试试,我估计不一定马上就能同意,不一定马上就能拿到表格,我呢,明天一早就去找我一个朋友,他和区工商局的杨局熟悉,叫他给杨局说一说,请杨局帮帮忙。钱梅子犹豫了一下,说,那我是不是等你联系上了再去?向於想了想,说你明天照去,你去打听打听行情也好。探探工商局的口风也好,钱梅子就到工商局去,想不到很顺利地就拿到了表格,这样,大家下班回来,就非把店名取出来不可了。

钱梅子把在工商局看到的叫人改店名的事情说了,大家说,是的是的,现在正在风头上,取花里胡哨的名字肯定通不过的,不如取朴素点的,再说了,这几年花里胡哨的东西太多,老百姓也厌烦的,取个很朴素的,说不定反而让人耳目一新,这个意见倒得到大家的一致赞同,于是都朝朴素上面去想,去做文章,讨论中,吴同志说,现在的人都有些怀旧的想法,倒也不是怀念很旧的东西,我看主要是对早些年的那些良好的社会风气的怀念,大家看着吴同志,向於突然一拍巴掌,说,吴同志,你这个名字就很朴素,而且你又是董事长,就叫吴同志饭店,本色,没有富贵气也没有脂粉气。吴同志愣住了,大家也愣了一下,开始以为向於想不出店名来就开玩笑呢,但是静下心来再一想,同志这两个字,确实充满朴素本色的意味,也有一种普天之下皆兄弟的比较大的胸怀,愣了一阵以后,大家激动起来,说,好,就叫吴同志饭店。吴同志脸通红,又高兴,又担心,想了半天,说,不行不行,我是在职干部,我做饭店的事情,只能瞒着单位,怎么能拿我的名字做饭店名字,被单位知道了,不好,向於说,那就叫同志饭店,吴同志向钱梅子看了看,说,我想,不如叫钱同志饭店,一来呢,经理钱梅子姓钱,二来呢,饭店用的是向家老宅的店面,由钱同志来管理,也含有为向家老宅门楣添财的意思。吴同志一语既出,大家叫好。向於补充说,三呢,钱这东西,是好东西,是我们的好同志,也是天下所有人的好同志,正好,叫钱同志,大家又称好,店名就这么定下来了。

过一日,钱梅子带上填好的表格来到区工商局,仍然是等了好一会儿,才轮到她,将表格交了,站在一边守候,干部向她看看,说,你回去吧,我们研究过,会通知你的,钱梅子便回家来等着。

又过了一天,传呼电话来叫钱梅子听电话,过去一听,是区工商局的,叫钱梅子去一下,钱梅子匆匆赶去,看干部脸色不大好,不知什么事情,心里有些紧张,干部看到她,认出来,说,你叫钱梅子?钱梅子说,是的,干部说,在长街开饭店的是你?钱梅子说,是,干部把她的表格拿出来,说,你有多少文化水平?什么毕业?钱梅子说,高中,也上过电大,干部笑了一下,说,高中水平,还电大,怎么连个表格都不会填?钱梅子不知道自己哪里填错了,有些难为情,不说话,等着干部往下说,干部拿起表格,指着企业名称一栏,说,这地方叫你填饭店名字的,你填的什么?钱梅子说,钱同志,干部又笑了,钱同志算什么?钱梅子说,就是我们饭店的名称。干部向另一个干部看看,另一个干部也将表格拿过去看看,笑了一下,问钱梅子,怎么取这个名字?钱梅子就把大家一起想名字的经过说了,把钱同志这个店名的意思也原原本本地说了,干部听了,想了想,说,倒也蛮有意思,别出心裁,但又不是哗众取宠的,有点返璞归真的意思啊,向钱梅子挥挥手,好吧,就这样,你走吧,钱梅子呆立了一会儿,忍不住说,什么时候再听回音?干部说,你回去等着就是,钱梅子出来经过局长室,下意识地朝里看看,有两个干部面对面地坐在办公桌前办公,也不知其中有没有向於说的那个杨局,也不知哪一个是杨局,更不知道向於有没有找到他的朋友说话,向於的朋友呢,有没有和杨局说说,说了也不知道管不管用。

晚上看到向於下班,钱梅子过去向向於把事情又说了说,问向於,你的朋友到底怎么样,看起来是没有打上招呼呀,怎么叫我们一等再等呢?向於说,我的朋友我今天才找到他,出差了好些天,今天刚回来,我冲到他家里,堵住了他,要不然,一出家门,就不见他的踪影,他就是那样个人,今天中午就有人请他吃饭,我说,我来请,结果,我就请他吃了一顿饭。钱梅子说,你朋友怎么说?向於说,小意思,我朋友说办个营业执照小意思。钱梅子说,他什么时候能和杨局说上话?向於说,我托他的事情,不会耽误的?钱梅子说,那就好。

自从钱梅子开始筹办饭店,前一进院子里的谢蓝因为在家无事,打麻将也打得厌烦了,就往钱梅子的饭店来玩,有什么事情,也帮着做做,钱梅子不好意思麻烦谢蓝。谢蓝说,这有什么,我们高三五也希望我到外面活动活动,老在家里闷着,要闷出病来的。她这样说了,钱梅子倒也不好不要她来帮助,想提出给她付点工资,却不好开口,一来高三五家也不缺这几个小钱,二来呢,谢蓝帮她做的事情,也不好用钱来计算。

这天钱梅子正在家做饭,谢蓝从外面进来,说,钱梅子钱梅子,来看房子了,钱梅子说,谁来看房子?谢蓝说,是区工商局的干部。钱梅子一听,急忙跑到外面饭店,一看,果然是那两个干部来了,他们一见钱梅子,说,我们过来看看情况,钱梅子说,请到我家里坐坐,干部说,不坐了,看看你们的房子,跟着钱梅子一起进大院看了看，说，你把店开在自己家门口是个好主意。钱梅子着急，问，什么时候能够批准下来，干部说，我们把看到的情况回去再研究研究。

钱梅子怀疑向於的朋友根本没有在杨局那里说上话，便小心地试探干部，你们局里有个杨局长吧？干部看看钱梅子，说，杨局长？你认得他？钱梅子不知该怎么说谎，只好老老实实地说，我也不认得他，我的小叔子有个朋友认得杨局长，很熟悉的，说是帮我们打招呼。干部笑起来，说，你这小叔子和他的朋友也够意思，怕也不见得和杨局有多熟，杨局长早就调走了，都有半年多了，还打杨局的招呼呢。钱梅子叹了一口气，干部又说，其实即使杨局没有调走，找杨局打招呼有什么用，找杨局还不如找我们，我们是具体经办人员，执照是要从我们手里发给你的。

向於回来，一看到钱梅子，就兴奋地说，嫂子，别忧愁了，快了，我今天又找到我朋友了，他说已经和杨局说过了，杨局说，小意思，不就办个个体饭店的执照吗，叫他们科里马上就办，说不定，明天就来通知，发执照。钱梅子说，向於，到底是你吹牛还是你朋友吹牛，我问过了，杨局长调走都半年多了，向於张着嘴愣了，过了好半天才回过神，说，好个小子，竟然骗到我的头上，蒙了我一顿饭吃，今天又蒙我一条红塔山，好小子，我会找他算账。钱梅子说，我也不知道你说的是真是假。向於说，我也是股东之一，还是副董事长，我怎么能做骗自己的事情。钱梅子说，那倒也是，我们大家绑在一起的，饭店开不起来，大家一起受损失。向於说，杨局长的事情，你怎么知道他调走的？钱梅子把个体科的干部的话都说了，向於听了，思索了一会儿，说，他们说，即使杨局在，找杨局也不如找他们，他们是具体分管的，实权在他们手里？钱梅子说，就是这个意思，向於再一拍巴掌，说，明白了。

根据向於的意思,要请工商局个体经济管理科的干部吃饭,钱梅子到工商局等着,一直等到办事的人全部走光,才向干部说了请他们吃饭的事情,干部向她看看,说,怎么想得出来的,请我们吃饭,我们怎么能吃你们的饭,我们不吃你们的饭还被人家指责得一塌糊涂,我们吃了你们的饭,还了得?钱梅子就不知道往下该说什么,尴尬地站着。干部说,你也不用尴尬,像你这样的人很多的,也不知道事情,也不了解情况,就瞎跑来请吃饭,怎么一点规矩也不知道呢?钱梅子听不明白他们说的什么,干部又说,我们有纪律的,不能随便吃人家的饭,钱梅子说,我不知道,我也是心里着急,干部说,我们若是吃了你的饭,你就更着急,万一被检查出来,我们吃不了兜着走,你呢,你的执照就难办了,不是更着急?

钱梅子碰了钉子回来,向向觉民说,向觉民说,哪有你这样办事的,这样办事怎么行,人家工商干部又不认得你,怎么肯吃你的饭,万一你是纪委派来的呢,他们不就落入你的圈套了?钱梅子说,人家都急死了,你还开玩笑,我若是纪委的,我还操什么心开饭店,向觉民说,我的意思,请客吃饭也要找得到门路,找不到门路,你花钱也没人来领你的情,吃你的饭。钱梅子说,只有再问问向於了,但是想到向於找杨局的事情,就不踏实,想了想,给阿兵打了个电话,寄希望在阿兵身上。

阿兵呢,外面关系是比较多的,但是偏偏这个区的熟人特别少,想了半天,想起区政府办公室有个办事员,名字已经记不起来,向钱梅子说,我和办事员也已经好多年没有来往,但是我还记得他家,我们买点东西,一起到他家去,钱梅子就去买了些冷饮什么,跟着阿兵一起到那个已经不记得叫什么名字的熟人家去,还算运气,那个熟人倒是记得阿兵,若是他也忘记了阿兵是谁,这事情就不好办了,熟人也蛮热情,还说了说从前和阿兵交往时的事情,看阿兵和钱梅子都心神不宁,也没有再多说,就问阿兵有什么事找他,阿兵让钱梅子说,钱梅子就说了,熟人听了,说,个体科的?我知道,是王和张,很熟悉的口气,阿兵说你能说得上话吧?熟人说,能说得上,我明天就替你们联系。阿兵说,定在后天晚上,在水城饭店,档次还可以的。熟人说,水城饭店,我去过。阿兵说,请你一起去,要不要到时候我来接你?熟人说,我不能去,钱梅子有些急,说,你不去怎么办,你要去的。熟人笑起来,说,我这个星期的晚上,全部安排满了,都是我主请人家,我不能走开的,你放心,个体科的王和张都和我熟,我说了,他们那里没有问题的,你们尽管定在后天就是,这么说了。钱梅子和阿兵也不好再硬盯着他了,便告辞。

两天之内,一直是心神不宁的,酒席呢,已经订下,也不知到时候王和张会不会来,如果不来呢,这酒席也不知能不能退,到了约定的六点,钱梅子在水城饭店门口候着,根据阿兵的建议,把谢蓝也拖来,说是男人喝酒时,桌上多几个女人,酒兴会更好,谢蓝听阿兵说话只是笑。钱梅子说,谢蓝不行,谢蓝去,小浪漫怎么办?谢蓝却说,没事,我给我妈打个电话,叫她去接小浪漫,回头吃完饭,我再去接她。钱梅子说,高三五知道了会不会不高兴?谢蓝说,他哪里会知道,不到两三点钟他舍不得回来的,哪里有时间让他知道,就给母亲打了电话,跟着钱梅子阿兵几个过来了。

两位干部呢,果然准时来了,一脸的笑,说,原来和我们沈区长是亲戚呀,钱梅子这才知道阿兵的那个熟人已经做了区长,怪不得说话口气那么肯定,那么有把握。

桌上能喝酒的不多,两位干部看起来都比较喜欢酒,但是除吴同志一人能陪上几杯,别的人如谢蓝等几个女的都不能喝,向於呢，单位有公务也没能来，本来想把杨展也叫来，但是杨展有个案子要找当事人，也来不了，为了让王和张喝得开心，大家指望阿兵，阿兵呢，也不说自己不能喝酒，大家认为该阿兵敬酒，阿兵就敬酒，一口一杯那样干了，哪知道才敬了两杯酒，眼睛就冒火似的红起来，说话也语无伦次，自己却全然不知已经失态，还春风得意的样子，引得坐在阿兵边上的谢蓝笑疼了肚子，阿兵红眼看着谢蓝，说，谢蓝，我还第一次见你笑得这么开心，是不是要开饭店了，心里高兴呀，这一说，谢蓝更是笑得厉害，差一点没有栽倒在阿兵身上，阿兵看起来是不能再喝了，钱梅子说，我来敬，她向干部敬酒，每人三杯。干部喝得高兴，说，其实呢，我们也不稀罕你们这顿饭，我们是理解你们的，你们请了，我们如果不来，你们就会担心，以为我们要卡你们的执照，其实没有这样的事情，这是不了解情况的人对工商干部的误解，大家听了，都说是，说我们请你们吃饭，也不是要怎么样，仅仅是表达一点心意罢了，你们工商干部很辛苦，有时还不能被人理解，别人不理解，我们理解，说着钱梅子又再向干部敬酒，干部说，哟，看不出，钱梅子，你酒量不小，钱梅子也不会说话，但又不能不应付几句，一急，脑海里突然就冒出一句，张嘴就说，我是舍命陪君子。干部说，钱梅子不仅酒量大，而且口才好，能说会道，是开饭店的料，以后就做个长街阿庆嫂。钱梅子说，阿庆嫂有郭建光和胡传魁撑腰。干部笑，说，那我们就做个胡传魁。钱梅子说，你们是顶呱呱的郭建光，我的饭店就要靠牢你们的。干部听了很受用，大家也都很高兴，连吴同志也都觉得钱梅子今天晚上和平时判若两人，光采照人，两颊红润。因为他们也不喝酒，也不懂酒，所以他们不知道这是酒的作用。

最后钱梅子在两个干部的包里各塞进一条中华烟，也是向於的意思,钱梅子也没敢在长街的店里买烟,跑到外面去买,店里的人说,送什么人呢?钱梅子说,你怎么知道我送人?店里人笑,说,这还不明白,我们开店的,谁来买烟,买了烟干什么的,一看就明白。钱梅子说,是不是买烟送人的人多?店里人说,这是我的大头生意,靠几个小老百姓买点蹩脚烟自己抽,我一家老小喝西北风。

  第二天工商局的电话打过来,叫钱梅子过去拿执照,钱梅子去了,干部将一正一副两本塑料硬壳的执照交给钱梅子。钱梅子说,这就是说,我可以开饭店了?干部笑,说,开饭店是好事情,特别是在长街开店,我们都是很支持的,你怎么搞得像做违法买卖似的,有什么好紧张的?钱梅子自己也有些不好意思,干部又把中华烟拿出来,交给钱梅子,说,我们两个呢,都不抽烟,烟你拿回去吧,钱梅子伸着两条胳膊,张着两只手,不知道怎么办好。干部说,你呢,可能以前也没有做过这样的事情,现在外面,不是前几年的行情了,对烟啦酒啦什么的,对礼什么的,都不像从前那么看重了,现在的行情是熟人好办事,你要办事,只要找到朋友熟人,朋友熟人说句话,顶你几条烟也不止,你这才跑了我们工商一家,下面还有许多家要跑吧,钱梅子说,是,干部说,你呢,若全要请客吃饭送烟,你怕也负担不起,如果你能找到朋友熟人,事情就好办。现在外面的人,相信多个朋友多条路,反正是公家的人情,都愿意做给朋友的。钱梅子非常感激干部,干部说,你也不用感激我们,我们呢,看你蛮合适开饭店,还希望你的饭店以后为我们环秀区争点荣誉呢,这烟呢,你拿回去,开饭店,烟是少不了的,而且你这饭店的经营范围,也有烟酒,算你的第一批货吧,将烟塞到钱梅子手里,钱梅子拿了执照,拿了烟,走出工商局,心里突然涌满了什么东西,胀胀的。

  钱梅子走到外面,才将合着的执照打开来看。

正上方是一个中华人民共和国的国徽,鲜红的,下面几个烫金的大字:

个体企业法人营业执照

再下面就是表格上填过的一些栏目:

企业名称:钱同志饭店
住所:长街17号
法定代表人:钱梅子
注册资金:二十万
经济性质:个体
经营方式:饭店
……

最下面是发证机关的大红公章:环秀区工商行政管理局

钱梅子将大红的公章看了又看,想起干部说的这才是十八个公章中的一个,第一个,后面还有十七个公章要跑呢。

税务。

卫生防疫。

消防。

治安。

供电。

……

但是经历了第一次以后,又有好心的工商干部提供经验,又有向於啦、阿兵啦外面朋友多的人一起出谋策划,钱梅子总算是比较顺利地把全部公章盖到手了。

接下来就一桩最重头的事情,筹备开张,钱梅子把大家叫过来商量,拿了三万块钱入股的吴同民也来了,也不和别人说话,也不抬眼看别人,只是自己坐下来,点根烟抽,也不把烟扔给别的抽烟的人,心事重重的样子。

钱梅子把筹备开张的事情说了,大家正要商量,吴同民突然说,让我先把我的事情说了,你们再商量。

大家听他口气沉重,不知出了什么事,紧张地盯着他。

吴同民顿了一顿,掐灭了烟头,神情更严肃,气氛有点紧张,吴同民却又住了口,犹豫不决的样子。

钱梅子说,同民,什么事情你快说呀。

吴同民仍然说不出口的样子,大家就看吴同志,吴同志也许已经知道弟弟要说什么,心虚地低着头。

终于吴同民说,你们别骂我。

大家说,你说,我们不骂你。

吴同民说,我的资金,我要抽出来,我不入股了。

一语出来,真是震惊四座,大家看着吴同民,一个个都张大了嘴,好像看人不是用眼睛而是用嘴看的。

吴同民又点了一根烟,拼命地吸着。

钱梅子先回过神来,说,为什么?

大家的脸上也都表现出类似的疑问,为什么?

吴同民低下头,也不出声。

向小桐接着钱梅子的话说,到底为什么,突然要抽资金,总有个原因。吴同民仍然不吭声,一副三日不开口,神仙难下手的样子。

阿兵说,你是不是听到什么风声,长街开店有什么问题?

大家都被阿兵的话弄得紧张起来,钱梅子激动地说,不会的,不会的,工商局的干部都说,在长街开店是好事情,他们大力支持,会大有前途的。

阿兵说,从前乡下农民有一句话,政府号召养猪呢,我们就种粮,政府号召种粮呢,我们就养猪,错不了,如果干部鼓励我们在长街开店,这事情,恐怕得再认真想一想。

吴同民说,我没有听到什么风声,你们不必跟着我紧张。

钱梅子说,那你到底为什么?

吴同民死猪不怕开水烫的样子,说,不为什么。

向於说,既然不为什么,就不能让你随意抽掉资金,事情是大家商量了办起来的,入股呢也是你自己主动要入的,没有人勉强你,已经走到今天这一步,还差一步就成功了,你突然釜底抽薪,我们不能同意。

吴同民继续猛抽烟,苦着脸,仍然不说话。

吴同志看不过去,说,入股开饭店的事情,同民没有和王琴商量,自作主张入股的,现在王琴知道了,不同意,天天在家里和同民吵架,要把钱要回来。

吴同民终于也开了口,可怜兮兮地说,我没有办法,我做不了主,我弄不过她,求你们高抬贵手,放我一马吧。

大家本来是一肚子的气愤,现在吴同民这么一可怜,倒也不好再逼他了,过了一会儿,向於才说,家庭财产,应该是夫妻共有,为什么你就不能做主?

吴同志说,同民家的情况,大家也是知道的。

一直没有发表意见的阿兵突然说，算了算了，捆绑不成夫妻，不愿意干的，拉倒。

大家都愣住了，本来高高兴兴商量开张之喜的，被吴同民无缘无故这么一搅，都想和吴同民论个高低，死活也要把他拉住的意思，哪知听了阿兵的话，一时又都觉得阿兵的话有道理，想，也罢，不愿意干的，勉强让他干，弄得大家不开心，何苦来呢，反正吴同民为了这三万块钱把大家也都得罪光了，自己为人的嘴脸也都暴露出来，以后呢，大家也不会把吴同民一家像从前那样当作自己人了，所以阿兵的一句话，就把大家许许多多的话都挡回去，吴同民呢，原来是准备了各种各样的办法，来对付这些人的，一会儿做神仙不开口的样子，一会儿呢，是死猪不怕开水烫的样子，一会儿又是可怜的沉重的样子，如果没有阿兵的这句话，吴同民说不定下面还会有更精彩的表演，哪里想到阿兵只一句话，就把事情结束了。吴同民好像有点意犹未尽的感觉，愣了一会儿，又表白说，其实，其实，我是很愿意参加的，大家没有必要再听他表白，说，你就别说了，退吧，把钱拿走。

突然就缺了三万块钱，向於和阿兵是钱梅子最大的希望所在，果然他们呢，也没有辜负钱梅子的希望，第二天，向於就物色到了对象，说定了时间，和钱梅子一起到对象家去。

到约定的时候，钱梅子把工商干部退回来的中华烟带上，跟着向於来到他的一个朋友家，向於管朋友叫果子，钱梅子也不知是绰号呢还是大名，只好跟着也叫果子，果子听说钱梅子叫梅子，笑起来，说，我们一个梅子一个果子，倒像是姐弟俩。向於说，钱梅子就像是我的姐，我的姐也就是你的姐。果子说，我就是少一个姐姐疼我呢，听口气，看做派，也和向於一样是个自来熟的人，向於和果子叙了叙旧,又问了问果子的近况,果子说了,向於就将来找果子的目的也说了,果子说,别的事情好办,借钱的事情可是不好办,你不听现在外面有一句话,你想失去一个朋友吗,你就借钱给他吧,你想得到一个敌人吗,你就借钱给他吧,向於,别说我没钱,我就是有钱,我也不能借给你,我不想我们之间化友为敌。向於说,怎么会呢,我又不是借钱不还的那种人,怎么会变敌人?果子说,你说的这种话我听得多了,哪个借钱的时候不是说得花好稻高,向於,你也别再和我说,我不会借钱给你。向於有些尴尬,来的路上向钱梅子吹过果子和他是割头不换的好弟兄,别说三万块钱,要什么果子愿意给什么,哪知现在果子这般的态度,愣了半天,说,果子,也不要把话说得这么绝,你自己借不出钱来,能不能介绍个把能借出钱来的朋友?果子说,向於你饶过我吧,若是两年前、哪怕一年前,你来找我,我没的说,那时候,我还不知道这借钱做中人的滋味,现在呢,我已经尝够了,不想再尝。向於说,我不会害你的,我是你最要好的朋友,果子说,害我的都是我最好的朋友,小八子你知道的吧,和我怎么样,够哥们儿的吧,去年就坑了我一把,他就把去年小八子的事情告诉了向於。小八子来向我借钱,我倒不是不肯借给他,只是那一阵正好手头紧,就介绍了一个朋友,借了去,这一去就再也回不来了,最后怎么办呢,打官司。果子一口气讲完全过程,末了说,当然也不全是小八子的责任,小八子也是被人坑了,但是坑小八子的人呢,也是小八子的好朋友呀,和小八子还是青梅竹马呢,还有那么点婚外的意思呢,不是照样不还钱,但是再说了,小八子的那个青梅竹马呢,也不是个坏女人,也蛮老实的,她坑小八子也没有办法,别人把她的钱挖走了,她拿什么还小八子,总不能卖自己吧,就是这样,钱拿不到,追究责任有什么用,你想想,弄到最后,最要好的朋友只好上法庭,什么滋味。向於听了,过了半天,说,那么照你这么说,这天底下就再也没有借贷的事情发生了,银行不也是放出钱去收不回来,那人家银行怎么不关门,怎么还越开越多。果子愣了愣说,人家是人家的事情,我是给搞怕了,我不敢了,打死我我也不敢做中人。

从果子家出来,钱梅子看向於情绪沮丧,正想说什么安慰安慰他,向於却突然振奋起精神来,说,我想到了,到小季那里去。

向於向钱梅子说,果子一番话,至少让他明白了一个道理,现在你找私人借钱确实人家害怕,但是公家不害怕,公家的事情好办,于是向於就想到了小季。

小季呢,原来在市机关的一个部门工作,最近,调到一个离休老干部的什么公司去了,叫他替老干部的公司做点生意,这个公司呢,市里给了一笔基金,靠这点本,可以挣点钱,也替老干部解决点福利问题,也免得老干部一天到晚对现政府提意见,抱怨物价上涨,抱怨腐败之类,所以向於估计小季手里是有些活钱的,找到小季一问,果然小季承认手里有钱,说,这钱呢,是上面拨下来的无息贷款,正愁没地方发财,要小季去倒钢材棉花什么,小季也懒得动,如果能给两点的利,两年还,他就借出来,钱梅子听说要两点的利,犹豫了一下。向於说,两点的利不高呀,现在外面,三点的利都有人要。小季说,不是有人要没人要的问题,是你根本找不到地方借的问题。向於说,对,根本找不到地方借,钱梅子说,那向於你做决定,我也不太懂,你认为行,就借,两点利,两年还。向於说,就这么定了。

钱梅子根据小季的要求第二天就到小季的公司去办手续,找到了公司所在地方,走进去一看,里边有好多人,乱七八糟的,没见有小季,钱梅子问季经理在不在,也没有人回答他,七嘴八舌的也不知在说什么,钱梅子便找了一个看起来比较老实的人向他打听小季,这人向钱梅子看了看,说,小季?他是哪个公司的?钱梅子说,就是你们这里的公司,那人说,我们这里?说着笑起来,说,我们这里,这一间屋里,有多少个公司你知不知道?钱梅子愣着,那人又笑,说,八家公司,你不说找哪家公司,我们怎么回答你?钱梅子想了想,说,公司名称我记不大清,只知道是市里离休老干部的一个什么公司,那人才点点头,说,有的,叫夕阳红公司,名字蛮好听的吧,注册地址是这个地方,但是他们基本上没有人来过。钱梅子有些吃惊,说,小季呢,你们也不认得小季?那人说,小季我们倒是认得的,不过他不来这里上班?钱梅子问小季在哪里上班?那人就叫住另一个人问小季在哪里上班,这个人也不知道,再问一个人,说,好像是在市老干部局的。钱梅子又找到市老干部局,果然小季在,看到钱梅子来,小季说,对不起,我请示了会长和副会长,我这是老年基金会的公司,所以做主的是会长和副会长,他们不同意,说,借出去的钱等于泼出去的水,我们不能因小失大,看到几个蝇头小利,就把大钱扔了。钱梅子说,我们可以订合同,到公证处公证,小季摇了摇头,说,回去替我向向於打个招呼,就向钱梅子摆摆手。

钱梅子回来告诉了向於,向於说,好个小子,什么会长不同意,副会长不同意,他是经理,经济往来根本不需要经过什么会长不会长同意,八成过了一夜又后悔了。

阿兵那里呢,也有了回音,也和向於的情况差不多,满怀信心和希望而去,失望而归。

下晚钱梅子碰见下班的吴同志,说吴同志,你是董事长呀,你怎么不着急?

吴同志说,你怎么知道我不着急?

第 9 章

　　吴同志有个很有钱的亲戚在离城不远的县城里,吴同志一早起来,就上了往县城去的班车,到了县城,找到亲戚的单位,把事情向亲戚说了,才说了一半,亲戚就听出意思来了,慌慌张张地拉了吴同志出来,说,你怎么什么事情都能当着外人说,人家听了,还以为我有多少钱。吴同志说,难道你的家庭情况你们同事都不知道?亲戚说,我告诉你吧,我以前是有点钱的,现在没了,我也不想让同事知道。吴同志心里一凉,说,你不是因为知道我要来找你借钱就说没有钱吧?亲戚说,天地良心,我是那样的人吗?回头进去和同事说了一声,提早下班,就拉着吴同志来家,从床下面的抽屉里摸出一个信袋,从里边拿出两张盖着章的白条,吴同志一看,是某个村的公章,具体落款,是村办化工厂,写着,今收到某某某集资款五万元,另一张是三万元,年利百分之二十五,时间是三年前,吴同志有些不明白,朝亲戚看,亲戚哭丧着脸,说,没了,要不回来了,我的全部家产都投进去了。吴同志说,这是有公章有单位的。亲戚说,那个厂已经宣布倒闭了。吴同志说,那是村办厂,厂倒闭了,村还在,你找村里呀。亲戚倒挂了眉毛,说,是个贫困村,想一步翻身登天的,所以当初下了大决心,背了天一样大的债办化工厂的,结果行情没有摸准,产品滞销,现在呢,村里也不赖,承认是欠着钱的,凡是有条子的都承认,但是还不出钱,连村里的办公室几间破房子也都被法院封了,封了又怎样,仍然是没有钱。吴同志说,你怎么把钱存到这么一个乡下去?亲戚说,唉,贪图他的利息高呀。吴同志说,人家可以打官司,你也可以打。亲戚把头摇得拨浪鼓似的,说,打了官司就什么也没有了,现在我好歹有这两张白条呢,有时候拿出来看看,也自我安慰一下,说不定哪天人家村里好起来,能还我们,若是打了官司呢,他判村里一间破屋给我,我要了干什么,卖又没人要。吴同志陪着亲戚叹了气,亲戚说,碰到这种事情,我还不敢和别人说,好心的人吧,同情你,觉得你倒霉,可怜,不好心的人呢,笑话你,认为你活该,看好戏。

吴同志在亲戚家吃过饭,亲戚把他送到长途车站,离开车时间还有一阵,吴同志叫亲戚回去,亲戚说,那我就先走了,吴同志目送亲戚远去,看着他已经微驼的背影,心里酸酸的,想到钱没有借到,想到早晨出来时,钱梅子巴巴地看着他的那种期盼的目光,现在他回去,可以想象钱梅子的目光会是怎么一种失望的样子。

发现候车室对面的座位上坐着的女同志,好像有些脸熟,但想不起来是谁,吴同志正犹豫着要不要去接触她的目光,突然就看到她向他笑了一下,就在这一笑的过程中,吴同志突然想起她的名字,吴同志有些不好意思,说,你是于小婉?

于小婉说,是的,你刚走进来的时候,我就认出你来了,我想和你打招呼,你好像不认得我。

吴同志说,我怕认错人,无端端地向一个不认得的女孩子笑,不可疑嘛。

于小婉说,什么女孩子,我恐怕比你大呢。

吴同志朝于小婉看看,说,不见得,你哪一年的?

于小婉抿嘴一笑,说,你哪一年的?

吴同志说,错了错了,犯错误,问女士年龄,犯错误。

于小婉的脸有些红,吴同志不由又看了她一眼,这时候车来了,他们一起上车,两人座位不在一起,于小婉指指自己身边的乘客,向吴同志说,吴同志,你和他调换一下。吴同志就过来调换位置,那人倒也爽快,二话没说,就坐到吴同志的位子上,吴同志过来,在于小婉边上坐下,于小婉笑了一下,说,你知道我叫于小婉?

吴同志说,我也觉得奇怪,怎么突然一下子就叫出你的名字来了。

于小婉说,你怎么会知道的?

吴同志想了想,有些奇怪,我怎么知道她叫于小婉,我在哪里遇见了她的呢,吴同志说,你是向小桐的同学?

于小婉说,我参加过市文化局举办的越剧演唱比赛,你是评委之一。

吴同志说,噢,对了,于小婉,我记得有你的名字,是去年,你参加复赛的吧。

于小婉笑着说,哪里是去年,好几年前的事情了,我哪里进复赛了,连初赛也排在最后的名次里,根本不行。

吴同志说,你唱的哪段?

于小婉说,天上掉下个林妹妹。

吴同志说,你唱小生?

于小婉说,我的嗓子只能唱小生,唱花旦唱不上去。

吴同志说,好像唱天下掉下个林妹妹的有好几个,你可能这里边有些吃亏了。

于小婉又笑起来,说,哪里,天生我唱得不行,我是瞎唱唱的,那时还在厂里工作,那次也是碰巧,和几个人在厂里唱歌唱着玩的,给厂办主任看见了,说,你唱得好,参加市里的比赛吧,我说,我不行的,我是瞎唱唱,怎么去比赛,他说,帮帮忙,帮帮忙,别的单位都已经报了名,就我们厂空着,又要吃鸭蛋了,帮帮忙,我们笑他,说,帮什么忙,吃鸭蛋是厂里吃,又不是你吃,吃鸭蛋,叫上面批评也好,说明我们厂不重视文化,好事,他求爷爷告奶奶了,说,帮帮忙,帮帮忙,我也拿他没办法,就唱吧,就去唱了个天上掉下个林妹妹,嘻嘻,出洋相。

吴同志说,没有通过初赛?

于小婉说,根本不行,你知道谁给我打了个最低分?

吴同志犹犹豫豫地说,不会是我吧?

于小婉忍不住又笑,说,正是你呀,才给我七点八五分,嘻,嘻嘻,我真的那么差呀。

吴同志说,对不起,对不起,我不知道。

于小婉说,怎么对不起呢,天生我唱得蹩脚。

吴同志说,那次是没有搞好,一团糟,我记得有个叫马丽丽,用录音带冒充,唱到一半,突然带子出了问题,被发现了,哭起来,场上大乱。

于小婉说,我也记得的,哭得一塌糊涂,后来重唱,其实唱得真是很好,何必冒充呢,反而评不上了,我们大家都说,如果她不冒充,凭自己的实力,应该能上去。

吴同志说,求胜心切呀。

于小婉说,到了那上面,谁不求胜心切呢,像我这样,瞎混混,少有的,说着又笑。

吴同志说,你是个开朗的人。

于小婉说,也不见得噢,你相处时间长了就会发现第一次接触时会有许多假象噢。

吴同志说,你很实事求是。

于小婉说,也不见得噢,停了停又说,其实我们两家,关系也应该算得近的,我儿子比你们吴为大两岁,和你们吴为在一个班上。

吴同志说,上学上得迟?

于小婉轻轻叹息一声,过了一会儿说,学习不行。

吴同志说,不会的,男孩子调皮,贪玩,长大些会好的。

于小婉说,也许吧。

一路上竟然就说了许多话,不知不觉车就进了市里,到了站,下车的时候,吴同志说,你到县里干什么呢?

于小婉说,我来讨债。

吴同志说,你们单位怎么叫女同志出来讨债,这算什么,多不方便。

于小婉说,也没有什么不方便,我也习惯了,看着吴同志,你是出差吧,我知道你们文化局常常要跑基层的。

吴同志说,不是出差,也没有犹豫就把几个人合伙开饭店的事情说了说,说自己在县城有个亲戚,家里好像有点钱,打电话过来,哪知电话号码已经改过,打不到了,专程坐了车到县城来试一试的。

于小婉听了,说,试了怎么样,恐怕也难吧,你没听现在外面大家说的一句话,你若是想失去一个朋友,你就借钱给他,你若是想得到一个敌人,你就借钱给他。

吴同志说,是的,他也没有钱了,钱都集资到乡下拿不回来了。

说话间,已经到了街头,于小婉停下了,看着吴同志,说,你们缺多少?

吴同志说,两三万。

于小婉说,也不算多。

吴同志说,多是不算多,对有些人说来,这是小菜一碟,可是对我们这些靠工资吃饭的人,已经竭尽全力,再也拿不出来了。

于小婉手指指前方,说,我朝那边走了。

吴同志说,再见。

于小婉说,再见。

他们分头走开,吴同志回头看看于小婉,于小婉也回头看了一下他,他们互相笑笑,摆手,走了。

这一天是周末,吴同志回家时已是下晚,没有看到钱梅子,就急急地跑回自己家,他怕看钱梅子的眼神,进屋看到吴为已经开了电视在看电视,听得向小桐说,吴为,你作业做了没有?

吴为说,明天星期天明天做。

向小桐说,能拖就拖噢,见吴同志进来,便向吴同志说,就这样子,一点没有上进心,什么事情,能赖就赖,什么事情,能拖就拖,满脑筋的玩、玩、玩,电视、电视、电视。

吴同志说,吴为,说的是谁呢?

吴为根本没有听见,无动于衷。

向小桐说,我是教育不好他了,你教育吧。

吴同志去关了电视机,说,做好作业再看电视。

吴为又去把电视打开,说,跟你说了明天星期天明天做,烦不烦。

吴同志说,你今天做好了明天玩起来不是更痛快?

吴为说,我不愿意。

向小桐说,就这样,你看吧。

吴同志有些生气,说,你不愿意?什么叫你不愿意?难道你不愿意上学就可以不上?

吴为说,我没有不愿意上学。

吴同志说,我看你的样子就是不想上学的样子。说着又要去关电视,吴为大声吵起来,吴同志说,吴为,我和你谈谈,你长大了想不想有出息?

吴为眼睛不离电视,嘴上说,什么?

吴同志说,问你呢,长大了想不想有出息?

吴为说,噢,什么,出息?不知道。

吴同志说,你再调皮,我打你。

吴为说,现在都是独生子女,家长都宠的,舍不得打。

吴同志忍不住笑了,向小桐说,还笑,弄不好了,这个小孩。

吴为说,我怎么啦,我功课又不比别人差,你们自己说的我又不笨。

吴为说到笨,吴同志突然就想到于小婉,想起于小婉她儿子的事情,不由看了向小桐一眼,说,向小桐。

向小桐正在忙晚饭,因为吴同志没有借到钱,她的情绪也不怎么好,没精打采地抬眼看看他,嘴不应心地说,什么?

吴同志说,你有个同学叫于小婉?

向小桐想了想,又看了吴同志一眼,说,于小婉?她好像比我高一级吧,你认得她?

吴同志说,今天到县里在车上和她同坐一辆车,在车上我也没有注意,下车的时候她叫我的,她叫我,我都记不起来了,好像有点面熟,还是她记得我,去年她参加市文化局的越剧演唱比赛,我是评委,我给了她个最低分,我记不得她唱得怎么样。

向小桐说,她从前是很活跃的,现在好像不怎么出头露面了。

吴同志说,当时参赛的人名字和单位都不向评委公布,只知道几号,要早知道是你同学,也多给她打几分,要不让人家说胳膊肘子往外拐。

向小桐说,她也算不上我的同学。

吴同志说,今天她说出这个事情来,我倒不好意思。

向小桐没有再吭声,晚饭弄好了,大家吃了,又看电视,到很晚,吴为终于累了,去睡了,吴同志又看了一会儿电视,回头看看向小桐,说,向小桐。

向小桐没有看他,说,什么?

吴同志说,你知道我说什么。

向小桐说,不行,正来着。

吴同志说,不对呀,日子不对。

向小桐说,难道我骗你?

吴同志无话,管自己睡去,半夜醒来,听到外面狗叫,心里有些异样的感觉,又觉得身边的向小桐好像醒着,轻轻地叫了一声,但是向小桐没有吭声,吴同志再又睡去。

早晨一起来,向小桐说今天她有个同学聚会,要出去一整天,让吴同志在家做饭、做家务,吴同志说,什么同学聚会,你们不是刚聚过会吗?

向小桐说,难道我说谎?

吴同志说,不是说你说谎,只是觉得奇怪,才聚了会的,又要聚会？

向小桐说,怎么,不可以吗？

吴同志说,我也没有说不可以,向小桐没吃早饭就出门了,吴同志对吴为说,吴为,我们到街上吃早饭吧,省得自己动手了,吴为说好,父子俩一起来到街头的小吃点上,人很多,找两个位子坐下,看老板娘手脚麻利地做着,吴为说,爸,你眼睛发直,吴同志不好意思,说,你瞎说什么？吴为说,这是正常的。男人看到长得好的女人如果眼睛发直这是正常的,如果眼睛不发直,无动于衷,这才是不正常的,吴同志哭笑不得,说,你懂。吴为说,我不懂。点心端上来,老板娘向吴同志妩媚一笑,吴为也向吴同志一笑,吴同志忍不住叫了吴为一声,吴为。

吴为抬眼看看父亲,等他的下文,吴同志却不说话了,吴为就低头自顾吃。

吴同志等了等,又说,吴为。

吴为说,什么？

吴同志犹犹豫豫地说,你们班上,笨的同学多不多,吴为警惕地看了他一眼,说,你什么意思？

吴同志说,没什么意思,随便问问。

吴为说,笨的同学？多,多极了,老师恨极了,骂我们,你们一群笨死人,每次考试,总是我们班最差,把老师气的,嘿,我们老师,声音是女高音,尖兮兮的,骂起人来也好听。

吴同志说,一群笨死人？

吴为说,是,也包括本人在内,本人也是笨死人。

吴同志忍不住笑了一下,他想象吴为的老师尖着嗓子骂小学生的样子。

吴为说,我们老师想办法治我们,把我们分成四组,优良中差,多少分以上的就坐优组,多少分以下的就坐差组,结果你晓得,我们一大半人都坐差组,坐不下了,老师气的,嘿嘿……

吴同志说,于小婉的儿子在你们班上吧?

吴为愣了一下,说,什么于小婉?

吴同志说,爸爸叫维民的,一个男同学。

吴为说,维民?姓维?没有呀,我们班没有姓维的。

吴同志说,不是姓维,是姓胡。

吴为说,胡?有的,胡汉山,是我们班的,呆子,胡汉山。

吴同志说,怎么会叫胡汉山?

吴为笑了,说,不是叫胡汉山,我们叫他胡汉山,胖子,笨得要命,天天给老师骂。

吴同志说,是他。

吴为说,是谁?

吴同志突然有些不好意思,说,不关你的事情。

吃过早饭和吴为一起往回走,经过小店,小店里管传呼电话的阿姨说,吴同志,刚才有你的电话,我到你家去,他们说你带小孩出来吃早饭,我告诉电话那边的人了,叫她过一会儿再打过来。吴同志说,是什么人,有没有说什么事。阿姨说,没说什么事,是个女的。吴同志想了想,说,女的?不是向小桐?阿姨说,怎么是向小桐,向小桐的声音我听得出来。吴同志说,她说过一会儿再打来?阿姨说,你就在这里等一等吧,省得我一会儿再跑去叫你,吴同志就在小店门口等了一会儿,果然电话铃响起来,阿姨接了,说,是找吴同志的,在,他在这里,将电话递给吴同志,吴同志拿到耳边就听出来是于小婉的声音,心里像是有点激动,又像是有点紧张,说,于小婉,是你?

于小婉告诉吴同志,昨天听吴同志说了想借点钱的事情,回去就向几个手头有点活钱的朋友打听了,正巧有个朋友,手头有几万块钱,暂不用,存银行又嫌利息太低,于小婉跟他一说,就答应了,一年期,两点的利,也用不着每月付息,到时候连本带息一起还清,条件非常之好,今天就可以帮他们办成借款手续。

吴同志捏着话筒,有些发愣。

于小婉感觉到吴同志的犹豫和发愣,说,吴同志,是不是已经借到钱了?

吴同志说,没有,没有,哪里有。

于小婉说,那就是你信不过我。

吴同志说,哪里,哪里,怎么会信不过你,我只是觉得,觉得有点突然。

于小婉说,你是不是要和他们商量?我等你的回音,你最好快点给我回音,现在借钱的事情就像打仗,分秒必争的,夜长梦多,我还担心我那朋友昨天夜里说好的事情,今天早晨又会变卦。

吴同志说,好的,我和他们商量一下,马上就给你回音。

于小婉将自己的电话号码告诉了吴同志,就挂断电话,吴同志心里乱乱的,有点理不清,赶紧往家里去,到钱梅子那里,将事情告诉钱梅子,钱梅子听了,心里一阵激动,马上就要到于小婉的朋友家去谈定借钱的事。吴同志说,两点的利,也不算很高呀。钱梅子说,当然不算高。吴同志说,那就奇怪了,她怎么这么积极呢?钱梅子也不管奇怪不奇怪,拖着吴同志就到小店打电话,吴同志电话打过去,果然于小婉在等着,说,好的,你们现在就来办,我在××地方等你们。

吴同志和钱梅子赶到约定地方,由于小婉带着来到朋友家,朋友刚起床,看到钱梅子吴同志的着急样子,说,你们急什么,我答应于小婉的事情,怎么会变,不会变的,我和于小婉,什么关系呢,说着朝于小婉挤眼。于小婉说,去你的,大家一笑,很顺利地就把手续办好,事情解决了,拿的是现金,也省却另一番手脚。

钱由钱梅子揣着,于小婉看看钱梅子,说,钱梅子,我听吴同志讲起你的事情,真是很有勇气和胆量。

钱梅子说,我有什么,我一个下岗女工,也是无可奈何才出来做点事情。

于小婉说,人都是这样,不到无可奈何山穷水尽,也想不到发愤图强的。人是有惰性的,但也有很大的反弹,有时候被逼到绝处,就突然爆发出力量来,干成了大事情。

明明知道于小婉是有意讲好话给她听的,但是听了心里总是很高兴的,钱梅子说,我们这是众人一起办的事情,要靠大家出力。

于小婉说,是的,我看到你们这种精神也很感动的,现在外面的人,一个个你争我夺,只怕好处给别人抢了去,自己呢,最好力气呢少出一点,风险呢少担一点,钱呢,越多越好,像你们这样,几个邻居,能够同心协力办饭店,真是不容易,我如果早一点碰见吴同志,早一点知道这样的事情,说不定我也来插一脚,也不知你们欢迎不欢迎?看钱梅子和吴同志都有些尴尬,又说,当然,我也只是说说而已,你们都是亲戚,自己人,我算什么?

她这样说了,钱梅子倒不好意思,说,于小婉,你对我们的帮助,我们不会忘记的。

于小婉说,下面的路还长着呢,有什么要我做的,只管招呼一声,我总是要尽力的。

钱梅子就下意识地看吴同志,吴同志也真的不明白于小婉是怎么回事,缠着磨着要帮助他们,一时竟也无话可说,心里仍然是虚虚的。

于小婉说,钱梅子,下一步要进货了吧?

钱梅子说,是的。

于小婉说,进货呢,你要掌握这么几点,一就是价格,价格一定要控制。第二呢,是货源的广泛性,也就是说,货源要广,品种要多,才能丰富多彩。第三,就是它们的新鲜程度,这也是很重要的,一定要保持新鲜,现在吃饭的人都讲究个口味,菜如果不新鲜,口味就做不好,还会违反卫生防疫的规定。当然,还有其他许多,我这只是随口一说,总之呢,你的进货渠道一定要搞好,要畅通,进货渠道的问题解决了,其他问题,诸如价格啦,货源的丰富啦,新鲜不新鲜啦,都能迎刃而解。如果你的进货渠道不解决,下面一系列的问题就会跟着来。

钱梅子说,于小婉,是不是你也开过饭店?

于小婉说,我哪里开过饭店,我这样的人,干什么事情都不行的,东一榔头西一棒子的,吴同志了解我,我干不成事情的。

钱梅子说,那你对这一套很在行呀。

于小婉说,我也是平时听人家随便说说,随便听听,了解一些,也不多,只是皮毛的东西,具体干起来,要复杂得多,这个你们具体做事情的最有体会了。

钱梅子觉得于小婉确实懂一些关于开饭店的事情,只是不大相信如她所说只是别人随便说说,她随便听听听来的。钱梅子又朝吴同志看看,吴同志的眼光向她表示,我也不明白。

说话间就来到岔路口,吴同志支支吾吾地向于小婉说,于小婉,你帮了我们这么大的忙,叫我,叫我,不知说什么好。

于小婉说,我又不是白送钱给你,是借钱,两点的利,也算是高利贷了,说着向吴同志和钱梅子挥挥手,远去了。

钱梅子看出吴同志略有些留恋的意思,问吴同志这个于小婉是什么人,吴同志说了说从前的事情和昨天到县城碰见她的事情。钱梅子听了,觉得有些奇怪,说,她对你也不算很熟,怎么肯帮这样大的忙?吴同志突然就有点心虚,不敢看钱梅子疑问的眼睛,支支吾吾地说,我也不太明白,我昨天跟她说了说我们急等钱用的事情,哪知她这么热心,今天就替我们解决了。钱梅子似乎从吴同志的眼睛里看出了什么,意味深长地笑了笑,吴同志更加心虚,说钱梅子你笑什么,钱梅子你笑什么,什么意思?钱梅子说,难道我不能笑?吴同志说,你笑得很不对头,有什么意思在里边?钱梅子说,奇怪了,有什么意思在里边,你说有什么意思在里边?吴同志说,反正,钱梅子你别朝歪里想,没有什么事情的。钱梅子说什么叫没有什么事情?看吴同志的窘相,又忍不住要笑。吴同志说,钱梅子,于小婉借钱的事情,详细的你不要向向小桐说好不好?钱梅子说,到底心虚呀。吴同志说,心虚是不虚的,只是因为于小婉替我借钱这事情,我自己还没怎么想得通,向她说不清楚,怕她啰唆,你知道的,向小桐一啰唆起来就没个完,问起来,你就说是我的一个老朋友,别说男的女的。钱梅子说,她要是问男的女的呢?吴同志说,你就说你没看见人,钱拿到了,人没见着。钱梅子笑,说,好吧。

事情很顺利地就解决了,向小桐也没有详细打听借钱的对象是个什么人,只知道钱借到了,难题解决了,很高兴,以为真是吴同志的一个什么朋友帮的忙。

钱梅子心里便隐隐约约地有些不太好的感觉,又辨别不出是一种什么感觉,是担心吴同志和这个奇奇怪怪叫人说不清的于小婉会有什么事情发生呢,还是担心其他什么,她说不清心里的滋味,只是想,我不管别的,我只管做我的饭店,把我的账管得紧紧的,不让别人有一点点空子好钻,反正进出的财务都在我手里,账号也抓得紧紧的,不给别人经手,连碰一碰也不能,钱梅子想,如果真是个骗子,就看她怎么骗法。

第 10 章

　　在大家的共同努力下,钱同志饭店终于开张了,这天晚上,自是各方神仙,土地老爷一一请到,花篮也有不少,先是在门口大街上放了炮仗,又由来宾讲讲话,又吴同志和钱梅子都讲了几句,钱梅子讲话的内容事先是向觉民写好的,钱梅子都倒背如流了,但是临到讲话时,心里仍然很紧张,声音有些颤抖,竟然开了一个头就把下面的内容忘记了,不知怎么办,看到酒杯,就举了起来,说了一句感谢大家的话,就一口把酒干了,一杯酒冲到心里,突然就踏实起来,心也不慌了,声音也不抖了,讲话稿上的内容全都记起来了,一开讲,竟然就滔滔不绝,妙语连珠,连向觉民没有写的东西也讲了出来,来宾看钱梅子一口干了酒,又如此能说会道,心下都觉得钱梅子来事,是块开饭店的料。

　　钱梅子最后又向大家敬一杯酒,感谢捧场,感谢光临。

　　就开始吃饭,十几张桌子的店面,挤得满满的,同桌的人呢,开始多半互不认得,拣些客套话说说,但酒过三巡,大家的情绪热烈起来,没有什么客套不客套,都像多年老友似的,男人说话也荤起来,女的听了,脸红红的,不好意思,多半抿着嘴笑,这一笑,男人更来劲,有些放肆了,酒也下得快,坐在主桌上的一位周主任,五十多岁,说老也不怎么老,说不老倒又有些老了,开始很严肃,正襟危坐,被敬了几杯酒下去,也笑起来,拉住钱梅子的手,要钱梅子喝酒,钱梅子呢,本来对喝酒也已经习惯,也知道自己是能够喝几杯的,对开张之日的事情也早已经有了思想准备,是要好好喝几杯的,但是这时候被周主任拉着手,虽然也四十出头的人了,到底男女有别,倒不好意思起来了,脸红红的,说自己不能喝酒。周主任觉得自己的豪气被钱梅子的样子逗起来了,站起来,向钱梅子说,你喝一杯,我喝三杯,手仍然牵着钱梅子的手,像一位老爷爷牵着上幼儿园的小孙女,大家一片叫好,钱梅子想将自己手抽出来,却被周主任死死攥住,抽不出来,她为难地看看坐在另一张桌上的向觉民,向觉民却正和身边的人说话,一直没有往这边看,也不知他是不是有意不看钱梅子,钱梅子无奈,只好再看挨桌子敬酒的吴同志,吴同志却向她一点头,钱梅子说,好,你说的,我一杯你三杯呀,不许赖,乘势将手拔出来,去端酒杯,一仰脖子,将酒喝下去,又是一片哄闹,周主任满脸放光,这时候于小婉过来,也来向周主任敬酒,周主任朝于小婉看看,歪着头体味了一会儿,却找不到感觉,仍然回过来伸出双手再去握住钱梅子的手,抚摸着,说,好,好,我就看出来,你是个女中豪杰呀,回头向大家说,怎么样,我的眼光不错吧,这许多人中,我怎么偏偏看中她呢?大家说,周主任看得准,周主任看得准,也有人逗笑说,周主任你话可得说说清楚,你是看中我们钱经理的酒量呢,还是看中别的什么呀?大家大笑起来,钱梅子偷偷朝向觉民一看,向觉民仍然没有朝这边看,虽然这边桌上吵闹声大起来,其他人都在张望,唯独向觉民像个聋子瞎子似的,不听不看,但钱梅子注意到他的脸上,却露出些悒意,钱梅子脸上一红一白,有些心虚地将眼光撇开了。周主任却笑呵呵地仍然拉住钱梅子的手,说,好,好,也不知好的什么。钱梅子指指周主任桌前的酒,说,周主任,你的三杯呢？周主任说,没问题,没问题,一只手放开了钱梅子的手,去抓酒杯,另一只手仍然拉着钱梅子,咕咚咕咚三下子,三杯酒下肚了,脸红到脖子根,连耳朵眼睛都红,笑眯眯地盯着钱梅子说,你看看我,脸红了吧,喝酒脸红,是好人呀。一眼看到向觉民举着杯子过来,手一指说,你看看,这是坏人呀,大家回头看向觉民,果然脸色白里泛青,都笑起来,说,向老师能喝,脸不变色,钱梅子暗暗底下揪一揪向觉民的衣角,向觉民只作不知,向周主任说,周主任,来,我敬你一杯,周主任也不客气,将酒喝了,一只手仍然拉住钱梅子的手,向觉民将钱梅子的手拉过来,说,走,我们一起去敬一敬其他人,钱梅子便从周主任手里挣脱出来,被向觉民拉着一桌一桌敬了,后来向觉民找个空子问钱梅子,那个周主任,哪里的,什么主任？钱梅子说,我也不知道呀,不是你们请来的吗,怎么反而问我？向觉民说,我根本就不认得他,我到哪里去请他。钱梅子说,问问吴同志,可能是他请的吧,过去拉住吴同志问,吴同志向周主任看看,摇头,说,不是我请的,我不认得他,又向四周看看,说,可能是向於请的,钱梅子走到向於桌上,手指着主桌上的周主任,说,向於,那个周主任,是你请的吧？向於向主桌看看,问,哪个？钱梅子说,就是那个,又指了指,向於想了想,说,不是,我不认得他。钱梅子说,这就奇怪了,也不是吴同志请的,也不是向觉民请的,你也不认得,那么哪里来的呢？向於说,有什么奇怪的,肯定是阿兵请的,今天阿兵的人最多了,也有乌七八糟的,钱梅子正要再找阿兵,却不料那边桌上周主任已经嚷起来,说,向老师怎么抓住夫人不放呀,把她放过来,她是我们的。大家又笑,说周主任你说话也太简略了呀,向老师夫人当然是向老师的,怎么是我们的呢?周主任也笑,说,那是,那是,我这是专指在今日的酒席上嘛,没有别的意思啊,这一桌人的气焰显然要比其他桌上都厉害,这一嚷,别的桌上的人又朝他们看,听他们说话,跟着他们一起笑。向觉民对钱梅子说,你过去,再灌他几杯。钱梅子说,我今天也喝多了。向觉民说,没事,这人,再有几杯就厉害不起来了。钱梅子说,那再有几杯我也完了,说着向那一桌过去,人刚到,手又被周主任抓住了,钱梅子只得抽出手来向他敬酒,一会儿,周主任的嗓门又大了,一嗓子,就把乱哄哄的场面镇住,说,今后我们单位有客人,有宴请,都到你这儿来,怎么样?钱梅子听了,心里一跳,正想说什么,周主任又说,怎么的,小钱的杯子空了,加满加满,有人拿起酒瓶晃了晃,说,没了。周主任大声说,酒没了,上酒,上酒。钱梅子跑到向於身边,哭丧着脸,说,还喝呀,这一桌都已经四五瓶白的下去了,今天可是上的五粮液呀!向於说,就是黄金液也得上呀。向於吩咐再上酒,钱梅子这时才看到阿兵不知从什么地方冒出来,一把抓住了,说,阿兵,你到哪里去了?阿兵一头汗,说,找派出所所长呀,这方土地不请可不是个事情。钱梅子说,还没找到?阿兵抹了一把汗,说,找到了,一会儿就到,钱梅子指指周主任,说,那个周主任,是你请来的?阿兵朝那边一看,说,噢,是他,我原来不是请的他,请的他们一把手,一把手来不了,让他来的。钱梅子说,他是副的?说话能算数吗?阿兵说,管他副的不副的,既然一把手能让他来代替,总也算个人物吧。钱梅子说,是哪个单位,是个什么主任?阿兵没有来得及回答钱梅子的问题,就向那一桌过去,向周主任打招呼,敬酒,一会儿阿兵又过来,低声向钱梅子说,还没尽兴呢。钱梅子说,还喝呀?阿兵说,酒是差不多了,还想玩玩,唱唱什么的。钱梅子说,有卡拉OK,让他们唱就是。阿兵说,这档次的,他们看不上眼,要另外找地方,包一间。钱梅子说,算我们请?阿兵说,那是当然,这小意思呀,要开口洗桑拿,你怎么办,一个人就是上千元的消费,你能不请吗?包个单间唱唱什么的,这还是看面子呢。钱梅子说,看谁的面子?阿兵说,看我的啰,当然,也有你的面子,看不出,钱梅子你还蛮有公关能力。向觉民走过来说,公关个屁,阿兵一愣,再朝那边桌上看看,笑起来,说,周主任就那样子,有贼心也没有贼胆的一类,拉拉手什么,常有的事,你管他那么多呢。向觉民勉强一笑,说,我管什么,走开了去。这边呢,周主任硬要拉着钱梅子也去歌厅唱歌,阿兵说,钱经理走不开,经理还有许多事情要做。周主任说,那怎么行,钱经理不去我们去做什么?阿兵说,周主任,歌厅里有小姐的,周主任这才意犹未尽地再一次抓住钱梅子的手拉了又拉,依依不舍地离去。阿兵回头向钱梅子说,一会儿派出所所长来,告诉他我们在红歌星等他,钱梅子说,知道了。

杯盘狼藉,向觉民一屁股坐下来,向钱梅子说,再拿酒来喝,钱梅子有些担心地看看向觉民,没有动。向觉民说,怎么,他们喝得我们喝不得?钱梅子说,今天大家都有些过量了,一起来帮忙的几个亲戚也都上来劝向觉民,向觉民见大家围着他,也知道自己有些问题,冷静一下,笑了笑,说,围着我做什么,我没事,不喝就不喝吧。钱梅子说,你先回去吧,没事吧,向觉民说,没事,摇摇晃晃地往外走。

钱梅子回头和吴同志清点着客人送的红包,正说着话,门外有人大声说话,一会儿有人进来,是派出所所长到了,还带着几个人,也看不出是干什么的,钱梅子上前迎见了,递了烟,告诉说,阿兵让他们到红歌星歌舞厅。所长说,歌舞厅我不去,我是来喝你们的酒的，怎么，没有我的酒喝？指指身后跟着的一班人，我这帮兄弟，刚审了一个案子，正想放松放松呢，阿兵说你这儿有酒喝，才过来，没我们的酒，我们就走人，歌舞厅什么，我们不稀罕去。钱梅子连忙说，所长说哪里话，我这开的是饭店，能没有酒喝？回头向站在一边发愣的几个人挥手，让赶紧上酒，重新摆桌子上菜，所长这才笑起来，钱梅子说，只是，人都散去，没有多少人陪所长喝。所长说，没事，没事，只要有经理一起喝就行。钱梅子说，我今天也喝多了，所长说，怎么，能陪别人喝，不能陪我喝？钱梅子说，没这意思，没这意思，所长说，这就好，开始喝酒。

这一喝，真把钱梅子弄醉了，送所长走到门口，一经风，便哇的吐了出来，酸气熏天，向小桐急忙出来扶她，所长倒也不嫌弃，笑着，说，好，钱经理，够意思，女中豪杰，今后有什么难事，要我办的，只管吩咐，钱梅子这时候已经迷迷糊糊了。

不知什么时候醒来，有人正用冷毛巾往她头上敷着，看了一会儿，才看清是向觉民，才发现自己已经回家，一点也不记得怎么回来的，问向觉民，现在几点了？向觉民说，两点。又问，我怎么回来的？向觉民说，被人架回来的，你以为你还能走回来？钱梅子努力回想，只是记得送走派出所所长的事情，后来的都记不得了，说，没有出什么大洋相吧？向觉民说，醉成这样，还嫌洋相不大？钱梅子想了想，突然觉得好笑，突然想起在三里塘晚上和阿龙一起吃饭时，不知怎么就发现自己能喝酒了，活了半辈子，都四十出头了，怎么突然就喝起酒来了呢，也是命运的安排吧。向觉民说，一个女人，在那种公共场合如此喝酒，又醉成这样，像什么样子？钱梅子觉得委屈，说，不是开张吗，不是说要来宾都高兴吗，你以为我喜欢喝酒？向觉民说，我看你是蛮喜欢喝的。钱梅子说，我醉得难受,你还怪我。向觉民说,你醉也是你自己愿意,也是你该的,还不是你要干的事情吗,你要发财,你要开饭店,你要请客,你要拉客户,你要喝酒呀。钱梅子说,奇怪了,都是我一个人要干的吗,是我一个人想发财呀,你们都不想干,你们都不想钱,是不是?向觉民说,算了算了,不说了,你渴不渴,我给你倒点水喝,去倒了水来给钱梅子喝下,看钱梅子还想说话,连忙说,睡吧,天都快亮了。上床,关了灯,拉过被子盖了,不再有声音。

第二天早晨钱梅子醒来仍然感到头有些疼,坐在床上发愣,回想昨天晚上一幕,像是上辈子的事情,飘飘忽忽,起来洗漱过,就到饭店去,向於已经在那里,见了她就笑,钱梅子也不知他笑的什么,也没问,又见几个服务员也笑,才觉得有些奇怪,问笑什么,小丫头都不说,一会儿向小桐也来了,小丫头们指着向小桐说,你问她,你问她。钱梅子问向小桐,说,向小桐,怎么了,今天一来,就一个个朝我笑,有什么事?向小桐说,没事,有什么好笑的,说着,自己也有些忍不住的样子,钱梅子又回去问向於,向於说,你昨天醉得好厉害。钱梅子说,怎么,出洋相了?向於说,嘿嘿,从酒柜里抢酒瓶呢,吴同志去拦你,你好家伙,给人家一拳,打在脸上,马上就红肿起来。钱梅子吓了一跳,张着嘴,不知说什么好了,也不知该怎么办。向於说,嘿嘿,这还好呢。钱梅子说,还有什么?向於说,大家要送你回去,你呢,赖着不走,一把抱住一个人,大哭起来。钱梅子说,抱住一个人,一个谁?向於又笑,不说话,钱梅子说,你说,是谁?向小桐说,是派出所所长,你抱住派出所所长,哭得像什么似的,就站在这门口大街上,惹一大帮人来看,比饭店开张还热闹。钱梅子努力回忆昨夜情形,仍然没有点滴印象,问道,我真的哭?我怎么哭呢,有什么好哭的?向於说,那我们也不知道你哭的什么,反正你紧紧抱着警察哭个不停。嘻嘻,幸好我大哥先回去了,钱梅子说,没有的事,没有的事,不可能,向於说,反正又不是我一个人看见,大家都看见,大家拉你都拉不动呀,好大的力气,你看看,我们身上都青一块紫一块的,拉开衣袖给钱梅子看看,果然有几个乌青块。钱梅子说,真有这事,我醉成那样,见了鬼呀,一眼看见吴同志从院子向饭店过来,脸上果然肿起一块,红红的,有点泛青,钱梅子十分难堪,吴同志笑了笑,知道大家正说这事,连忙说,没事,没事,喝醉酒,这能算什么,喝醉酒的,什么事情干不出来,你这,算文的呢。钱梅子心想,抱着个男警察大哭,算什么,算文的呀。心里正懊丧,嘴上不好说,向於知道她仍然为自己醉酒失态耿耿于怀,再将话题扯开去,将已经得到的昨天晚上的开张情况的反馈说了,当然都是好的和比较好的,对正宗的苏帮菜评价都不错,服务质量也是上乘的,许多人表示,以后有饭局会尽量安排到钱同志饭店来,大家听了也都很高兴,又说了说话,总之对饭店的事情也充满信心,就分头上自己的班去。

　　钱梅子呢,关照全体人员,今天第一天正式做事,样样得小心,又进了厨房,给大师傅和几个下手发了烟,说了些辛苦之类的话,看了看菜谱,没什么可挑剔的,就退出来。

　　钱梅子往长街水上巴士停靠站过来,站着看了一会儿,就发现一辆水上巴士过来了,慢慢地靠近长街的站头,停稳了,导游指点着一船的游客一一上岸,钱梅子上前问导游,在这儿吃饭吗?导游说,是钱同志饭店开张了吧?钱梅子奇怪不已,说,你怎么知道?导游说,我看到报纸上的广告,平时倒也不怎么注意报纸广告的,也是偶尔看到长街几个字,才留心看一下,才知道长街上的钱同志饭店开张的事情,因为我是这条线的导游,所以对这条线的情况比较关心的。钱梅子说,你在哪个报纸上看到广告的?导游想了想,说不是日报就是晚报,哪里还有别的报纸会登呢,你们总不至于胃口大得登到外地报纸上去吧。钱梅子也没敢说他们根本就没有登广告,也不知广告是哪里来的,谁给他们登的,导游呢,倒是对饭店蛮感兴趣,问了问情况,钱梅子都说了说,尽量向好的方面说,导游说,今天来不及了,哪天我休息,专门来看看,说着过去招呼一群旅客走路看景,钱梅子站在远处大概地看了看,在心里大概地数了一下,这一船游客,少说也有二三十人,如果每天有这么一批人到钱同志饭店用餐,即使吃个便饭,也是很可观的了,想着心里就有些激动,眼看着导游带着游客越走越远,心里有些失落,想导游的话也不知能不能当真,再想,这长街的景太少了,看一看,不用一个小时,游客的时间都是很紧的,活动安排也一定是满满的,不可能在某一个景点看完了再等一段时间吃饭,就有点泄气。

正胡乱想着,店里有服务员过来,说有人到店里找钱梅子安排吃饭的事情,不肯跟他们说,要找钱梅子本人。钱梅子急急地回来,果然看到有个人坐在店堂里等着,服务员呢,已经泡上茶敬上烟,钱梅子不认得他,他呢,也不认得钱梅子,见服务员带了钱梅子进来,猜到就是钱经理,起了身,向钱梅子伸出手,说,是钱经理吧?

自从大家商量决定叫钱梅子做饭店经理,熟悉的人中间早已经叫开了,但是多半带有开开玩笑的性质,正式的被不认识的人称作钱经理,这还是第一次,钱梅子不由有些脸红,忙去和这人握手,说,欢迎,欢迎。

来人自我介绍说你叫我小孙好了,小孙说是周主任叫他来的,他们单位今天晚上有两桌宴请,要放在钱同志饭店,他特意先来联系,再看看饭店环境。

钱梅子想起昨天晚上周主任抓住她的手的情景,心里便有一种说不出来的滋味,原以为这个周主任就是个赖赖皮揩揩油的人,也没把他说过的话当一回事放在心上,哪里想到周主任倒是很关照,第二天就有饭安排过来,钱梅子大喜过望,问是什么标准,小孙说了什么标准,虽然不算很高,但也不算低了,钱梅子赶紧在心里一合算,光这两桌的利润就超过原计划中每一天的利润了,心里高兴,直感激周主任,嘴上呢,说着感谢小孙的话。小孙说,你感谢我也没有用的,是我们周主任叫安排过来的,周主任不叫过来,我们也不好随便做主的。钱梅子说,周主任是副主任?小孙愣了一下,怎么是副主任呢,为什么你认为周主任是副主任呢?钱梅子也说不出为什么,小孙笑了,说,你管他是正主任副主任,只要他给你安排人来吃饭,能付账,能说了算。钱梅子说,那是,又想,这个阿兵,连人家是正的副的都没有搞清楚。小孙又说,我们呢,以前也有个定点的酒店,但是服务质量太差,档次也太低,斩熟又斩得厉害,早就想挪个地方了,正好你们店开张,周主任昨天来的吧,今天一早上班,就大大地夸了你们一回。

　　钱梅子又带着小孙四处看看,小孙也是满意的样子,要交预订金,钱梅子说,不用了吧,小孙说,你这就不对了,不管我们之间关系怎么样、怎么熟悉,该收的订金还是要收的,按规矩,百分之五,你数一数,你要是不收下,到时候我们不来了,你不是白准备吗?钱梅子说,都是熟悉的人,你也不见得来骗我,再说了,就算你是骗我,又能骗去些什么呢?小孙说,有的人呢,专门恶作剧,钱梅子笑起来,说,不会吧。小孙说,你还是把钱收下,给我个收据就行。钱梅子收了钱,开了收据,小孙就走了,钱梅子把晚上两桌预订酒席的标准告诉了厨房。

上午又来了钱梅子的两个过去的同事,也是下岗了的,都说是看到报纸上钱梅子做了饭店经理,而且已经开了张,才找来的,希望能在钱梅子这里找点事情做。钱梅子说,呀,你们早来就好了,我的人已经招满了。同事说,我们也不晓得你现在这么发达了,做经理了,你也不告诉我们,前阵听说你炒股票了,是不是炒股票炒发了?钱梅子说,哪里,全部套牢了。同事说,那你哪来的钱开饭店?钱梅子把事情前前后后说了,最后又说到到处借钱的事情,同事不怎么相信,说,钱梅子哎,我们又不是来向你借钱的,你给我们哭穷干什么?钱梅子说,我没有哭穷,我确实是穷。同事说,你穷你还开个饭店呢,不太高兴地走了。

　　第一天中午有几个零散的客人,都是自己来长街景点游览的,到中午,饿了,也累了,看到钱同志饭店,随意这么一走,就走进来了,也没有感觉到是昨天刚开张的。一对呢,看起来是新婚夫妻,甜甜蜜蜜,也不在意别人怎么看,自顾亲热。另外还有一家人,老老小小,要的呢,都是最便宜的菜,这样一中午过去,送走几个客人,已经到了一点多钟,就看到上午的那个导游来了,钱梅子急忙迎过去,导游说,我来看看你们的店,四处看了看,又看了看菜单,看了看价目,点头,说,比较适中。钱梅子说,想不到你果然来了。导游说,当然要来,这也是我计划中的一步,我们的水上巴士,一天两班,一班半天时间,如果是早晨出发的,到你们长街也才九点多钟,如果是下午班,到长街更是前后不搭,下午三点左右,中饭晚饭都搭不上边,但是饭总是要吃的,我一直在寻找合适的地方,你们这个店,我比较看得中。钱梅子说,但是时间不凑巧?导游说,时间的问题,我可以解决,我可以绕过长街,先看别的景,最后一站来长街,叫他们在你们店里吃饭。钱梅子说,那太好了。导游说,下午一班也可以采取这种方式。钱梅子说,这样行吗?导游说,这有什么不行,我们做导游的,这点小主总可以做的,再说了和水上巴士的司机也会分红的,说着眼睛盯着钱梅子,好像在等钱梅子说话,钱梅子看出他的目光有等待回答的意思,但是却不知道他要听什么回答,呆呆地站着,导游笑起来,说,钱经理你也不要太为难,我呢,也不是那种心特别黑的人,我们按规矩办事,市面上的行情你不会不知道,我们呢,也不讲最高,也不讲最低,取个中间数,说着,做了个手势,钱梅子看不懂,正想发问,导游重新又做了一遍刚才的手势,钱梅子看出来是要回扣的数字,想导游也是靠这个吃饭的,不能指望靠工资,但是对他手势所做的数字不太明白,不知道他到底要多少回扣,做的呢,是十五的手势。百分之十五,钱梅子想了想,如果是营业额的百分之十五呢,那倒是要的不多,大概低于现在外面的行情,他介绍你一百块钱的生意,他只收你十五块?有这样的商场雷锋?怕是没有,而且这个导游,看起来不是个好说话的人,不会要这么低,但如果不是营业额的十五,这十五的手势又是什么意思呢?钱梅子只好直接问了,导游说,我这是按人头算,一个人十五块。钱梅子说,如果一个人平均消费还不到十五呢,我们这里最低消费是六元,一盘蛋炒饭,他如果吃一盘蛋炒饭,我们倒贴了不算,还要倒付你九块钱?导游说,你这是目光短浅的说法,你怎么不说最高消费,我们也不说特别高的,像你这店,平均每人花五十块钱消费总不难吧,这样想你们就不觉得吃亏。钱梅子说,就算每人五十块,我能赚到二十块,给你十五块?导游说,二十块是不止的吧,至少得有二十五块吧,饭店的利润百分之百是很普遍很正常的,钱梅子说,就算我利润二十五,给你十五,你拿大头?导游像是很惊讶地看着钱梅子,说,怎么,你连这个也不清楚,那你怎么出来做事情的,当然是我拿大头,我这是客源,这是第一要素,没有客源,你什么也没有。钱梅子说不出话来,导游脸色就不大好看,但又不愿意就此失去这么个好机会,往外走时说,我反正每天都跟水上巴士来这里,你想明白了,到长街那个站头找我就是,我叫王春和,钱梅子没来得及再说话,他就走远了。

到下晚的时候,向於、阿兵他们都过来了,店里正在准备着周主任的两桌酒席,钱梅子说,阿兵,人家周主任是正主任,你怎么说人家是副的,阿兵一脸奇怪,说,怎么会,怎么会呢,他们单位明明有个正主任的,难道一个单位还能两个正职?向於说,管他正的副的,只要他有权能够叫大家到我们这里来吃饭就好。阿兵又说,你们有件事情瞒着我的吧,钱梅子说,什么,没有什么事情瞒的,任何事情都是大家商量决定的。阿兵说,那么在报纸登广告呢,我事先怎么一点不知道,今天到单位,看到昨天的晚报,本来也不注意广告栏的,眼睛一瞄,忽然就瞄到了钱同志饭店,我奇怪呢,怎么饭店登广告,我这个副董事长都不知道。向於也看着钱梅子,说我也是听我单位的人说的,早晨一上班,他们就说,你家是长街17号吧,我说是,他们说你家大门口开了饭店呀,叫钱同志饭店,是你开的吧,我说你们怎么知道长街17号开了饭店,他们说,报纸上登的,我不相信,他们到处找报纸,结果也没有找到,但是个个说得千真万确,我还以为他们合了伙来捉弄我呢,没想到真的登了广告,钱梅子,你也不和我们说一声?钱梅子愣了愣说,我正要问你们呢,我根本就不知道登广告的事情,今天一个导游向我说的,我才知道,但也没有看到报纸,不知是真是假,三个人面面相觑。过了好一会儿,钱梅子说,我想了半天,别人是不会干这个事情的,还以为是你们两个中的一个呢。阿兵说,我以为是你和向於搞的。

向於说，我以为是阿兵搞的，但是至少钱梅子知道，做广告要钱的，账从钱梅子手里走，钱梅子总归知道的，又一想，会是谁呢，吴同志以他的性格也不会做这种不吭声的事情，说到了吴同志，钱梅子心里突然一亮，想起一个人来，但是她没有吭声。

最后钱梅子又把导游的事情向大家说了，阿兵一听第一个跳起来，说太好了，太好了，真是送上门来的好事情。

钱梅子激动地说，他要每个人头给他十五块！

阿兵不知道钱梅子激动什么，疑虑地看看她，说，怎么啦，每人给十五块怎么啦？

钱梅子说，怎么啦，我们的店不等于替他开了？

阿兵仍然不解，说，怎么会呢？怎么会我们的店替他开了呢？他拿走十五块，我们在每个人头上赚回三十块钱，也够可以的了，现在外面行情都是这样，真的，钱梅子，这是好机会，你可不能放过。

钱梅子仍然想不通，阿兵就有点急了，说话也不太好听，觉得钱梅子不会做事情，已经什么时候了，还抱着个老皇历不放，怎么做得成大事？向於呢，和阿兵观点是一致的，又向钱梅子强调客源的重要性，没有客源就什么也没有，等于零，而饭店找客源呢，手段应该是多种多样，比如吧，推销自己饭店的形象，怎么个推销法呢？我们的开张典礼就是一个为自己推销形象的好机会，现在看起来，也蛮成功的，要不然，今天就不一定能有周主任的两桌饭。做广告呢，当然是一个方面，还有许多方面，比如，请乐队助兴，请歌手唱歌，可是我们这样的小店，做不起来。再有呢，找朋友，拉关系，最好是有公款请客的关系，也有的饭店，采用发优惠卡的办法，其实呢，是不优惠的，但是人一看到优惠两字，心里就舒服，也多少有一点自我满足，但那多半是大宾馆、大酒楼的手段，我们小小的饭店，这一手没有用,谁会拿了我们的优惠卡自我满足呢,那也太没有名气了,阿兵说,等我们以后做大了,就有名气,大家都笑,向於继续进行他的客源教育,说,还有什么方法呢,多呢,层出不穷,比如每天抽奖,这个恐怕我嫂子要跳起来了,当然,我们也做不起来,我们负担不起,奖大了吧,怕入不敷出,奖小呢,就没有什么意思,没有吸引力,所以对我们这样的饭店,竞争能力要比别人差一点,但是我们也有有利条件,就是我们的水口好,在旅游景点,所以旅游这方面的主意,我们还得多考虑,所以呢,如果碰到这样的导游,是不应该放弃的,又分析了一大堆理由,又说了许多例子,最后钱梅子说,好吧,等他明天再来时,我和他说,但心里呢,仍然觉得有疙瘩。

正说着,有服务员过来说,客人来了,钱梅子迎出来,就看到周主任打头,带着一大帮人过来了,钱梅子迎出来,周主任抓住钱梅子的手,说,钱梅子,我没有失信吧。

迎进来,一看布置,周主任就满意,回头向一起来吃饭的人说,怎么样,我没有骗你们吧,这个钱同志饭店,不错的。大家都说,好,环境布置呢,有格调,有品位,服务员小姐呢,也是有格调,有品位,周主任又来拉钱梅子的手,笑着说,那当然,你们看看他们的经理,有格调,有品位,大家说是的,又有人提起报纸上广告的事情,说,你们还是蛮注意推销自己饭店形象的啊,好,做事业就要有这样的精神,要舍得小钱,才能挣来大钱,一群人坐下后,继续沿着这个话题往下说,钱梅子因为要照顾生意,也不能一直地被周主任拉着手,找个机会就走开去,但是心里一直在想着报纸广告的事情。

开张第一天形势不错,很鼓舞人的,送走晚上的客人,钱梅子一直忙到关门才回家去,告诉向觉民,周主任今天拉来两桌,向觉民没有吭声,自顾忙着备课,钱梅子觉得浑身酸软,以前在厂里做工人,也很辛苦,倒没有感觉这么累的,想了想,知道主要是心理上太累,不由得叹息一声,想这饭店才第一天开张,怎么就觉得累了呢,也许因为不习惯,刚开始做,心中没底,以后习惯了应该会好一些吧,正想着,向觉民从笔记本上抬头看着她,说,钱梅子,你们还在报纸上做了广告,我看过那个广告,做得还蛮有艺术味儿的,你们也没有告诉我嘛,请谁写的广告词呢,水平不错呀。钱梅子说,我正要和你说呢,我们谁也没有去做广告,我一个个都问过他们了,谁也没有做,而且,我们这些人里,真的如果有人做广告,总会告诉大家的,不会自己偷偷地去做。向觉民说,这就奇怪了。钱梅子说,是很奇怪,也没有再往下说。

晚上钱梅子做了一个梦,梦见她正和金阿龙在舞厅里跳舞,而她的舞姿呢,简直好得不得了,许多人围观着,大家说,什么叫翩翩起舞,这才叫翩翩起舞,钱梅子忍不住笑起来,正笑着,突然舞厅的门被撞开了,冲进来一群警察,打头的就是钱梅子曾经抱住他哭的派出所所长,警察直冲到金阿龙面前,一下子给金阿龙套了手铐,钱梅子急了,说,你们为什么抓他,他是好人,派出所所长说,我们不仅抓他,还要抓你,钱梅子吓坏了,极力争辩,说,为什么要抓我,为什么要抓我,我没有犯法。派出所所长说,你和金阿龙有勾当。钱梅子说,我和金阿龙有什么勾当,我和金阿龙什么也没有。派出所所长冷笑一声说,什么也没有,什么也没有他怎么给你三万块钱?派出所所长不由分说,也将钱梅子铐起来,钱梅子大声急叫,我没有拿他三万块钱,我没有拿他三万块钱。

向觉民把钱梅子推醒了,说,你做什么梦了,大喊大叫的,钱梅子回想梦里的情景,说,我叫什么了?向觉民说,三万块钱,三万块钱,钱梅子摸摸额头,额头上渗出汗水来。

第 11 章

一到店里,钱梅子就接到一个电话,问,你是钱梅子吗?钱梅子说是,你是谁?那边也不说他是谁,却以疑疑惑惑的口气说,你真的是钱梅子?钱梅子仍说是,那边仍追着问,是金钱的钱,梅花的梅,儿子的子?钱梅子觉得好笑,但没有笑,仍说是,那边便停顿了一下,说,你是在三里塘农场插过队的那个钱梅子?这就越说越近了,钱梅子估计是当初一起插队到农场的哪个老同学,忍不住又问,你是谁?那边仍不说他是谁,只说你的声音怎么听起来不像呀?钱梅子终于笑出来,说,那是因为老了,我老了,声音也跟着老了,距离当年插队,二十多年过去了。那边说,现在我听出来了,你一笑,我就听出来是你的声音,怎么回事呢,我们几个当年一起插队的人,淑英大强几个,凑在一起,想搞个聚会,正到处找大家的地址,也不知道你到了哪里,记得是在服装厂的,就到服装厂打听,说你下岗了,问家庭地址,你们厂也不肯好好说,以为一时找不到你了,也是巧了,这几天我们看电视看报纸看到一个叫钱梅子的下岗女工开了饭店,都不敢相信是你,今天打电话,也是试一试的,想不到真的是你。钱梅子说,我仍然没有听出你的声音。那边说,我是刘大卫。

刘大卫放下电话,叫上另一个同学淑英,就往钱同志饭店来,先由钱梅子领着四处看了,满嘴称赞,又到长街上站了站,看了看长街现在的情形,又是一番赞叹,再回过来,刘大卫就说,钱梅子,我们来,一呢,是来看看你的店,也向你表示祝贺。二呢,想来和你商量同学聚会的事情,你呢,现在也有了条件,也有了基础,比我们这些手中空空什么也没有的人强多了,同学聚会的事情,由你来牵头可能更合适。钱梅子急忙摆手,淑英比较体谅人,说,也不一定要你做什么具体事情,找人,通知什么,都由我和大卫负责,现在呢,也已经差不多了,我和大卫的意思,同学碰头嘛,总要吃一顿饭,这饭,是不是就安排在你的店里,看钱梅子犹豫担心的样子,忙又补充道,当然,饭钱是大伙自己出的,每人出多少,你决定,到时候通知出去,他们愿意来的,愿意出钱的,最好;不愿意来的,不愿意出钱的,也就拉倒。聚会这样的事情,讲究个情趣,不要搞得太紧张。刘大卫说,正是这个意思,我看,说着,又向饭店大厅看看,说,既然这里条件不错,也可以将原先的范围扩大一些,原先呢,仅是考虑一起插队的战友,是不是可以将范围扩大到我们一个班的老同学,不管当年有没有下乡插队的,都一一通知他们。钱梅子说,来了怎么说呢,光吃一顿饭,说说话?淑英说,这正是我和大卫在考虑的问题,饭前饭后,总要安排些什么节目吧,安排什么呢,唱唱跳跳,大家也都起腻了,有没有什么新鲜的活动内容,正说着,河边的水上巴士停靠了,上来一大群游客,大卫问这些人是干什么的,钱梅子将水上巴士绕城游以及各个景点的情况都说了说,大卫一拍巴掌,说,有了,淑英也已经猜到大卫要说什么,抢着说,这是个好去处,虽然我们生在这个城市长在这个城市,可是从水上看一看我们的城市的全貌,恐怕谁也没有看过吧?大卫说,哪来的机会？钱梅子说,我也没有看过,淑英说,那就让大家坐一坐水上巴士,绕城游玩一周,叫水上巴士中间跳过长街这一站,最后停在长街,吃饭,大卫说,好,就这么定,两人看着钱梅子,钱梅子知道不是要吃她的白饭,心里踏实了些,说,其他的,由你们决定。

当下就往长街的水上巴士站头来,等来了一趟船,看到导游上岸,大卫淑英钱梅子便上前打听水上巴士的行驶情况和价格,导游问你们多少人?大卫说到齐的话是五十多人,也许到不了那么多,但是四十几人总会有的。导游说,一艘船可坐二十多个人,你们四五十人,至少需要两艘游艇,至于价格呢,导游问你们是包船还是算人头,包船呢,就没有别的人上船,你们自己人,爱说什么就说什么,爱到哪里多看一会儿就在哪里多看一会儿,就不要看别人的脸色了,不必跟着别人行动。大卫说,那就包船吧。导游说,按人头呢,每人是十块钱,包船是三百块钱一趟,比按人头买贵一点,大卫说,贵一点就贵一点,同学聚会,二十几年才一次,到时候,老同学相会,肯定热闹,叽叽喳喳,肯定会有点疯的,若是有别的游客在船上,会嫌吵闹的,不如自己包了船,爱怎么疯就怎么疯,也碍不着别人,就这么说定了,导游见接到了两桩比较大的生意,很高兴,又向他们介绍别处,淑英说,别处我们就不想看了,我们早听说水上巴士绕城游的事情,一直也没有机会坐一坐、看一看。导游说,是的,你叫住这个城市里的人,星期天什么的,带了一家老小来坐水上巴士,他们也不一定都愿意,有这个机会很好的。

钱梅子心里惦记着那个叫王春和的导游,忍不住向这位导游打听,这导游脸色不好,说,王春和,你跟他熟悉?钱梅子说,也不能算是熟悉,我只是认得他。导游的眼光突然就警惕起来,说,你认得他,他是不是叫游客都到你店里吃饭?向你要多少回扣?钱梅子说,哪里有，我这店还是刚开的呢，导游说，他调走了，钱梅子一听，像是失落了什么似的，问，调到哪里去了？导游脸色仍然不好，说，不知道。

　　导游走后，大卫淑英又商量坐水上巴士的费用，觉得这个开支不好意思再叫大家自己掏了，得想出个什么人来让他给负担了，排了半天，也排不出这一帮同学中哪个有钱。钱梅子脱口说，为什么不去找金阿龙，金阿龙有的是钱，话一出口大卫和淑英都盯着她看，过了好半天，淑英说，谁敢去找金阿龙，就算敢找，也找不到他，金阿龙现在，保镖都有十来个，谁也近不了他的身，电话从来不是他自己接的。大卫也说，大强曾经有事情去找过他，想请他帮个忙的，还没见到人就被赶了出来。钱梅子怀疑大卫和淑英的话不可靠，说，也不至于这样吧，想起在三里塘碰见金阿龙的情形，但是没有说出来，也没有说自己有金阿龙的名片。淑英说，当然最好是请金阿龙出来，那是再好不过了，钱梅子你有没有办法找到金阿龙？钱梅子不知如何说，淑英又说，钱梅子你试试吧，说着向钱梅子笑，大卫起先不知她笑什么，后来突然想到了，说，对了，金阿龙从前是很看重钱梅子的呀。钱梅子不好意思，说，什么话。谈谈说说一上午快过去了，最后大卫说，我们这群人里，最有出息的是阿龙，下来就是你了，钱梅子说，我算什么出息，淑英说，好歹你敢干事情，换了我，我是没有这样的气魄和胆量，钱梅子说，我也是没有办法了。

　　接电话的是位小姐，口气十分亲切，一点也不凶，告诉钱梅子金老板到南方去了，大约要半个月才能回来，问钱梅子是哪里的，叫什么名字，一一记下，等金老板回来立即转告，等等，钱梅子也没有说自己的名字，只说是老同学，也没说什么事情找金阿龙，就挂断电话，不知怎么心里松了口气似的，轻松起来。

　　由大卫淑英他们一一联络了老同学，凡是联系上的，都很高兴,表示一定来,并且感谢大卫淑英他们出来牵头联合大家,说若不是有他们这样的热心人,老同学之间,有的隔得远的,恐怕一辈子也难再碰头,也有问在哪里吃饭的,告诉说在钱梅子的饭店,大家更是觉得有意思,也有人说早就看出钱梅子是个能干的人之类的话,大卫和淑英一一转告钱梅子。钱梅子说,他们对大家各自付钱吃饭有没有想法?大卫说,没有想法,都觉得好,至于水上游的钱,大卫说,我想办法吧,不能再叫大家自己掏,钱梅子听了大卫的话,心里很难受。

这样很快就到了聚会的日子,一大早,老同学都往集合地点去坐水上巴士,钱梅子因为要准备中午的饭,没有去,心呢,却也是系在老同学身上的,突然就回想起许多从前的事情,又想象着大家在船上嘻嘻哈哈,畅叙旧情的情形,不由心动,等到快中午,水上巴士果然停靠了长街站,一大帮老同学跨上岸,也顾不得观赏长街的景点,就急急地往钱梅子的饭店过来,钱梅子赶紧出来迎接,一见之下,大家激动不已。

一一就座后,就发现事先准备的桌子座位少了一些,也有带孩子来的,都是几个结婚比较迟的,像钱梅子的孩子已经上高中,也有的孩子已经工作,但他们的孩子还在上小学,平时也难得带孩子出来玩,有这机会,就带了出来,而带来的孩子,也得给他个座位,这样原定的位子就少了几个,临时又开出一桌,才一一坐定了。

桌上呢,餐具都已摆好,八个冷盘也已上齐,色香味俱全,十分诱人,小孩子忍不住就动手去抓,被做母亲的拍了一巴掌,大哭起来。大卫说,既然饿了,就开始吃吧,等什么呢?大家说,好,开始,倒酒的倒酒,夹菜的夹菜,夹不到菜的站起来,敬酒的被敬的也站起来,十分热闹。

一会儿工夫，八个冷盘就见底了，大家还都只填了个牙缝似的，一一回头向厨房方向看着，又觉得老是看着不好，回过头来不看，但等了一会儿不见上菜，又忍不住去看，厨房呢，也没有想到冷盘下得这么快，热炒跟不上，手忙脚乱的。

大卫见大家等着，有些尴尬，连忙站起来，抓起酒瓶，一桌一桌地加酒，说，喝酒，喝酒，不喝酒的喝饮料，大家纷纷加酒加饮料，饭桌上再又掀起一个小高潮。

不知谁开了个头，大家的目标对准了钱梅子，过来敬酒的一个接一个，有感谢钱梅子的，也有打听合伙开饭店方式的，也想来入钱梅子的股，有几个女同学，和钱梅子一样下了岗，说，钱梅子呀，我们来替你洗洗盘子吧，等等，钱梅子来不及回答她们，只能以酒代答应，眼看着瓶子里的酒迅速地下降。

阿兵连忙把钱梅子拉到一边，说，钱梅子，你说每人五十，一桌五百是连酒水在内的，这样喝下去，五百块钱酒水也不够。钱梅子心里也很着急，这一顿同学饭，钱梅子原来的意思呢，也不想从同学头上赚什么钱，只要保个本就行，如果倒贴，对股东们也不好交代，再说了，若是她的同学来吃饭她倒贴了，那么别的股东也会有同学朋友，也一一倒贴那是不行的，所以钱梅子拿定主意，保本，五百块钱一桌菜，如果只是从菜肴上讲，保本是绰绰有余的，八个冷盘，八个热炒，两个大菜，一个汤，再加些点心之类，成本确实不高，但是酒水却是个无底洞，上的白酒是庐州老窖，进价就是四十三，一桌上了两瓶，加十瓶啤酒，再加四大瓶饮料，一桌的酒水至少在二百元以上，原来估计也足够了，哪知大卫竟将酒像白开水似的倒，有不喝酒或者不敢多喝的人拿着酒杯躲，酒呢，都洒在地上。钱梅子在纷乱的情形中，看到谁的孩子一声不吭，一筷接一筷地吃菜,嘴里填满了,仍然往里塞,差点噎了,钱梅子突然一阵心酸,阿兵见钱梅子发愣走神,说,你去和他们说,钱梅子说,你叫我怎么去说,叫他们少吃点,少喝点? 我说不出口。阿兵说,你不好说,我去说,知道大卫是个头,便走到大卫身边,说了,大卫起先好像有些听不明白,朝阿兵看看,又朝站在一边的钱梅子看看,才想明白了,又有些不相信的样子,说,怎么,让我们少喝点? 阿兵说,五百块连酒水的标准实在太低了一点,叫我不好办。大卫说,那就再加钱,每人再加二十,怎么样? 阿兵说,若是七百一桌呢,我还好办些,大卫便又站起来,手向下一按,大家都听大卫的,静了下来,大卫说,有个事情和大家商量,今天这酒呢,看起来大家是喝出个味儿来了,也难怪,二十几年不见,高兴,人生能再有几个二十年? 没有了,再过二十年,我们这些人,也不知还在不在,就算人还在,也不知能不能再喝酒,说得就有些感伤,全场更加安静,大卫停顿一下,又说,所以,以我的想法,人生能有几回醉,平时呢,你想叫我醉我还不见得愿意,今天真是难得一回,我的想法,是要让大家尽兴的。下面一片呼应,大卫说得对,大家说,今天我们要尽情尽兴。大卫说,我们每人再多掏二十块钱,怎么样,别让钱梅子为难,大家又是一片呼应,说没问题,一个个都豪爽万分,酒继续往下喝。

一直到接近尾声,也没有谁想到收钱的事情,大卫已经喝得醉醺醺,话也说不清了,倒是淑英心里一直明白的,向钱梅子说,钱梅子,这钱,今天看起来是难收了,早知道现在这样,不如刚才进饭店时就收了,也不如一早上集合的时候就收更好,现在呢,一个个都醉成这样,现在叫他们掏钱出来,万一弄得不愉快,再心里有什么不高兴的事,借酒发挥可不得了,闹得不可收场怎么办。看钱梅子心里着急,也很体谅,说,钱梅子你放心,这钱你交给我和大卫收,过了今天,我们一家一家上门去收,收齐了就给你,不会少你一分。钱梅子说,那就要麻烦你和大卫了。淑英说,没事,是我们两个牵的头,就应该我们两个把事情做到底的。阿兵走过来说,一共五十六人,每人七十,该收三千九百二十块钱。淑英向大厅一看,说,有五十六个人?阿兵说,大人四十八个,八个孩子。淑英说,孩子也收?阿兵看看钱梅子,钱梅子不吭声,阿兵说,孩子都是一个人坐一个位子上一份菜的,怎么不收?淑英说,也好,我记着谁带了孩子的,到收的时候再和他们说。

同学聚会以后,好几天,也没见淑英或者大卫将钱收齐了拿过来,阿兵问钱梅子,钱梅子说,你别急,我的同学办事很踏实的,不会有问题。再过几天,仍然没有音讯,钱梅子也有点急了,将大卫和淑英留下的通信地址看看,先给淑英打电话,因为事情是淑英揽下来的,淑英接了电话,一听钱梅子的声音,马上就说,呀,钱梅子,我正要给你打电话,那天同学聚会的饭钱,还没有替你去收呢,我这几天单位穷忙,实在抽不开身去跑,我已经跟大卫说了,他单位不忙,叫他去跑了。钱梅子再将电话打到大卫的单位,将淑英的话说了。大卫说,我怎么不忙,我们单位是体制改革的试点,局头头都在我们单位蹲点,谁敢随便乱走开?钱梅子知道事情比较麻烦了,想这事情只有自己来办了,便向大卫说,你手头有没有同学的地址或电话,我自己去收吧。大卫当天下班时就把同学留下的地址电话交给了钱梅子。

钱梅子先从中认准一个经济比较富裕的同学,给他打了电话过去,同学接了,听出是钱梅子的声音,很高兴,说了聚会那天的高兴和感受,钱梅子刚要顺着他的话题说收钱的事情,同学却已经说到另一个话题,说想不到钱梅子现在这么能干,居然自己能开饭店了,钱梅子插不上话去,一直听他讲,最后,同学说,钱梅子,既然你有这么好的条件,我们同学间,可以常常聚会了,也不要一隔就隔二十年了,聚会呢,就在你那里,虽然不算怎么高档,也说得过去了,哪天我和大卫淑英他们说说,早几年人家就搞同学会,我们也可以搞一个,就叫你做会长,钱梅子终于忍不住将话题引到那天聚会的事情,说,那天吃得怎么样,还满意吧?同学说,满意,满意,大家都很满意。钱梅子说,七十块钱一个人的标准,同学说,够可以的了,到别的店里,恐怕吃不到这么好的水平,七十元,现在在外面算什么,根本就不算钱。钱梅子就听出同学好像根本不知道要交七十元的事情,不知是忘记了,还是有意避开不说,直接开口向他要吧,又觉得说不大出口,想了想,说,大卫和淑英有没有和你们说什么,关于吃饭的事情,同学也想了想,说,大卫和淑英?没有说什么呀,只说我们要感谢你,谢谢你为我们提供这么好的条件,若不是有你开了饭店,我们这聚会恐怕不会有这么成功,声音嗡嗡的又讲开了,钱梅子抓着话筒,有些不知所措。

　　钱梅子又尝试着给另一个同学打电话,电话也接通了,其他的热情的话也说了一大堆,但是事到临头,开口要钱仍然是开不了口,这么又过了几天,阿兵呢,天天问钱的事情,钱梅子自己也开始心慌了,觉得这笔钱也像是收不回来了,便跑到大卫的单位,门口也没有人拦着她,一直走进大卫的办公室,就看到大卫和同事在说笑,看到钱梅子,忙站起来,说,咦,是钱梅子,你怎么来了?忙着让座,又向同事介绍钱梅子是钱同志饭店的经理,同事对钱梅子也都很了解的样子,点头,有人说,噢,就是你呀,看起来大卫是向同事吹过钱梅子的,大卫很自豪的样子,说,钱梅子,怎么有空到我们这里来坐坐?钱梅子说,大卫,那个事情我实在是开不了口,还是你帮我做吧,大卫有些不明白,说,哪个事情?哪个事情?钱梅子说,饭钱到现在一分钱也没有收回来,我也不好向我们的股东交代,大卫这才恍然大悟,说,你看我,倒将这事忘记了,我还以为你早收到了呢,你不是把大家的地址都要了去,说你自己去收吗?钱梅子说,我总是开不了口,不好意思开口,想来想去,还得回来找你,你帮我做吧。大卫说,当然,只是我单位这几天比较忙,你是不是找淑英,淑英做这样的事情,有一套本事的,我比不过她。钱梅子说,她也说她单位忙。大卫说,你听她的,她那破单位,想忙也忙不起来。钱梅子知道大卫有些推托的意思,但又不能当面戳穿他,只好说,大卫,同学聚会的事情是你和淑英发动起来的,所以我也只能找你们解决,你和淑英若是你推我我推你,叫我怎么办?大卫说,钱梅子你说到哪里,我不会推托的,淑英想推托,你就让她推托好了,事情交给我,我一个人也能办,钱梅子将同学留下的地址又交还给大卫,大卫说,钱梅子你放心,我答应的事情,总是要办好的。钱梅子无法放心,但既然大卫已经再次答应,她也不好再多说什么,便告辞,走出去的时候,听得大卫的同事对大卫说,咦,刘大卫,你不是说是她请你们吃饭的吗,怎么要收钱了呢?大卫说,本来是说好要收钱的。同事说,开了个饭店,连请同学吃一顿也不舍得,这么小气?大卫说,哪能呢,人家开饭店也不容易,她自己呢,是个下岗的,和几个没多少钱的亲戚一起合伙开的,小本经营,赔不起的,同事说,原来如此,钱梅子听了大卫的话,心里一阵感动。

过了几天大卫到钱同志饭店来了,进来就从口袋里往外掏钱,钱梅子以为钱收齐了,心里很高兴,但是大卫只掏出不到一千块钱,交给钱梅子,说,钱还没有收齐,我怕你心急,先将收到的给你送来,还有的呢,我会尽力的。钱梅子说,你看情况能不能收齐呢?

大卫摇了摇头,说,可能比较困难,也可能是我和淑英当初没向大家说清楚,大多数的人以为是你请客的,也没有打算给钱,我去跟他们说,他们死活不信,以为我收了钱又想搞什么别的活动,都不肯给,也有的人呢,事情是清楚的,知道每人要交七十的,但实在是家里困难,拿不出来,像李娟那几个人,你知道的,七十块钱一家人一个月的伙食开支了,怎么拿得出来?看钱梅子焦急,又安慰说,不过你也别急,给我点时间,我慢慢磨他们就是,钱总能磨出来。钱梅子心想,这要磨到哪年哪月呀,但也只能心里这么想,也不好说出来,大卫已经揽了一身麻烦,她也不好意思再说他什么。

过一天钱梅子外出进货,回来店里人告诉她,有个同学打电话过来找她,钱梅子问什么事,说是打听同学聚会的事情,大概花了多少钱,钱梅子说,是不是刘大卫?服务员想了想,说,不会是刘大卫,还详细问了聚会的情况吃得怎么样,有没有喝酒,大家高兴不高兴,等等,一大堆问题,肯定是个没有来的同学,钱梅子也猜不出是谁,没有将此事放在心上。到这天下午,来了个年轻姑娘,找钱梅子,交给钱梅子一个信封,也不说话,只是笑眯眯的,钱梅子接下信封她就走了,钱梅子低头看信封上写着"送给同学聚会"六个字,将信封里的一张纸倒出来一看,是一张五千元的支票,钱梅子心里突然一跳,一边的阿兵大喜过望,问,是谁?是谁?钱梅子说,大概是金阿龙。

钱梅子给金阿龙打了几次电话,都不是金阿龙接的,既不是金阿龙自己接电话,也就无从向别人打听支票的事情,心里埋着个疙瘩,想到大卫已经将一部分饭钱收来,现在既然有人出了这笔钱,就应该把收来的钱去还了,将事情先和大卫说了,大卫一听,高兴得跳起来,说,太好了,我正不知往下怎么办了,收吧,又难收,不收吧,又不好向你交代。钱梅子说,已经收来的钱同学是哪几个人的,你还记得吧?大卫说,我记得,钱梅子说,还是由你去还给他们。大卫说,好,还钱的事情总比讨钱好做,放下电话就过来将钱拿了,说,是金阿龙送来的支票?钱梅子说,我估计是的。大卫说,不错,金阿龙还记得老同学,又说,早知有金阿龙出钱,那天我们应该再喝几杯的,二十几年才头一次,应该喝个尽兴,那一天,说实话,我们都不尽兴。钱梅子说,高度白酒都喝了十多瓶,还不尽兴?大卫看了看钱梅子,说钱梅子,我怎么觉得你和从前不大一样了,钱梅子张了张嘴,听不出大卫这话是什么意思。大卫又道,原来你早就和金阿龙联系上了,也不肯告诉我们,是不是怕我们也去抢占金阿龙的便宜呢。钱梅子说,我没有和金阿龙联系上,同学聚会前,我是去找他的,他到南方去了,根本没见着,大卫不怎么相信的样子,说,既然有金阿龙支持你,你还担心什么?钱梅子说,也不知道是不是金阿龙的钱,大卫说,不是金阿龙的,会是谁?

  钱梅子将支票拿到银行去转账,了解到支票是一个注册叫祥福的公司开出来的,法人代表并不是金阿龙,然后再又打听到这个祥福公司是九天公司的一个联营公司,心里明白确实是金阿龙拿来的支票。

  拿了金阿龙的支票,却一直没有和金阿龙联系上,钱梅子心里很不踏实,又不好向向觉民多说什么,憋在心里,总想着去看看金阿龙,至少得说句感谢的话。抽一点的时间,到金阿龙的公司去,远远地就看到九天公司四个大字顶在楼顶上,有直冲云霄的意思,心里激动起来,又有些莫名其妙的紧张,待走近了一看,却愣住了,九天公司的大门,被两张交叉斜贴的白纸黑字的封条封住,鲜红的大印赫然入目。

第 12 章

　　临近中午时,进来两位顾客,一男一女,四十出头的样子,穿着也比较一般,也许因为稍有些年纪,思想也比较保守些,所以不像一对一对的小青年多半相拥着挤着走进店来,女的呢,发发嗲,男的呢,一脸呵护疼爱的模样。而这两人,进门来时,一前一后,规规矩矩,动作也有点呆板、迟钝,也没有一点亲昵的行为,女的脸上,甚至有些严肃,也不知是因为紧张还是因为什么,反正脸板板的,不笑,进来后,服务员问几位,男的说,两位,就由服务员引到靠窗沿街的一张小桌上,男的要走过去,却发现女的没有动,便回头看看她,女的脸上也没有什么表情,但是男的已经明白她的心意,指了指里边靠墙的角落,说,我们坐那个地方。服务员有些不解,说,这位子好呀,这位子靠窗,又沿街,吃着饭,还能看看外面的风景。男的好像笑了一下,说,我们还是坐里边吧。服务员也没有再坚持,反正店里也没有别的什么顾客,服务员又将他们引向墙角的位子,坐了,将菜单递上,男的接过菜单,交给女的,女的也没有看,说,随便。

　　这时候钱梅子阿兵和谢蓝正坐在账台后商量事情,起先也没有怎么注意进来的这一男一女,只是向他们看了看,后来注意到他们不愿意坐靠窗沿街的桌子,要往角落里坐,也不知怎么心里一动,就向他们看了一眼,这一眼呢,就看出他们正在用眼神交流说话呢,钱梅子回过头来看了看阿兵和谢蓝,发现谢蓝也正在注意这两个顾客,而阿兵呢,正在看着谢蓝,谢蓝起先只是在注意两个顾客,也不知道她在看人,而有人正在看她呢,然后偶尔一回眼,知道阿兵正在看她,不由笑了一下,眼光呢,却不大好意思接触阿兵的眼光了。

钱梅子过去向两位顾客介绍饭店的特色菜,男的朝女的看着,眼睛里充满爱意,女的呢,心里接收着这种感情,但是表面上无动于衷,说,我随便,吃什么都行。男的向钱梅子说,你替我们点几个菜,我们就两个人,也吃不多,精一点,量少一点就行。钱梅子说,好的,停顿一下又问,你们是外地来的?男的说,是的,又问,是来旅游的?男的仍然说,是的,钱梅子就注意到女的脸色有些发白。

钱梅子回到账台,听到阿兵说,现在这样的事情很多的,谢蓝说,你怎么知道,你自己也有?阿兵听了,一笑,我倒是想有,只是条件不成熟。谢蓝说,什么叫条件成熟?阿兵说,比如说,没有碰到我喜欢的人吧,这就是条件不成熟。谢蓝瞟了阿兵一眼,说,你喜欢的人?你喜欢什么样的人呢?阿兵指指谢蓝说,我呀,就喜欢像你这样的人。谢蓝的脸一下子红起来,说,你瞎说。阿兵说,我瞎说什么啦,我怎么是瞎说呢,我就是喜欢像你这样的人,这有什么错。谢蓝看钱梅子走过来,脸更红了,说,不和你说话了,但是并不起身走开,阿兵突然用眼光向谢蓝暗示了一下,钱梅子也跟着阿兵的目光向某个地方看去,发现那一男一女两位顾客的脚正在桌子底下蹭着,再注意谢蓝和阿兵的神态,钱梅子心里,突然起了一种隐隐约约的担心。

　　阿兵自己是有工作单位的,虽然不算忙,但是也应该每天上班的,自从钱同志饭店开张以后,他几乎每天都要到饭店来转一转,看看情况,也帮助钱梅子做事情,不像向於,虽然也做个副董事长,却不如阿兵这么尽心尽力,每天都来。阿兵来了,有些事情钱梅子作为一个女人不大好出面的都由阿兵出面,或者钱梅子不大好意思开口的话也由阿兵去说,配合得不错,钱梅子也觉得自己少不得这么一个好帮手,但有时又担心阿兵每天到饭店来做事,不去上班,误了工作,万一单位有什么说法,要除名他或者要怎么样,事情就麻烦,也曾问过阿兵几次,也提醒他要上班去。阿兵却说,没事,我们那单位,去不去,无所谓,每天仍然来饭店报到做事,也有的时候,饭店没什么事情,阿兵也不急着走,如果谢蓝在饭店,阿兵就和谢蓝说话,有搭没搭地乱说,谢蓝呢,也就是喜欢听阿兵说话,听阿兵说话她就笑,她一笑呢,阿兵就更来劲,说个没完,钱梅子叫他去上班,他不去,有时候谢蓝不在店里,阿兵也跑到她家去看看,坐一会儿。

　　阿兵不光自己每天守在饭店,还常常有三朋四友的找到饭店来看阿兵,把钱同志饭店就当成自己家似的,坐下来一说就说到天黑,钱梅子起先觉得可能会影响饭店生意,和阿兵说了这事,阿兵说,你别目光短浅,我的朋友,都是有来路的,别看我们这么随便说说话,说不定生意就在谈话中谈来了。

　　阿兵的话果然没错,常常有阿兵的朋友请客,就放到钱同志饭店来请,虽然算不上什么大生意,最多的也不过一两桌,但对钱同志饭店来说,若每天有这么固定的一两桌,事情也就好办多了,投入的钱,要想收回来也看得到希望了,钱梅子心里十分庆幸,高三五只知道开自己的出租车，根本帮不上饭店的忙，但是他把阿兵介绍来，也算是对饭店的一个贡献了。

一天，又有几个阿兵的朋友找到钱同志饭店来吃饭，看阿兵不在，便打电话找阿兵，阿兵一接到朋友电话，马上就赶了回来。

喝酒的时候，谢蓝在一边替他们加酒，阿兵虽然酒量有限，但因为谢蓝的在场，豪气十足，谢蓝呢，当然也明白阿兵因为她在场而格外高兴，觉得有人心里想着她愿意见到她，因为她的存在情绪高涨，当然是甜滋滋的。酒足饭饱时，朋友说，阿兵，去舞厅坐坐，阿兵呢，就回头看着谢蓝，谢蓝笑，点头，便一起去了舞厅，一直到下晚天快黑了才回来，由阿兵抱着小浪漫，和小浪漫逗着玩，谢蓝跟在后面笑。

钱梅子将自己的担心，告诉吴同志，说，吴同志，本来也不见得有什么事情，年轻的男男女女喜欢在一起说说笑笑，更热闹些，有兴趣，也没有什么大不了，我也不是封建头脑，也没有什么看不惯，但是我怕他们弄假成真，就比较麻烦，高三五的脾气也是难弄的。吴同志笑了，说，你别疑神疑鬼吧，阿兵不会的，我了解他。钱梅子说，不会就好，我只是提醒一下，我也没有和别人讲，向觉民我也没有告诉他，只是和你说说。吴同志说，既然你担心，哪天有机会，我探探阿兵口气，不过你可别和向小桐说，她对我们家的人，一个也看不上眼，有个什么事情，她更不得了。钱梅子说，我不跟她说。

吴同志虽然是答应了钱梅子，但是他并没有将这事放在心上，几次看见阿兵时，也会想起钱梅子的话，但转而一想又觉得可笑，相信阿兵和谢蓝都是有头脑的人。

天下着小雨，细细密密的，吴同志披上雨披，骑自行车到单位去，几个同事的已经来了，也是刚到，抹一抹桌子，将茶泡好，搁在桌子上，抽烟的摸出烟来抽，将一颗心先定一定，早晨也挺辛苦的，坐下来先歇着，有话题的，随便说说，懒懒散散，单位也不怎么忙，有些事情都是可有可无，做也就做了，也算一天工作，不做，天也塌不下来，见吴同志到了，说，吴同志，你那饭店情况怎么样？吴同志摆手道，哪里是我的什么饭店，大家的，我吧，不过占一条桌腿吧。同事也不和他争桌腿桌面，只问他开张之后生意怎么样？吴同志说，马马虎虎，现在看起来，还说得过去。正说着，科长来了，看看大家，笑笑，朝吴同志说，吴，你到环秀文化馆走一趟吧。吴同志问什么事？科长告诉说，有个什么人写信反映文化馆的游戏机房进了一台赌博机。吴同志说，那是老刘他们科的事情。科长说，走就走一趟吧，反正待着也没事情做，推到那边，一会儿又推回来，多麻烦。吴同志说，好，那我走一趟，便往文化馆去，提着雨披出来，雨却不下了，将雨披夹在自行车后座上，骑过去，到文化馆，先到游戏机房看看，也没有发现有什么赌博机，又想也许有什么新型的赌博机自己就根本没有见过呢，到文化馆，找到老丁，一说，老丁说，没有的事，哪个瞎嚼舌头？吴同志说，没有就算了。老丁却不罢休，非领着吴同志再到游戏机房检查，说，没有吧？吴同志说，是没有，没有就好，我回去也好交代了。老丁说，急什么，你那个办公室，我也知道，没什么事，到我办公室坐坐，喝杯茶再走，我有好茶，吴同志跟老丁到茶室，泡上茶来，果然是上好的新绿茶，一般清香，区文化馆也没有什么人，该出去办事的都出去了，就留下老丁一个。吴同志说，在这里上班，像在世外桃源了。老丁说，哪里来的世外桃源，现在这时候，到哪里找世外桃源？吴同志说，也是，老丁接了吴同志给他的烟，点了，吸一口，说，好长时间没见你了，有一阵听说你下海了，吴同志愣了一愣，想老丁果然像在世外桃源似的，他合伙开饭店,早已经是满城风雨的事情,老丁居然还不知道,嘴上说,哪里,我怎么下海,我像个下海的人吗?老丁说,那倒没有什么像不像,现在的事情,都难说,看脸是看不出来的。吴同志说,也是,他们一起喝喝茶,抽了两三根烟,吴同志想要不要将自己弄饭店的事情告诉老丁,想了一想,还是把事情说了,老丁朝吴同志看看,说,刚才说不下海,这一会儿就下海了。吴同志说,这不是下海,我又不辞职,我其实也不做什么,就是自己家里几个人凑点钱出来吧,主要是我老婆的嫂子,下岗了,没有工作做,钱也不够用,就叫她张罗了。老丁说,你的饭店开在什么地方呢?吴同志说,就在我家门口,我们也是贪图方便才下决心。老丁想了想,说,你家?你家是在长街吧,你家店面的房子是坐北朝南的吧。吴同志说,是,不过不是我家的房子,是房管所的,我们租的,你知道的,长街一条街都按规定辟成店面了。老丁点点头,张了张嘴,好像要说什么,却没有说出来,过了一会儿才问道,怎么不开别的什么店,偏开个饭店呢?吴同志便将罗立那两个人的事情说了。老丁想了想,说,这倒是现成的好事,只是,只是听说,现在开饭店,不容易开好。吴同志说,我们人多,大家出力。老丁说,那就试试,试试也好,比这么不死不活的好。吴同志说,我就是这样想的,又说了些其他话,都是有关开店什么的,看时间差不多,便告辞,老丁也没有再留他,送到门口,挥挥手,吴同志低头才发现雨披被谁拿走了,无话可说,笑笑,骑上自行车,回单位去。

到单位,科长朝他看看,说,怎么到这时候才回来,被老丁留住了?吴同志说,喝了杯茶。科长说,这茶真喝出滋味来了,正有事情找你。吴同志说,什么事?科长说,不是我找你,局长找你,吴同志说,局长找我,会有什么事?科长说,总是好事吧,说话时朝科里另几个人笑、眨眼,吴同志说,你们算计我是不是,朝局长办公室去。

　　局长见到吴同志,从座位上起身,坐到沙发上,见吴同志仍站着,拍拍另一张沙发,坐,老吴,坐呀,吴同志过去坐下,局长重又站起来,去泡茶。吴同志说,别,别泡了,一早晨已经喝过两杯新泡茶,自己泡了一杯,到环秀文化馆老丁那儿又喝了一杯,喝饱了。局长说,也好,再又坐下,侧着脸看看吴同志,说,你是抽烟的吧,想抽的话,我不反对。吴同志说,也没有那么大的瘾,看墙上贴着请勿吸烟的宣传招贴,指指,局长说,那是唬唬外人的,其实我自己,有时候,也来一支,解解闷,指指自己办公桌的抽屉,那里边,有,见吴同志满脸疑惑,一笑,说,别乱猜,不是来和你议论香烟的,问问你,饭店的情形,听说你的饭店,前天开业了。吴同志说,怎么是我的饭店呀,我只不过占了一条桌腿吧。局长说,那是,那是,我们都知道,你是入股的,至少是饭店的一分子吧,笑眯眯地看着吴同志,慢慢地说,我们也知道,其实主要的工作是你做的,是不是吗?吴同志说,没有的事,是大家做的,我们的邻居钱梅子,年纪也不算很大,下岗了,想做点事情,她一个人,她一家子,也是做不起来的,大家帮忙。局长仍然笑,说,恐怕主要是你在起作用吧?吴同志说,我这人,局长你是知道的,又没有什么能力。局长笑着摇头,说,错了,错了,说反了,其实我们局里也都知道你的能力,只是晚了一步嘛。看吴同志有些不明白的样子,又说,本来我们考虑,想把你抽出来,搞个经营部,现在,现在也许是迟了一些,你大概把自己的精力要投到自己的饭店上去吧。吴同志说,没有的事,我投什么精力,我只是入了一份股吧,别的什么我才不管它,有经理管事,也轮不着我管呀。局长盯着吴同志看看,说,那么,那么如果局里真的要搞经营部,你仍然愿意?吴同志愣了一愣,说,我们局里,能人多的是呀。局长说,那倒也不假,只是我们比较信任你,你们科里的人,也都反映你能干事情呀。吴同志一笑,说,真是很看得起我呢,只是,我没有想过这事情。局长说,不急,不急,这事情也只不过嘴上说说,也没有拿到具体的议事日程上,只是先和你通个气,看看你的态度。吴同志张了张嘴。局长说,对了,你那饭店开在什么地方?吴同志告诉就在自己家门口,十分方便。局长说,哪天我们有客人,也到你那儿去看看。吴同志说,那太好了,说话时突然就想到那个周主任抓住钱梅子的手不放向觉民生气的情形,想,那周主任说话倒是算数,又想,若是将自己单位的客人也都拉过去,倒是好事呢,再想,若是发动大家将自己单位的关系都接上……正做着美好想象,听得局长说,别只想到小家不想大家呀。吴同志回过神来,说,那是,那是,向局长告辞。

回到自己科里,向几个人说,你们害我,几个人大笑,说,怎么是害你,是救你。吴同志说,局长以为我要阴谋诡计。科长说,不会的,这些人,多少年堆在一起,谁谁什么样,谁谁什么样,哪个肚里没数。吴同志说,亏你们想得出,叫我去搞经营呀,赚了钱养活你们呀。大家说,那你就做一回经济雷锋吧,我们题词,向你学习。吴同志说,你们怎么早不说我能干,有能力。大家说,现在说也不迟呀,又说,像你这样的搞经营,至少给你做个什么经理,多好,现成经理。吴同志说,好是挺好,让给你们哪位也罢。大家笑,说,我们不敢,只有做董事长的人才敢。吴同志心想,你们打听我的消息倒打听得很准,我算个什么董事长。

过了两天,吴同志正在店里,有他的电话,过去一接,竟是局长打来的,吴同志心里一紧张,局长说,吴同志呀,我到你办公室一看,你不在,就知道你准在饭店。吴同志说,我正准备回单位去呢。局长一笑,说,别误会,我并不是来查你上不上班,我们今天有客人,到你那儿吃。

到下晚,局长果然带着人来,也没有什么客人,都是局里几个科的科长,一桌,坐得满满挤挤的,局长让吴同志也一起坐下,气氛很热烈,先要了啤酒和葡萄酒,喝着不过瘾,又来白的,局长也很高兴,平时保身体,不怎么肯喝,这会儿也放开了自己,皆大欢喜,吃饱喝足大家站起来,谢过吴同志,吴同志说,怎么谢我,谢我们局长呀。局长说,谢你谢你,吃你的饭怎么不谢你,大家跟着说,那是那是,吃你的饭不谢你谢谁?钱梅子过来,等着局长叫结账,局长却像是将吃饭付钱的事情忘了,一群人只往外走,嘴上说,不用送不用送,别客气别客气,钱梅子向吴同志看看,将账单举到他的眼前,吴同志没法,只好接过账单追上局长,递过去,说,局长,如果没带现金,签个字也行。局长一愣,朝吴同志看看,再看看账单,说,啊,签字,签字,到处找笔,没有找到,钱梅子到柜台上拿一支过来交给局长,局长签过字,将账单还给吴同志,说,不错不错,有特色,下次有客人,还来你这儿。吴同志送他们到外面,道了别,再回进来,钱梅子说,你不该说没带现金就签字,这字签了,钱拿不到,千年不赖万年不还,怎么办,说起来吧,一两桌饭钱,跟人家计较也太显得没气量,但是你不计较吧,今天你一桌明天他一桌,饭店还开不开呀。吴同志说,你别急,我知道,我们局长这里,没有问题,钱梅子说,那你负责啊,吴同志说,没事。

隔日吴同志到单位上班,有事无事到局长办公室转一转,局长见了他,笑笑,问问饭店情形,只字不提吃饭的事情,吴同志也不好直说,心里别扭,到自己科里向同事几个说,同事笑,说,你开张也没请咱们局长，这就算你请局长一顿也是应该嘛，吴同志无话可说。

又过两天，向於领来两桌客，按最高的标准吃了，吃完，一掏钱包，说，呀，忘了带现金。向於说，没事，没事，记个账，哪天经过，来付一下就行了，这就走了人。钱梅子呢，等这两桌饭钱，等了多天也没见有人过来给钱，有些急，向吴同志说说。吴同志说，没事，向於的熟人，没事的。钱梅子也不好再多说，再等，仍然没有见钱。钱梅子忍不住，找个机会当着吴同志的面问了向於，向於一脸惊讶，说，怎么，没来给钱？钱梅子说，哪来呀，鬼影子也没见一个，向於说，不可能，说好第二天就来付清的，不可能，我朋友不是那样的人。钱梅子说，会不会忘了，你问一问。向於说，好，一会儿我给打个电话。钱梅子说，别一会儿了，你这就打。向於一笑，就打电话，那边说人不在，问向於哪里，有什么事，向於说了，又问是哪一家饭店，向於再说了，那边好像是将饭店名字记了下来，向於挂了电话，向钱梅子说，明天会来付钱，钱梅子想了想，伸手向向於说，你把他的电话号码告诉我。向於愣了一下，说，有这必要吗？钱梅子向吴同志看看，吴同志向向於说，你给她吧，由钱梅子直接联系，也省你的麻烦，向於将电话号码抄下来交给钱梅子，钱梅子收了，脸上露出些笑意。向於说，吴同志你们局长的饭钱也没有付吧，大家笑得尴尬。

向於介绍过来的两桌饭钱一直没有来付，钱梅子打了好些次电话，都不是向於的朋友接的，接电话的小姐态度挺好，每次都说这点小钱，明天一定来付，但是永远也等不到他们的明天，钱梅子问吴同志怎么办，吴同志说，你也别盯得太急，就两桌饭钱，又是向於的事情，向於的事情，好商量。钱梅子叹口气，说，说自己人好商量,这也太好商量了,吃饭不给钱,这就是自己人呀?早知如此,还不如和外人打交道,该怎么是怎么,有话也好直接说出来,现在这样,碍着自己人的面子,你们大家也都不管,叫我怎么办?吴同志说,你别急,我们商量看怎么让向於去把钱要回来。钱梅子说,你还说向於呢,你们局长那里你就不追了,到底怎么说?吴同志说,我已经到局长办公室绕过好几回,他只字不提吃饭的事情,会不会忘记了呢?钱梅子说,怎么会忘记,吴同志为难,说,我呢,真的不好开口。钱梅子说,你这一桌的钱若是不要回来,以后欠账的会越来越多,向小桐的同学聚会的钱还没付呢,还有向小杉的小姐妹过生日的那一桌,他们都看你呢,吴同志说,我知道,心里下了决心,咬了咬牙。

下一天一上班就到局长办公室,局长说,吴同志,你来得正好,我正要去找你,吴同志心中一喜,局长呢,不急不忙,给递了烟,抽了几口才慢慢地说,吴同志呀,我知道,你心里一直挂记着我们去你们饭店吃的那顿饭,饭钱到现在没有付,你呢,有事没事到我办公室门口转过好几回,我也知道你是为这事情来转的,被局长这么一说,吴同志很不好意思,说,没有的事。局长笑了,说这是应该的,开饭店,若是都像我们这样吃白食,你白干还得倒贴,我呢,对这件事情是这样想的,局里倒不是在意这一顿饭钱,吃破了天去不过一千块钱吧。吴同志说,哪里哪里,哪里能收一千块?局长说,是吧,至多呢,也不过一千以内,局里不会拿不出这点小钱的,但是为什么一直拖着呢?吴同志说,没事,没事,以后再说也不要紧,一边想到其他欠付的许多饭钱,想到钱梅子对他的期待的目光,心里就恨自己,局长笑了笑,又说,吴同志,你呢,是我们局里一个干部,虽然不是科级,但也算是个老同志了,在单位人缘关系也不错,局里对你也不是没有培养的想法,但是呢,你开了饭店。吴同志说,不能算是我开的饭店,我是在职的,按规定我不能开饭店,局长说,这我知道,你不会违纪违法的,但是背后大家说起来,都是这样说,大家虽然也知道你的情况,但是一旦看到你们开成了蛮像样的饭店,总会有些想法,背后呢,议论的也有,我也听过不少,我是希望他们不要议论,对你的为人,我们大家都了解,但是群众的嘴你是封不住的,他们要说,你也没有办法,下行政命令也是没有用的。吴同志说,这我知道,我也是有思想准备的,要干点事情,总有人要说话的,我有准备的。局长说,起初呢,我倒是一番好意,借接待请客为名,把局里中层一级的干部请到你那里,吃一顿,也算是替你在局里宣传宣传,哪里想到呢,吃过不久,就出了个问题。吴同志一紧张,问,什么问题?局长说,市纪委的人居然也知道了,到我们局里来查过。吴同志更加紧张了,说,查什么,就是查这顿饭?局长却不怎么紧张,说,光查一顿饭呢,也太不值得了,也许他们认为能抓个典型出来吧。吴同志说,怎么样?局长说,他们是暗查的,结果什么也没有,倒觉得我们是很廉政呢,唯一的一次局里自己人拿公款吃喝的账,却是一笔没有付的账,所以也等于没有这事情。吴同志说,怎么连纪委都知道呢?局长慢慢从抽屉里拿出一封信,交给吴同志看,吴同志接了,一看信封,是写给纪委的,说,怎么,有人告我?局长笑了笑,说,不是告的你,是告的我,你看看信的内容吧。吴同志看信,心里很乱,只是看了个大概,是局里哪个好事者写的匿名信,自称一个真正的马列主义者,揭发局长带领局中层干部大吃大喝,以接待请客为名,其实根本就没有客人,全是自己人,如此腐败的行为,希望纪委检查部门认真查处。吴同志说,局长,就是指的到我们饭店吃的那一次?局长说,就是那一次,其他还哪里有,就这一次,就被人告了,哪还敢多吃?吴同志说,这个人,也是多嘴多舌,吃一顿饭,也算腐败,那天底下腐败的事情还了得。局长说,话是这么说,但是用公款大吃大喝却是在检查范围的,说出去,确实不好听,虽然也不至于上纲上线,但是对我们局的精神文明等都是有影响的,要扣分的,如果纪委真的抓典型,那就更糟糕。吴同志说,纪委说要抓典型了?局长说,开始也许是想抓的吧,不然为什么瞒着我下来调查,结果也调查不出什么,就收了兵,也不抓典型了,把信也转给我们处理,这点小事情,他也不值得抓,但是我们呢,是要小心为妙了。吴同志说,想不到,一顿饭的小事。局长说,是呀,你看是小事,有的人会拿个鸡毛当令箭的,所以吴同志,我今天找你呢,是要把事情和你说清楚,那一顿饭钱呢,早晚要付给你的,只是时间上可能得过一段时间,现在纪委的人刚走,我不能冒这个险,另外呢,我还得和会计商量,做个别的什么账,要不然仍然走不了账的,会计呢,那天偏偏没有叫她,也是一个小小的失误,也不知她愿意不愿意,还得慢慢看时机商量起来,吴同志,你不要太急,别老放在心上。吴同志说,我不放在心上。局长说,你不放在心上就好。

吴同志从局长办公室出来,在门口站了好一会儿,这一段时间里,他竟觉得头脑里一片空白。

下班出来,正要推自行车,感觉到马路对面有个人在看他,回头一看,竟是于小婉,心里一跳,推着自行车过去,说,于小婉,你在这里?于小婉说,我在等你。吴同志说,你怎么不进来找我,等了多久?于小婉说,我也刚到,估计你也快下班了,要不然我才不会那么傻,站在马路上干等。吴同志推着自行车,于小婉跟在一边,沿着马路边慢慢往前,吴同志等于小婉说话,于小婉却一时没有说话,吴同志便有些心慌似的,不知怎么办好,脚步竟有些乱,差点将自行车的轮子轧着自己的脚。于小婉抿嘴一笑,说,你慌什么?吴同志说,于小婉,你找我有事?于小婉说,没事就不能找你,你别忘了,我还替你借了三万块钱,这么快就忘记我了?看吴同志尴尬,又笑了笑,说,你别紧张,我不是来问你要钱的,刚才我骗你的,我也不是专门来等你的,我正好路过你们文化局门口,突然就站定了,就看见你从里边出来,你以为我在等你呢。吴同志说,原来如此,心里不怎么紧张了,但又莫名其妙的有些失落,于小婉问了问情况,吴同志说了说,主要是吃饭欠账的问题难弄,其他倒还好办。于小婉说,这是大家共同面临的问题,又说了一些话,就分手各自回去。

到了家,看向小桐摆着脸,知道又有什么不高兴的事情,也不敢多嘴,闷闷地吃饭,吴为突然说,今天下班时你和一个女的一起走。吴同志一愣,看看向小桐的脸,向小桐只作听不见。吴为又说,我在汽车上看见的,你们一边走路一边说话。吴同志向向小桐说,下班时出门正好碰见于小婉经过。向小桐说,你不必特意向我解释。吴同志说,我没有解释,我只是说说。向小桐说,很凑巧呀。吴同志说,是很巧,向小桐说,无巧不成书。吴同志不再多说什么,知道多说也没有好结果,吃了饭,就往前面饭店看看,发现钱梅子几个人兴高采烈,说,有大主顾了。

原来有个和阿兵关系很好的公司经理,正在筹备公司成立十周年的庆祝会,要办十二桌,阿兵呢,已经初步将经理说动了心,把十二桌酒席拉到钱同志饭店来办,钱梅子情绪也高起来,积极性调动起来,问什么时候来吃?阿兵说,还不要高兴得太早,经理呢,虽然是同意了,但是花钱一定要经过经办人的手,经办人同意了,经理的话才算数,经办人厉害,经理怕她,钱梅子说,有这样的事情?阿兵说,当然有,什么叫卤水点豆腐,一物降一物呢,我那经理朋友的经办人呢,又比较特殊,是经理的那个。钱梅子说,什么?阿兵说,情人。钱梅子说,是个女的?阿兵说,你不要看是个女的,胃口大得吓煞人,开口就要百分之三十的回扣。钱梅子脱口说,不可能。阿兵说,三十可能是高了一点,但也属行情之内。钱梅子说,我总共的利润也不过三十,我全给她?阿兵说,利润多少钱梅子你自己有数。钱梅子有点恼了,说,阿兵,你是不是说,我谎报利润?阿兵说,哪里话,你这么多心,大家还怎么合伙做事情?钱梅子很生气,说,阿兵我告诉你,你不信任我,我还不信任你呢。阿兵说,我是有感觉的,你以为我在里边拿了好处是吧,你以为百分之三十中有我的好处是吧?钱梅子倒说不出话来,阿兵却一笑,说,不过我这个人,有个长处,就是不怕被人冤枉,我在自己单位,也常常被人冤枉,怎么呢,我还是我,笑着看钱梅子,问,钱梅子,这十二桌呢,你到底做不做?钱梅子说,降到二十五我就做,阿兵让了步,说,好,好,我再去商量,当时就给经理朋友打电话,经理朋友说,我是没有意见的呀,阿兵我的情况你是知道的啦,你说动了她就成了,阿兵呢,只好再给经理朋友的经办人打电话,好话说了一大箩,最后总算松了口。

十二桌酒席刚好把钱同志饭店全部包下来,办得非常成功,最后大家上路前,经办向阿兵要回扣的钱,阿兵来和钱梅子说,钱梅子说,现在不能给钱。阿兵说,为什么,他们不是给了支票?钱梅子说,支票要等兑现了才算数,现在银行都关门了,我明天到银行,明天拿到钱,就给你,你就送去,也不见得就差这一晚上吧。阿兵说,这叫我为难了,我答应人家,今天饭后就付清的。钱梅子说，我拿不出来，阿兵苦着脸，你不拿出来，要我的命了。钱梅子说，我来和她说清楚，这也是规矩，规矩她应该知道的，阿兵连连作揖，说，罢了，罢了，还是我自己向她说明吧。

钱梅子的担心果然成了事实，阿兵朋友那个公司开的是一张伪造的支票，费了半天周折，钱梅子摆脱了干系，阿兵呢，也打听到了确切消息，阿兵的消息，叫人哭笑不得，原来阿兵的经理朋友的那个经办人，早已经谋算好了，办过十周年庆祝，就卷了一笔钱逃走了，连最后的这一顿饭钱，不到一万块钱，她也做了手脚占为己有，阿兵的经理朋友辛苦了许多年，偌大个公司落下个空壳子，所幸的是，尚有大笔应收款是属于公司的，那个情人也等不及再收回来一起卷走了。

自从吴同志的局长白吃了一顿，向於呢也有些问题，又来了阿兵的客人赖这么大一笔账，再往后，挂账的也更多起来，付现金的越来越少，也有给空头支票的，五花八门，什么事都有，你说一定要叫他们付现金吧，他们就不来，不来呢，生意就没有，生意没有呢，一分钱进账也没有，现在这样，挂着，但好歹晓得那是该自己的，是应收款，只是暂在别人的账上，一等到收回来，就是自己的，这么想着，就只能硬着头皮往下做，仍然让他们来吃，吃了呢，仍然不付现金，挂账，你若是问一声什么时候给钱呢，他说以后一起算总账，跑得了和尚，跑不了庙，说我们都是朋友，不会对不起朋友的，又说即使不是朋友，我们也不会为了几个小小的饭钱就逃的，我们的公司在这里，我们的单位在这里，我们的全家老小也在这里，我们自己呢，也不见不值这几个饭钱，所以钱梅子钱经理你尽管放心。就这样呢，账当然是越挂越多，而事情呢，仍然在继续，几个自封的股东呢，人人都很卖力，都想多拉些客人让饭店多挣点钱,总是四处打听,只要沾得上一点边的,只要有饭局,总是尽自己最大能力拉到钱同志饭店来,但是结果呢,越是卖力的人,欠的也就越多,又因为对方都是朋友,都是关系户,也不好拿人家怎么办,存心要给钱的怕是早就给了,不想付账的才赖赖叽叽拖下来,这些人,又都不好得罪,只是如此只出不进,饭店的日常开支也成了问题,钱梅子哭丧着脸向大家说了好几回,吴同志说你对我说我也没有办法,和向觉民说,向觉民说,我当初就叫你不要轻举妄动的。钱梅子说,你现在说这话什么意思?向觉民说,我要是有办法,我也不会说这样的话。

钱梅子去找过一趟杨展,杨展说,我正要去找你呢,说了和向小杉的事情,说向小杉提出和他分手,他也同意了,两人已经吃了一顿告别饭,不再来往,但既然有了开始,向家的人都知道这事,现在结束了,也应该向向家的人告诉一声,也算个礼貌吧。向小杉这个人,不多嘴,说不定根本就不告诉家里人,所以杨展说,我正要来找你们说一说这事情,也算正式别过,以后有什么事,仍然找我。钱梅子本来一直担心杨展知道了向小杉在外面陪跳舞,会提出和向小杉分手的,想不到却是向小杉先提出来,听杨展的口气,一点也不难过,也看不出有什么义愤之色,钱梅子愣了一下,说,怎么啦,不是好好的吗?杨展说,我认为是好好的,可是向小杉认为不好,就算了,我也没办法勉强她。钱梅子试探他的口气,说,是你提出来还是小杉提出来?杨展说,是她提出来的,她自从到舞厅陪舞,眼界开阔多了,结识的人物也多得多了,各种人物都见识了,所以眼界也高了,我理解她。钱梅子听不出杨展说的是气话还是什么,呆呆地看着杨展,杨展不经意地笑笑,说,这就是商品经济社会,换了我,我也会这样的。钱梅子想继续说向小杉的话题,杨展却把话题转到钱梅子，说，你来找我，一定有事吧？钱梅子说了饭店收不回应收款的事情，说，我想你是做律师的，也许有办法对付这样的事情。杨展正要说话，却有人来找他办事，便对钱梅子说，我得出去一趟，你别等我了，你先回去，晚上我到你家去。

　　钱梅子回来，想到杨展已经和向小杉断了关系，再请他回来，怕向小杉不高兴，别以为是有意给她颜色看，便去和向小杉说了，向小杉很不解地看着钱梅子，说，你请他来，我会有什么想法，我怎么会有想法呢？晚上杨展来的时候，向小杉正好在家，钱梅子和向觉民原以为她见了杨展会不好意思的，想叫她在自己屋里别出来，可是向小杉一点也没有不好意思的表情，杨展一来，她听到杨展的声音，就从自己屋里出来，和杨展亲亲热热的，依坐在杨展身边，钱梅子和向觉民面面相觑，不知说什么好。

　　杨展听钱梅子把事情说了说，问了问具体欠款的数字，大都是一两千，也有一千以内的，最大的有两笔，一笔是阿兵的朋友欠的，一笔是向於的朋友欠的，都在一万左右，杨展笑了笑，又摇头，说，这样吧，我把打官司的过程，详细地和你们说一说，你们看能不能打官司，你们听着，别不耐烦。向小杉也在一边笑，钱梅子说，我们都急死了，你还笑？向小杉说，我是笑杨展的，人家律师呢，都是希望有人打官司，律师靠什么，律师就是靠有人打官司，就像赌场老板抽头，谁输谁赢他不管，只要有人打官司，只要有人来赌，他永远是赢家。杨展呢，却像是怕你们打官司似的，要把打官司的复杂过程告诉你们，把你们吓退。杨展说，我这是看什么人说什么话，和别人我不会这样说，我当然指望越多的人来委托我，我挣的钱就越多，现在像我们这样的刚出来的小律师，什么是胜利，接到案子就是胜利。但是对自己人嘛，哪能呢，自己人当然要说自己话、说真话,向小杉手向在座的人一指,说,你和这里谁是自己人呢?杨展说,和大家都是自己人。向小杉说,你感觉好。杨展说,现在我们都是靠感觉好过日子的。钱梅子见他们越说离主题越远,便向向觉民看看,向觉民问杨展,你是不是认为像我们这样的情况不值得打官司?杨展说,得不偿失。

第 13 章

　　人呢,基本上叫齐了,钱梅子把事情说了,最后向大家摊开两手,说,这个问题不解决,我呢,也没办法再做下去。

　　没有人说话,都闷着,因为基本上每个人都有这事情牵在身上,说别人呢,就等于是说自己,说自己吧,又都觉得自己的朋友自己的关系吃了饭挂账或欠债是情有可原,但这理由又都说不过钱梅子,钱梅子只要一句话,就把大家的话挡回去,作为董事长的吴同志呢,心情也复杂,但又不能闭口不言,也学着钱梅子将事情说了,说,其实,这事情,不说大家也明白,就这么摆着,没有别的办法,必须大家分头去将钱讨回来,大家仍然没有声音,不发表意见,心中都盘算,这事情怎么开口哇?过半天,向於说,这几个钱,也没有什么大不了,要讨,也不是讨不回来,只是,这些人,都是些人物,以后我们的店,都还得靠他们来撑呢,为点小钱盯急了,不愿意来吃我们,怎么办?现在的情形,大家都看见,别的生意也不能指望他了,只靠着这些老人物老关系,要断了这些线,饭店还开不开呢?钱梅子说,那要这样下去,饭店也开不了了呀,我拿什么进货做出吃的来给他们吃,把我自己卖了也不值几个钱,能应付几天几桌呢？吴同志说，也是，钱梅子这里得让她维持正常开支吧。向於说，我们是不是该把眼光放远一些，长远计较。钱梅子说，长远计较，计较到什么时候是个头呢，今天赖明天，明天赖后天，这些人，明摆着就是不想付钱呀。说话时，朝吴同志瞥一眼，大家也都朝吴同志看着，吴同志说，我知道，是我们局长白吃了一顿，但是后来我们局长不是介绍生意来了吗？钱梅子说，那叫什么生意，才来三个人，吃了一百块钱的菜，你们局长那一次，本钱就过了五百呀。吴同志脸上有些过不去，正想怎么往下说，向於说，我觉得问题不在这里，看起来是白吃一顿，其实没有白吃的事情，总会从别的地方补回来，正如我们现在讨论的挂账问题，有人来吃，一桌一桌地开出来，总比别人那些店天天做白班强吧，人家看着我们火火红红的，眼红都来不及呀。钱梅子说，这我也承认，只是光做出来，钱进不了，这怎么办？向於说，钱由人家欠着我们，总比没有的好吧，他既然来吃了，钱早晚是我们的，放在他那儿或者放在我们这儿还不都一样，总是我们的钱。吴同志说，现在的人，怕都是寅吃卯粮，有一百块钱的，都要吃他五百块。向於说，就如现在外面做工程的事情一样，放工程的人，手里只有一百块，却要叫人做一千块的活，人家做完了工，付钱吧，对不起，没有钱付，欠着吧，那么做工程的人怎么办呢，就此不做了吗？当然不，不做就死了，还得做呀，有人欠着你，总比没有的好吧，现在这世道，只要有活做，就能活。钱梅子说，向於，你说的也不是没道理，只是我们这里，小本经营，比不得人家大出大进。吴同志说，不说其他话题了，只说说我们自己目前的问题吧，我想我们无论如何还是得去把钱要回来，钱梅子你等会让他们算一算，谁谁谁到底挂了多少。钱梅子当下就去拿了单子来，早已经算得一清二楚，一一报出来，阿兵的最多，向於的第二，其他人也不少,阿兵拿过单子看看,指着说,怎么这个周主任也算我的,周主任是钱梅子的吧?钱梅子说,怎么是我,周主任不是你介绍来的吗?阿兵说,我都好几个月没见他人影了,他来吃饭,又不是通过我联系的,怎么归我?钱梅子脸涨红了,说,这么说起来,联系人来吃饭,反而是做了坏事了?阿兵说,你这话说到点子上了,今天这会一开,我也有这种感觉,心虚虚的,好像做了什么坏事。吴同志说,你们把话说到哪里去,周主任的事情,归我吧,我去要。钱梅子看了吴同志一眼,阿兵笑笑,大家都不说话。

将欠款的情况分了类,各人呢,分到几个对象去负责讨债,钱梅子和阿兵多一点,其他也都分摊到一点,多半是谁介绍的对象就由谁去追讨,向於说,本来是大家共同为饭店拉生意的,不料却拉出麻烦来,越卖力越不讨好,以后也不能这么卖力了。钱梅子说,向於话不要这么说,只有大家继续鼓气,事情才能做下去,如果大家都泄气,怎么办?大家不吭声了,钱梅子说得不错,但是人人面临讨债的难题,心中都没有底,不知未来。

隔一日,钱梅子见到吴同志,吴同志犹犹豫豫的,钱梅子看出来,说,算了,周主任那里,还是我去吧,你呢,就管自己分到的那两家,还有你们的局长那一点钱,要到了我们也有脸去说别人,这一顿饭的钱你都要不到,我们哪有嘴脸去说别人,吴同志如释重负。

钱梅子将分给她自己负责的几个欠债对象情况分析了一下,想找个希望大些的先去试试,分析来分析去,却觉得几个对象希望都不大,若是希望大的,恐怕也等不到她上门去讨债,只能矮子里拔高的,尽量找出其中的一个,是欠款较多的一家。

钱梅子出门的时候,就打定主意,今天讨不到钱,讨不到个说法,就坐在经理的办公室里不走了,有了这种思想准备,拿定了这样的主意,心里倒也不慌了,反正我有时间,我耗得起,看你做经理的能不能陪着、耗着。

到了公司,看一看,这公司倒也颇具规模似的,外面是一个大间,有七八个人在工作,每个人的工作台,都用半高的玻璃板隔挡着,也算是比较现代化,往里走有一个小间,是一个二十来岁的女孩子坐着,大概是个秘书样子,外间工作的人呢,谁也没有注意钱梅子进来,也有人看见她,只是朝她看看,也没有吭声,走到年轻女秘书这里,被挡住了,问找谁?钱梅子报了经理的名字,女秘书说,在,请进,钱梅子往里走,里边还有一间,一张很大的老板桌,桌对面一圈真皮沙发,看起来蛮有气派,老板桌上有两部电话,一个大哥大,钱梅子心中一喜,看起来是个有实力的单位,不会还不出几千块的饭钱,上前叫了一声经理,经理抬头看了看,想了想,没有想出钱梅子是谁。钱梅子呢,便将情况说了,说是谁介绍的,他们公司曾经到钱同志饭店吃过几次饭,没有付现金,今天特来收款。经理听了,倒也一口承认,没有一点疙瘩,说,是长脚介绍的,我记得的,你们钱同志饭店的菜,不错的,有品位,记忆深刻。钱梅子说,谢谢经理夸奖,经理对着门外喊了一声,女孩子就进来了,经理说,你到外面看看账号上今天有没有钱,女秘书退出去,过一会儿进来,说,现在没有钱。经理说,今天应该有两笔钱进来的。女孩子说,现在还没到,经理抱歉地向钱梅子说,对不起了,要不这样吧,我们也不耽误你的宝贵时间,你呢,只管回去忙你的事情,我们钱一到,就给你打电话,麻烦你再过来取。钱梅子笑了一笑,心想我才不上你的当,在沙发上坐稳了,说,我没事情,你们忙你们的,我就坐在这里等,不碍你们的事。经理和女孩子互相一看,经理说,也好,你慢慢坐着等,我们呢,也不陪你说话,你看看报纸,手一指旁边,那儿有报纸。钱梅子说,好,去拿了报纸过来看报纸,经理也只当没她这个人似的,打起电话来,电话尽是说的哪笔钱什么时候到,哪笔什么时候划过去这些事情,钱梅子眼睛看着报纸,耳朵却听着他们打电话,心里稍稍放心了些,想这公司到底是有生意在做着,只要有生意在做着,钱总是会进来,钱一进来,他就不能不还她,这么想着,心情更平静些,反正呢,这一天时间早已准备泡上了。

一等就等了一上午,自经理说过我们呢也不陪你说话那句话以后,果然再没有人和她说过一句话,茶是泡着的,喝干了,却也没有人替她加水,钱梅子开始期望经理看一看她的杯子就来加水的,等到后来觉得没希望,其间秘书也进来过好几次,都是向经理请示什么或汇报什么,钱梅子又指望秘书心细,能够想到替她加点茶水的事情,但是秘书也根本不看她,更不看她的茶杯,经理和秘书说话,也不避着她,好像沙发上根本没有这么个人坐着,钱梅子想,他们大概是有意不看她,也不看她的杯子,钱梅子只得自己站起来过去加水,那个经理好像根本没有感觉到她的行动,仍然不看她,钱梅子这时候突然就觉得自己像个无赖似的,很不要脸,心里窝窝囊囊的,想,怎么我倒成了无赖呢。

到中午了,秘书进来,问经理,经理,中午饭还是盒饭?经理说,还是盒饭。秘书说,好,我就去买,走了出去。钱梅子被如此忽视,忍不住说,经理,你说今天有钱划进来就还我的,怎么到现在没有钱进来?经理也不生气,也没有什么表情,说,今天还没有过去呢,还有下午。钱梅子张了张嘴,说不出话来,也出去买了一份盒饭,不想当着他们的面吃,就站在路上吃了,有路人朝她看,钱梅子想,我现在竟然流浪街头了。

就这么又等了一下午，仍然没有钱进来，电话倒是仍然不少，其中有两个电话，经理说要请对方吃晚饭，钱梅子注意听，是经理求对方什么事情，所以要请吃饭。钱梅子想，你有钱请别人吃饭，就有钱还我，心中复又有希望，也许到下晚钱会进账号。听得经理向电话那头的人说，地点我来安排，等联系定了，马上再给你打电话，什么，带几个人来，没事没事，尽管带来，饭后？也行也行，随你开口，保龄球、桑拿，随你点，挂了电话，又将秘书叫进来，说今天请老董吃饭，你看放在哪里？秘书说，富丽行不行？经理说，吃过以后还要活动，富丽不行吧？秘书说，那就古都吧，我打电话去预订，出去打了电话进来告诉已经预订好了，经理就给老董打电话，约定晚六点在古都见面，一连串事情说定后，经理放下电话，点了一根烟抽起来，仍然不看钱梅子。钱梅子忍不住说，经理，你们有钱请客，怎么就没有钱还我呢？经理说，我们请客，都是挂账的，我们定点的几个饭店，都是可以挂账的，我们到你们饭店吃，原来也以为可以挂账，要不然我们也不会跑到你们那里去。钱梅子说，怎么能这样呢，一边欠着人家的钱不还，一边还照样大吃大喝？经理说，能够吃吃喝喝，说明我们的公司还有希望，若我们连请客吃饭的对象也没有了，我们也就玩完了。钱梅子说，你们这样，可是苦了我们。经理说，大家都一样，要苦一样苦，要甜一样甜，你们开饭店，不也有借款贷款？钱梅子说，当然有。经理说，那就好办，你们也不还他们。钱梅子觉得经理把话题越扯越远了，连忙拉过来，说，你不是说今天有钱进来，现在已经五点了，怎么没有？经理说，我比你更急，你这钱，也不过就是欠的一点饭钱，我那里，焦头烂额呢，我借了一笔高利贷，到期了，还不出，人家要来剁手指了。钱梅子看不出经理有要被人剁手指的恐慌，说，你骗骗我的吧，经理也不动声色,从抽屉里拿出一张纸,给钱梅子看,钱梅子看了,果然是一张高利贷借据,果然已经到期好些日子,不由得说,这样下去,怎么了得?经理说,总得一天一天往下过,只要不被砍死,日子总要过下去,朝钱梅子看看,说你这位女同志,看得出也不是外面混惯的人。钱梅子说,我自己也觉得奇怪,怎么像个无赖似的守在你办公室,我也难过。经理说,我若是有钱,你这点小数目肯定马上让你拿了走路,也省得烦人,我实在是拿不出来,看钱梅子不知所措,又说,要不,你明天继续来等,也许明天有钱进来。钱梅子说,好的,我明天再来,我就不相信等不到。

钱梅子连续来了三天,在那个公司的总经理办公室看了三天报纸,仍然没有等到钱,终于灰心丧气地离去。

再下一天,钱梅子往周主任的单位去,很凑巧,也没有需要向人打听,在进门第二个办公室就看到周主任了,钱梅子站在门口叫了一声,周主任抬头看到是钱梅子,高兴坏了,连忙站起来,过来拉钱梅子的手,也不管办公室里另外还有两个人,钱梅子看那两个人,好像在暗笑,她有些不好意思,也向他们笑了笑,周主任介绍说,这位呢,是钱同志饭店的经理,老板娘,钱梅子,这两位呢,是我的同事,小徐和老冯。小徐和老冯都笑,指着周主任说,常听他说起你,钱梅子也不知周主任在他们面前说她什么,脸红了红。周主任拉了拉钱梅子的手,说,坐,坐,钱梅子就势抽出了手来,坐下,周主任笑眯眯盯着钱梅子,看不够似的看了好一会儿,才说,钱梅子,怎么也不常来看看我?钱梅子说,店里事情多,走不开。周主任说,钱梅子呀,我一直想和你说说,我是要劝劝你的,人呢,不要把自己搞得太累,太紧张,何苦来呢?钱梅子说,没有办法,开个饭店,实在辛苦,每天都要盯着。周主任说,哎呀,这怎么行,生活太紧张了,就不能有情调,钱梅子,你说是不是?钱梅子苦笑了一下,说,哪来什么情调,忙也忙得喘不过气来。周主任叹息了一声,说,呀,呀呀,钱梅子,你不要埋没了自己,你是很来事的,口才又好,又能喝酒,又有管理才能,那天我听你唱个歌,像歌星似的,多才多艺的,回头向小徐和老冯说,真的,这钱梅子,多才多艺的。小徐和老冯只是笑,钱梅子不好意思,哪里什么多才多艺,家庭妇女一个,没水平的。周主任说,谦虚谦虚,我见过的女同志也算不少呢,就你钱梅子这样的,没几个能和你比呀。钱梅子想他们办公室好像清闲得很,没什么事情似的,我来,正好给他们个话题说说,这样胡乱说去,也不知什么时候才说到正题,看周主任的意思,也没个结束的时候,便说,周主任,今天来,有个事情,很不好意思说呢。周主任看看她,笑道,你和我,还有什么不好意思说的,说,说,尽管说。钱梅子说,最近店里盘账,想把挂账的一些饭钱结一结,周主任这儿,也挂了些钱。周主任一听,又笑,呀,就这事情?钱梅子说,不好意思,上门来讨,周主任挥挥手,说,没事没事,不就几桌饭钱吗,你把清单留下,一会儿我叫财务科给你们划过去就是。钱梅子说,财务科有人在,我自己去办一下也行,就带着走了。周主任说,哪能要你自己去办,放着吧,一会儿不等你走到家,我这边钱就给你划出去了。钱梅子就起身说,那我走了,周主任拉着钱梅子的手道别,一直将钱梅子送到门口。

钱梅子放心不下,下午给周主任打个电话问这事情,周主任不在,钱梅子想了想,翻了电话号码本查了电话,直接将电话打到财务科,问有没有周主任吩咐划到钱同志饭店的账,财务科态度不好,有些生硬,说,没有的事。钱梅子说,是周主任管的,请你们再查一查,又将自己的饭店报了一报,财务科的说,你说谁,哪个周主任？钱梅子说了周主任的名字，财务科的笑起来，说，噢，这个周主任呀，他的主任是在外面兼的什么东西吧，在我们单位，他只是一个科员，也没有权批饭局呀。钱梅子说，那他在我们店签的单怎么办？财务科的又笑，说，那你找他就是，他又不会逃跑。

钱梅子回家向向觉民说这事，向觉民说，听他说话的口气，倒像个首长似的，不料是个冒牌货，你还真当他是首长吧。钱梅子说，他首长不首长，冒不冒牌，我不知道的，是阿兵的事情。向觉民说，幸亏知道得早，钱梅子看他一眼，顿一顿，说，你什么意思？向觉民说，没什么意思，知道得早总比知道得晚好吧，否则就被他骗大了。钱梅子说，都是阿兵惹的事。向觉民说，说不定能骗去更多的什么呢，见钱梅子脸色不好，笑了一下，钱梅子说，阿兵这人，现在看起来，还是有许多毛病的。向觉民说，你这才知道呀，当初我就看出他不怎么地道。钱梅子说，谁都是事后诸葛亮，当初看他，简直千好万好，天上掉下这么个能人似的，说着就往阿兵那儿打电话，阿兵接了电话，听了听，笑起来，说，这和主任不主任有什么关系呢，他的主任，本来就是我们和他开玩笑叫起来的，他哪里是什么主任？钱梅子说，他不是主任怎么能够签单子？这事情你要负责的啊。阿兵说，钱梅子，这你要说清楚，签单子的事情我不知道，是你们自己联系的，我只是请他来吃开张酒席的，其他，与我无关。钱梅子听阿兵推卸责任，发急，说话口气就重了些，说，阿兵，说话要负责任，若不是你介绍来，我们怎么认得他周主任不周主任？阿兵说，是不是他人逃走了呢？钱梅子说，人大概不至于逃走吧。阿兵说，人在，那你找他这个人就是，只要有他这个人，你还怕什么，我是因为最近比较忙，没时间，不然我就去找他。

钱梅子只有再去找这个不是主任的周主任，说，周主任，原来你不是主任。周主任惊奇地说,我本来就不是主任呢,我这主任是大家开玩笑开出来的,起因呢,就是因为我朋友多,喜欢大家凑在一起玩,玩呢,总得有点钱才能玩得起来,比如喝酒吧,没有钱你到哪里去喝酒,我只能请他们喝茶,大家说,哎呀,你若是做了主任,我们日子就好过了,又说,干脆我们就叫你主任,说不定真叫个主任来,就是这样叫开的,叫倒是叫了好多年,也没叫成个主任。钱梅子,你怎么会想到这事情?钱梅子说,我一直以为你真是主任,在单位有权批条子。周主任说,有没有权批条子碍什么事呢,没权批条子,也一样活得好,像我,比我们单位的头活得好多了。回头问小徐和老冯,是不是?小徐和老冯仍然是笑,也看不出是笑周主任吹牛呢,还是笑别的什么。钱梅子想,像你这样,当然活得好,不是主任到处冒充主任,背了债也只作无事一般轻轻松松,当然过得好,当然谁也比不上你。只是心里这么想,嘴上也不能说,仍然想把事情朝好的方面努力,和气生财,为一点小事就和别人生气,闹翻,就生不了财,所以不管他周主任怎么无赖,怎么拉她的手,她总是要想办法把他欠的钱要回来才好,周主任看钱梅子不作声,说,怎么了钱梅子,我印象中的你,一直是高高兴兴,很开朗很豁达的,今天怎么像有心思了,怎么回事,和我说说,说不定有办法帮助帮助你?钱梅子说,开了饭店,每天生意不错,就是只有出账没有进账,收不到钱。周主任说,呀,对了,还有我欠的钱吧,真是的,你看我这记性,该死了。钱梅子听周主任这么说,倒像是看到了希望,也可能周主任天性就是这么个糊里糊涂的人,赶紧说,是的。周主任说,这事情好说,钱梅子你把清单给我,我看一看到底多少?钱梅子说,我上次已经给了你一张清单。周主任说,噢,就开抽屉找起来,找了半天,又到废纸篓里看看。小徐说,你看废纸篓来不及了,已经好几天,废纸篓已经倒过几回了,只能到楼下垃圾箱里找找,也许垃圾已经拉走,再追到垃圾中转站去看。周主任向钱梅子说,他开玩笑的,他们经常和我开玩笑,我这人,没有脾气的,我不会把你的清单扔掉的,挠了挠头皮,又说,我想起来,可能放在包里带回家了,如果在家里,一定能找到,我老婆最细心了,连一张五分公共汽车票也不会随便乱扔的。钱梅子说,也不用你再找了,这样吧,我现在也记不清到底是多少数字,我回到店里查了账,再给你送过来。周主任说,那多不好意思,叫你跑了几趟。钱梅子想,多跑几趟倒也无妨,只要你还钱,便急急回到店里,把账再算一遍,有了确切数字,再拿着到周主任单位,看周主任小心地将清单夹进钱包,才松了一口气。周主任说,钱梅子,叫你跑了几趟,你回去吧,店里一定还有很多事情,我呢,今天早点下班,回去就取钱,明天一早给你送过去。钱梅子说,我来拿也行。周主任说,不能再要你跑了,你在店里等着就是。钱梅子说,好。周主任复又拉着钱梅子的手,将她送出大门去。

第二天一早钱梅子就到店里等着周主任,想周主任会不会早晨上班时路过长街先就把钱送来了,吴同志听钱梅子说了主任今天来还钱,嘴上说不相信,但是看得出心里也是很指望的,上班还迟了些,想等到周主任再走的,可是等过了上班时间,周主任没有来,吴同志也不能再等,走的时候,觉得钱梅子有点心神不宁,便说,也许他先得到单位报个到,中途溜出来,如果换了我,我一定这样,早晨迟到是最显眼的,大家盯着,中途溜出来倒不太引人注目。钱梅子说,也许吧。

就这样等了大半上午,仍然没见周主任,就想,也许,上午单位比较忙,要等到中午下班过来还,仍然心存希望,再等到中午,仍然不见人影,又想,也许昨天下班迟了,没有取到钱,今天会去取,就再等一等,一整天就这么想着、等着,到下晚了,眼看到了一般单位下班的时间,钱梅子再也等不下去,给周主任打电话,电话是小徐接的,说周主任已经下班走了,提早一点走的,因为明天要出差,这是老规矩,出差前一天,总要早一点回去。钱梅子问出差多少天?小徐说,好像一个星期,钱梅子再问不出什么,挂了电话,想想觉得不是个滋味,好像被人耍来耍去耍了一回似的,到最后钱仍然拿不到,心里便有了不服气的意思,本来呢,仅仅只是追欠款,现在又增加了义愤在里边,心头起伏,再抓了电话打给小徐,问周主任的家。小徐犹豫了一下,说,我知道的呢,只是老家,听说最近可能要搬家,也不知道到底搬了没有,如果搬了,我就不知道了,他也没有告诉我,你等一等,我问问老冯,捂着电话问了问老冯,回头说,也没有告诉老冯。钱梅子说,你把老家的地址先告诉我,好吗?小徐说,好,就说了,钱梅子记下了,怀着一股义愤,就去找周主任的家。

  这个地址是老城区,到那儿一看,果然都开始拆迁,房屋大都已经空了,转了半天,才看到一户人家仍然有人在,上前问拆迁户搬到哪里的新村去了,这人家态度很恶劣,说,搬到哪里去,搬到地狱里去了,就引出一大堆抱怨的话,说那个新村简直不能住人,水是锈的,电是常常要停的,蚊子苍蝇乱飞,出门要走几里路才有个小店,就等于是从前的乡下,比乡下还不如,现在乡下倒搞得跟城里似的,城里人,住的环境比乡下还差,做城里人还有什么意思,说自己家就是因为不满意搬迁的新村,才不肯走,成了钉子户,昨天电视台还来曝光,说我们不顾大局,阻碍城改大事,明天就要来强行拆迁了,说着说着,凶狠狠的一家人哭起来。钱梅子看不得别人哭,看到别人哭,自己的心也酸酸的,赶紧退出来,在四周转了转,走到附近另一条没有拆迁的街上,找到居委会,居委会知道情况,说这一带的拆迁户都在采莲新村。

钱梅子到汽车站等公共汽车,班次很少,等到天都快黑了,才来了一辆车,说是末班车了,钱梅子问从新村回来的末班车几时开,说就是他们这车,到了那里就打回头,下面再也没有车了,要等就是第二天早晨七点钟的头班车,钱梅子犹豫,也不知道那个采莲新村到底有多远,有多偏僻,万一跟了车子过去回不了家,怎么办?万一连个打电话的地方都没有,怎么办?心里犹豫着,售票员说,你上不上,不上开车了,钱梅子不好再犹豫,上了车,想,周主任竟然这么耍弄人,就是回不了家,也要追到他,一股义愤又涌上来,也不再考虑什么回得了家回不了家。

车到了终点站,下车的人已经很少,天也黑下来,四周果然冷冷清清,不见什么店面,钱梅子根据经验,先找新村的居委会,绕了一大圈,却在一个角落里看到一间工棚样的房间,外面挂着采莲新村居委会的牌子,进去看看,里边有个老人坐着,灯光也很昏暗,老人在打瞌睡,钱梅子问了一声,老人睁开眼看看她,钱梅子说,我想问一问从老城区拆迁过来的一个人,老人说,原来住哪里的,在哪个单位的?钱梅子说了,老人拿出一本登记本,翻开来。因为灯光暗,看不清,看了半天,推给钱梅子,说,你自己看吧,钱梅子拿过来,一个名字一个名字往下找,终于找到了周主任的名字,又看了工作单位和原住址,确认没错,谢过老人,便往周主任家去,上了六层楼,直喘气,临敲门时,突然心跳起来,好像自己是个贼似的,又想,敲了门,周主任一定想不到是她,突然看见她周主任会是什么样的表情呢?有人从她身边经过上七楼,看她站在楼梯上不动,怀疑地看看,钱梅子赶紧敲周主任家的门,开门的是个女孩子,大约十八九岁,问找谁,钱梅子说出周主任的名字,女孩子奇怪地一笑,正要说话,这时候就有另外一个女声,在里边问,什么人?女孩子说,找我爸的,让钱梅子进来,钱梅子一进来,就看到周主任双腿跪在地上,满头大汗,正在用抹布费劲地擦地板,听到人声,也不抬头看,倒是问什么人的女人从里屋出来,头上呢,卷着卷发的卷子,手里抓着一把瓜子,正嗑瓜子,钱梅子估计她是周主任的老婆,女人看到钱梅子,从头将她打量到脚,然后用脚尖踢踢跪在地上的周主任,说,找你的。

周主任这才抬头,看到了钱梅子,也不显得吃惊,也不站起来,仍然跪着,手抓着抹布,似笑非笑,说,是钱梅子。钱梅子呢,原以为周主任看见她会大吃一惊,或者会很不好意思,说好今天去还钱的,却让她给追来了,周主任一定很难堪,却想不到周主任基本上是若无其事的样子,再加上一个不知是不是老婆的女人在一边横眉冷对着她,钱梅子感到很气愤,说,周主任,人说话怎能不算数?周主任向钱梅子使个眼色,钱梅子看不懂,旁边的女人走过来说,你说什么?什么说话不算数?你是谁?钱梅子说,我是谁,你问他,手指着仍然在地上跪着的周主任,周主任连忙笑,说,钱梅子,我的同事。女人又从头到脚打量钱梅子,说,你的同事?有个姓钱的女人,我以前怎么不知道?周主任说,新分配来的。女人说,新分配来的,什么分配,大学毕业?什么年纪了,还分配?周主任说,我说错了,新调来的,说惯了分配分配。女人说,和你在一个办公室?周主任说,哪里和我一个办公室,我们办公室,只有男的,没有女的,钱梅子,是财务科的。女人说,财务科跑到我家来干什么?钱梅子正要说清楚事情,一眼看到周主任又向她使眼色,这会儿看明白了,是叫她不要说话。趁钱梅子愣一愣的时候,周主任说,我临下班时到你们财务科找你,你不在,出去办事了?我和他们说的,领不到出差费,我先拿自己的钱垫着也没事,回来再补就是,反正少不了我的,你不必要大老晚的跑这么远送来。看钱梅子要说话,连忙挡住,又说,这家里的电话,赶紧要装了,装了电话就方便得多,你打个电话过来就行,也用不着这么远地跑来。钱梅子生气地说,我不是来给你送钱的,我是来向你要钱的。女人一听到要钱,更是立眉竖眼地瞪着。周主任说,哎呀,我想起来了,上次的出差费还没有结账,等我这次出差回来一起算总账,行不行?头上的汗更多了。钱梅子就不知怎么办好,周主任赶紧说,钱梅子,叫我女儿送你回去,这段路,没有车了,很长的一段路呢,那个十八九岁的女孩子就向钱梅子说,我用自行车送你一段,钱梅子站着不动。周主任说,别客气,走吧,女孩子就上前拉着钱梅子走出来,叫钱梅子坐在她的自行车后座上。钱梅子说,我不能走。女孩子说,你是找我父亲要账的,是吧?钱梅子说,你怎么知道?女孩子说,我父亲老是这样,明明没有钱,也没有权,在外面就是瞎要面子,到处请客吃饭。钱梅子说,我们开个小小的饭店,若是都碰上他这样的人,我们怎么办呢?女孩子说,我看得出你是个好心肠的人,今天当着我妈的面,就饶过他吧,要不然,我妈还不知会怎么样。钱梅子说,那我们的钱就不要了,让他白吃?女孩子说,他欠你们多少,你告诉我,我还给你。钱梅子说,是不是你父亲欠了账都是你偷偷地替他还。女孩子说,我有能力还的我都帮他还了。钱梅子想不明白世界上竟然还有如此做父亲的,也想不到有这么好的女儿,真是说不出话来,车子走出一段,快到大街了,钱梅子说,行了,前面就有公共汽车了,你回去吧。女孩子说,我送你到车站。钱梅子忍不住说,你父亲怎么会这样?女孩子说,我也不知道,可能和我母亲管得太厉害有关吧。钱梅子说,你替他还钱他知道不知道?女孩子说,我不知道,有时候他还和我吹,说世界上的事情只要坚持一个拖字,就能解决,说他在外面欠了许多钱,怎么样呢,就是靠拖,拖的时间长了,人家也不再来找他了。钱梅子叹了一口气,说,若是他欠下的数字很大,你没有能力还呢?女孩子说,我爸倒从来不欠很大的数目,多半是一两顿饭钱,我单位的奖金还可以,替他还吧,说着已经到了汽车站头,钱梅子说,你回去吧,天晚了。女孩子说,我等你上了汽车,又说了说话,汽车来了,钱梅子上了车,看到女孩子推着自行车,在车下向她挥手,心里突然酸酸的,好像这女孩子不是周主任的女儿,而是她自己的女儿似的。

　　回到家,向觉民说,这么晚才回来,到哪里去了,大家都着急了。钱梅子把追到周主任单位,又追到周主任家的事情说了,说自己最后还是开不了口,向觉民说,做事情不能有妇人之仁,妇人之仁是做生意的大敌呀。钱梅子说,你别说我,换了你,在那样的场合,你也一样开不了口。再有,他那个女儿,真是叫人伤心。向觉民说,你怎么知道他们不是一家人串通好了来骗你。钱梅子愣了一下,说,我倒忘记问她什么时候来还钱。向觉民说,你看看。钱梅子说,我不相信女孩子也是骗我的,我看得出。向觉民说,但愿如此。

　　又等了几天,也不见周主任的女儿来还钱,打电话到周主任单位,是小徐接的,小徐已经能听出钱梅子的声音,说,你是钱经理吧?钱梅子说,你已经能听出我的声音了,周主任出差回来没有?小徐说,还没有,打了长途电话回来,还要拖几天才能回来,钱梅子又说,那小徐你知不知道周主任女儿的单位?小徐愣了一愣,说,周主任女儿?周主任的女儿好像没有固定工作,经常换地方做事情,哪来的单位?钱梅子说,她答应替周主任还钱的,小徐又愣了一下,说,周主任到底欠你多少钱?钱梅子说,两千多块。小徐说,这样吧,我再替你打听打听,你下午再打电话来问问,钱梅子说,好。

下午小徐告诉钱梅子周主任的女儿最近一阵在金利超市做事,钱梅子去一找,果然找到了,周主任的女儿一见到钱梅子,连忙迎出来,将钱梅子拉到外面人行道上,说,你来了,我猜想你会找来的。钱梅子说,我倒相信你,原来你们果然一家串通好了骗人的。周主任的女儿突然就掉下眼泪来,说,我没有骗人,我是一直替我父亲还钱的,可是我挣不到那么多钱,我没有办法,你不相信我,你可以去问他们,以前我父亲欠他们钱的那些人,都是我帮我父亲还的,边说边哭,引得行人都向这边看。钱梅子说,你别哭,你别哭,有话好好说。周主任女儿说,我怎么能不哭,有这么个父亲,又有这么个母亲,人家女孩子都是向父亲母亲要钱花的,哪有像我这样,挣了钱要替他们还债,你看看我,衣服没有好好的衣服,到现在连化妆品也用不起,眼泪呢,像断了线的珍珠一串一串往下掉,行人呢,停下来向钱梅子说,这是你女儿吧,什么事情哭得这样,你怎么也不劝劝她?钱梅子也不会劝人,尤其面对这样的事情,她不知道怎么去劝这个女孩子,也许只要她一说,算了,钱不要你们还了,女孩子就会转悲为喜,可是钱梅子不能说这样的话,她只是反复地说,你别哭,你别哭,有话好好说,大概是超市里的一个什么负责人,出来看看,说,小周,规定上班时间不能随便走出来,你怎么出来了?周主任的女儿一双泪眼向钱梅子看着,钱梅子说,你进去吧。周主任的女儿反身进了超市,留下钱梅子一人站在外面,呆呆的,仍然有几个好奇的路人向她看着。

第 14 章

　　上班时候,于小婉打了个电话给吴同志,约他下了班到某个茶室坐坐,吴同志犹豫了一下,问有什么事,听得出于小婉也不如往常那么轻松开心,有些紧张似的,说,电话里说不清,见了面再说吧。

　　整个下午就有点心神不宁,不知于小婉找他什么事情,将那天在县城偶遇于小婉以后的情形一一细细地回味起来,竟有些甜丝丝的味道在嘴里,脸上也浮现出一丝微笑,怕同事看出来,连忙咳嗽,喝茶。到下班时,直接往沧浪茶室去,进去一看,于小婉已经在等着了,见了他,微微一点头,不像从前那样笑眯眯的,心事重重的样子,已经叫好了茶,是上好的龙井。吴同志说,你早来了吧,不好意思,叫你等。于小婉说,我也刚来,我是掐算好时间的,不会浪费时间。指指茶,说,喝一口尝尝。吴同志喝了一口,果然清香,说,好茶。于小婉说,吴同志,饭店的情况怎么样呢? 吴同志犹豫了一下,说,还好。于小婉说,我听说,外面欠了你们好些款子追不到? 吴同志说,你也知道了? 于小婉没有说怎么知道的,停顿了一下,问,吴同志,胡维民有没有来找过你? 吴同志说,胡维民,你丈夫？没有，从来没有。于小婉叹了一口气，说，如果他来找你，打听借钱的事情，你不要告诉他，他若是追问你也不能承认，他若是向你要钱，你更不能给他。吴同志说，怎么啦，这是你朋友的钱呀。于小婉又叹息一声，说，另外，时间也快到一年了，我想知道到期能不能连本带息付给我？吴同志说，说好的事情，总是要办到的，你放心，觉得眼前的这个于小婉和借钱给他的于小婉判若两人，心里隐隐的有些想法，但既然她不肯说，他也不便开口问，又回想起车站遇见时她的笑容，不由有些发愣。

回到家，向小桐看着他的脸，说，我下班前打电话到你单位你已经走了，怎么走到现在才回来？吴同志说，碰到个熟人，说了几句话。向小桐说，熟人，哪个熟人？吴同志说，你不一定认得的，想随便说说就糊弄过去的，哪知向小桐偏不依不饶，说，你的哪个熟人我不认得，我都认得，是谁？吴同志只好说，就是借三万元钱给我们开饭店的那个，你根本没见过他。向小桐过了一会儿又说，跟你说什么事呢，说了这么长时间？吴同志说，有什么好说的呢，总是说说饭店的情况，人家关心的是到期能不能将钱拿回来，担心着呢。向小桐这才不吭声了。

吃晚饭时，又谈到欠债的事情，吴同志说，这样下去不是个事情，我们自己挣不到钱不说了，恐怕到期连欠人家的钱也还不出，我得带个头，我想把我们局长来吃的那一顿的钱自己先垫上。向小桐一听，说，听起来你很有钱呀，你有钱，你就自己垫吧。吴同志说，我自己哪来的钱，我的工资都是上交给你的，我又不在外面挣外快，哪来的钱？向小桐说，别把自己打扮得那么可怜。吴同志说，我这是和你商量，我把我们局长的这笔钱垫了，我就可以去说别人，现在你看看，我也不好多说他们，阿兵一个，还有向於一个,阿兵的钱欠得比向於还多,我若是能够说话了,我先就要说阿兵,先要追着他要钱。向小桐说,你追着他就能把钱追回来?吴同志张了张嘴,觉得难。

隔天吴同志给吴小妹打了个电话,把事情都说了,吴小妹说,我也有时间不过来了,想不到情况这么糟糕。吴同志说,现在问题最大的是阿兵和向於,向於呢,我们也和他说过好多回,他也知道事情的严重,但是他这个人你知道的,死要个面子,朋友吃了他的,不付钱,他是死活不好意思开口向朋友要的,这就麻烦了。吴小妹说,你是要我想办法把向於的钱要回来?吴同志说,大家一起想办法。吴小妹说,向於一共欠了多少?吴同志把具体数字说了,又说,其实这么大一笔款子,主要是集中在一家单位,那单位头头和向於是哥们儿,那一家单位先后来过好几次,每次都是好几桌,从来没有付过钱,积累下来,就多了。吴小妹问是哪家公司,吴同志说了,吴小妹说,我知道了。

过了几天,钱梅子突然接到向於的一个电话,电话里口气很不好,钱梅子问什么事,向於说,电话里和你说不清楚,吴同志什么时候回来?钱梅子说,可能就要回来了,下班时间到了。向於说,我马上过来,找你和吴同志说话。钱梅子刚挂了电话,吴同志已经到了,钱梅子向吴同志说向於要来,一会儿向於果然回来,脸青青的,没有了平时的笑意,一进门,也不接吴同志给他的烟,气急败坏地指责钱梅子和吴同志做事不讲规矩,不留后路。

钱梅子和吴同志对视一眼,都估计是吴小妹办成了事情,心里高兴,但是只作不知。

吴小妹是做财务工作的,对账目债务比较熟悉,她先了解到欠款最多的那家公司的业务情况,接着又弄清了他们账号上有钱,再又打听到这个公司想进一批电脑键盘的零件,吴小妹找到向於,告诉了她有个熟人正有一批电脑键盘零件要卖出,向於看到吴小妹来找他,已经高兴得晕头转向,也不辨真假,就去向他的经理朋友通报,经理朋友对向於当然是绝对相信,就和向於对吴小妹一样,吴小妹要他们先付一万元的订金,那边想,既是向於介绍,错不了,再说,一万元也不算个大数目,很快就开了出来,以为马上就能进到货,就能坐收渔利,谁知一等不见二等不见,追到吴小妹处,吴小妹说,先还了钱同志饭店的饭钱再说吧,才知道是被骗了饭钱去。经理朋友便和向於翻了脸,认定是向於叫他们这么做的,向於呢,认定是钱梅子和吴同志指使吴小妹,真生了气,跑来兴师问罪了。钱梅子和吴同志呢,得知那一笔最大的欠款钱收回来了,心下高兴,对向於说,算了算了,这钱本来是我们的,怎么讨回来,是各人的本事,讨回来就是好事。向於说,说好各人的账各人自己解决,为什么你们不通过我,自说自话去做这事。钱梅子说,不管怎么说,我们将钱讨了回来,这就行了。向於说,你是行了,可我,绝了一门朋友,断了一条路,再说,朋友之间,传出去,我向於还做不做人?吴同志说,没那么严重吧?向於说,交朋友讲究个义字,我这样做,被大家指着脊梁骨骂呀。吴同志说,怎么骂得到你,是你的朋友先丢了一个义字。向於说,怎么是我的朋友先丢了义,我的朋友,没有不讲义气的。吴同志说,他要是有义,为什么一再来我们店吃饭不给钱?向於说,有你这样看问题,有你这样做事情,有你这样交朋友,能成什么气候?吴同志有些不高兴,说,那是,我们本来就是小市民,没有大气魄,我们小本经营,禁不起折腾,吃饭付钱,天经地义,说不上什么不义气,如果交朋友都是吃饭不给钱,那叫什么交朋友?那纯粹是被朋友斩嘛!向於说,被朋友斩,我心甘情愿。吴同志说,你心甘情愿是你个人的事情,你不能拿我们大家的钱做人情吧。向於张着嘴愣了一愣,说,你的意思,是不是我们没有必要再合作下去?吴同志说,我绝对没有这个意思,两人都觉得说话说过了些,都停下,停了一会儿,脸色都和缓了些,向於说,我那朋友,是不能断的,我得再请他们到店里吃一顿,谢罪,看吴同志脸色又有些沉重,忙说,你放心,钱我自己掏,只不过,以后,我也不会再这么卖力给店里拉生意,说话的当下就给朋友打电话,邀请明天晚上吃饭。朋友那边拿了一会儿架子,后来也就答应了。

第二天晚上,果然来了一大帮向於的朋友,吆五喝六的,向於不停地说着赔罪之类的话,酒灌了一杯又一杯,吴同志怕他们心里不高兴,会有什么事情,中途灵机一动,去把吴小妹叫来了。

吴小妹不来倒也就算了,吴小妹这一来,更勾起了向於的心头之火,而吴小妹呢,偏偏很不喜欢这样的场合,也不肯给个好脸色,向於在平时呢,能看到吴小妹就是最大的幸福了,可是今天不同,今天是吴小妹使他在朋友面前丢了脸,对一个男人来讲,这是最最要命的事情,所以当向於喝了些酒,吴小妹到来的时候,向於已经不再把她当成吴小妹了,指着吴小妹说,替我们加酒,吴小妹也生气,但是想到了追回饭店的款子,欺骗了向於,事情是做得不大漂亮,也就忍下一口气,听向於吩咐,一一给他们加酒。加完了酒,向於又说,拿起酒杯来,敬我们哥们儿。吴小妹说,我不会喝酒,想转身走开,向於一把抓住她的手臂,说,想走,今天没那么容易给你走,你喝,给我的哥们儿赔罪。吴小妹火冒,但仍然压着,说,我不会喝酒。向於瞪大了发红的眼睛,说,摆脸给谁看呢,手一划,又说,我们这里,谁欠着你的?吴小妹说,谁欠着我,就你的朋友欠着我,朋友们倒都大笑起来,说,对,对,我们欠着吴小妹。向於却笑不起来,盯着吴小妹,嫌我的朋友不好,是不是?吴小妹指着一个一个朋友,说,你的朋友是不怎么样,你自己看着好,别人眼里,如狗屎一般,吃饭不付钱,还给他们赔什么罪,朋友们又大笑,向於却铁青了脸,盯着吴小妹看了一会儿,突然就如猛虎般扑过去,张手就给了吴小妹一巴掌,吴小妹脸上立即就泛出五个鲜红的手指印,向於大声喝道,你,给我滚,吴小妹开始是半真半假,说狗屎什么的,脸上还做出些笑眯眯的样子,现在突然被狠狠打了一巴掌,也是有生以来第一回被人打巴掌,看着向於像发了疯似的样子,愣住了,过了片刻,转身奔出门去,朋友们仍然是笑,说向於,好,好,继续喝。一会儿吴同志来了,指着向於说,向於,你敢打我妹妹,叫我妹妹滚?向於向他白了一眼,说,她是你妹妹吗,你怎么会有这样的妹妹,我还以为是街上一条母狗呢。话说粗野了,朋友上前劝吴同志,说,向於喝多了,向於喝多了,别和他一般见识,又回头说向於,向於,何苦呢,你一番心思,我们哥们儿谁不清楚,谁不明白,本来就是大家吃吃喝喝,快快活活的事情,说,没有必要没有必要,一伙人终于退走。

　　向於红着眼睛,和怒气冲冲的吴同志对视了一会儿,又恶狠狠地瞪了大家一眼,冲回自己屋里,吴小妹呢,也没有走开,只是站在一边,用手捂着脸,钱梅子劝她。吴小妹说,这不怪向於,是我不好,是我骗了他,说着,眼睛里慢慢地淌下眼泪。过了好半天,吴小妹慢慢地向里边走,钱梅子说,你到哪里去?吴小妹说,我到向於那里去。大家担心,跟在后面往里走,看着吴小妹走进向於屋里,以为会有向於的怒吼或者吴小妹的哭声,但是好半天却一点声音也没有,大家面面相觑。

　　过了几天,向於早晨起来打点行装,向小桐问他打算到哪里去,向於说,旅行结婚,向小桐说,你开什么玩笑?向於说,我不开玩笑,我们已经领了结婚证,向小桐惊愕,说,难道和一个我们根本不认得连见也没见过的人,你就和她结婚了?向於说,是我结婚还是你们结婚?向小桐说,到底是谁?向於说,吴小妹,背了背包就出去结婚旅行了。

大家视为奇事,都说是一笔欠账和一记耳光打出来的婚姻。

就在向於和吴小妹奇结良缘的时候,阿兵却出了点问题,钱梅子一直以来的担心终于成为事实。

大家都在为讨债奔波,阿兵也是很卖力,一日早晨过来向钱梅子说,今天到某个大户头处拿钱,都已经说定了,今天准能拿到钱,谢蓝送小浪漫上托儿所,回过来,阿兵说,谢蓝,和我一起去吧。谢蓝犹豫了一下,看看钱梅子。阿兵说,有个女的在边上,说话就好说多了,真的,这一招很灵。谢蓝问,时间不长吧,我要回来做中午饭的,高三五有时候中午突然回来吃饭。阿兵说,一会儿时间就行,到那里,拿了钱,就回来,谢蓝就跟着走了。

钱梅子等到快中午,不见阿兵和谢蓝回来,心里越来越不踏实,希望今天中午高三五别回来,哪知偏偏这天中午高三五车子开到家附近,就近回来吃饭,没有看到谢蓝,跑到前面饭店问钱梅子。钱梅子有些心虚,不说吧,怕高三五不知道谢蓝去了哪里,会担心,便支支吾吾地说了,高三五一听,涨红了脸,说,你们饭店讨债,怎么要谢蓝去?钱梅子说不出话来。

高三五气冲冲地开了车走了。

一直到下午三点,仍没有阿兵和谢蓝的踪影,钱梅子先给向觉民打电话,将事情告诉他,向觉民不以为然,说,又不是孩子,你担心什么,你怕他们失踪?怕他们私奔?不会的,口气颇不耐烦,钱梅子还想说说自己的担心,向觉民说,你别烦我了,我这里正等着职称评定的最后结果,心里已经够烦了,便挂断电话。钱梅子又给吴同志打电话,吴同志说,讨债难讨,也许守着债户等钱呢。钱梅子想到自己讨债的经历,连等三天的情形又浮现在眼前,不由苦笑了一下,放下电话仍不放心,找出阿兵那个朋友公司的电话,往那边打电话过去,问经理在不在,那边说,经理一早就出去了,陪几个客人到东山水上世界去玩了,要吃过晚饭才能回来,钱梅子愣了一愣,再问阿兵和谢蓝,那边就不知道,说,反正是一个面包车一起走的,人很多,也不知道有没有阿兵和谢蓝。

钱梅子刚放下电话,就看到高三五的车停在店门口,高三五坐在车上,车窗摇下,高三五正朝她看着,一脸的希望,钱梅子心里突然有点难受,摇了摇头,高三五不知叽咕一句什么,开着车又走了。过一会儿,又开了车来,告诉钱梅子,小浪漫已经由外婆接走了,是谢蓝事先关照了她接小浪漫的,看起来谢蓝是早有准备,有预谋的。钱梅子说,高三五你不要乱猜,明明是临时说起来才走的。高三五说,那就是说她事后知道要晚回来,给她母亲打的电话。她为什么不打我的 Call 机?钱梅子说,你别着急,再等等,高三五说,放着生意不做,叫我等?我不等,又开车去做生意。

到了晚上,高三五又回来了,进来就向钱梅子要阿兵家的电话和地址,钱梅子慌了,说不知道阿兵的电话和地址。高三五铁青着脸,指着钱梅子,说,钱梅子,我没有看出来你是这么一个人,要钱不要脸的人。钱梅子说,高三五你不要激动,高三五说,我怎么能不激动,你们家开饭店挣大钱,倒把我的家庭搞得乱七八糟,你说你算什么人?钱梅子说,你家庭也没有怎么乱七八糟呀,不是好好的吗,谢蓝今天出去了,小浪漫让外婆接回家去,也没有耽误事呀,再说,谢蓝平时不是一直在家吗,把你的家也管得好好的,我们都看在眼里的,怎么乱七八糟呢?高三五重重地哼了一声,点了烟拼命地抽,说,我知道,她的心早就不在这个家里了,魂也飞走了,我知道早晚会出事情的。钱梅子说,高三五,没有证据不能瞎说的。高三五说,证据?还要什么证据,这个证据还不够,跟一个男人跑出去,一整天也不回来,晚上也不回来,钱梅子也有些来气,说,谢蓝就不能有自己的活动?高三五说,什么活动,还是上班?还是替家里挣钱?狗屁!正说着,电话响了,钱梅子去接了,正是谢蓝打来的,钱梅子心里一阵紧张,没有敢叫出谢蓝的名字,一边注意着高三五的脸色,高三五也没有想到会是谢蓝的电话,没有注意钱梅子的神色,谢蓝在电话那头显得格外激动格外兴奋,抓住个电话不停地说,说一早上跟着阿兵来到这个公司,正好公司经理陪客人去东山岛水上世界玩,二话不说,就把阿兵和她一起拉上了路,到了东山岛玩得非常痛快,多少年没有这么开心了。谢蓝说,钱梅子,哪天抽时间你也来玩玩,太有意思了,太刺激了。钱梅子心里着急,却又不好直说,只是嗯嗯啊啊的,谢蓝也没有听出钱梅子的不正常,继续兴奋不已,说,本来呢,打算在岛上吃过晚饭摆渡回来的,哪知到下晚刮起了大风,摆渡船停摆了,而这里的湖心宾馆经理又是阿兵的朋友的朋友,一定邀请我们住下,这样,今天就回不来了。话说到这时,高三五似乎从钱梅子紧张的神色中已经感觉到电话那头是谢蓝了,说,电话给我,钱梅子无法,只得对谢蓝说,谢蓝,正巧,高三五在这里。谢蓝却说,那正好,也省得我再给他打呼机,你帮我告诉他一下,今天不回来了,明天回来,小浪漫已经叫我妈接了。钱梅子说,你自己和他说吧,谢蓝说,也没有什么事情说的,你说一下吧,就挂了电话,高三五接过电话听到一阵忙音。

高三五闷着头想了一会儿,转身出去,钱梅子不放心,说,高三五,你到哪里去?高三五说,我能到哪里去,开车做生意挣钱,开着车子刚起步,就有人招手上了车。

一晚上钱梅子也没有安稳入睡,天蒙蒙亮就起来了,走到门前,就看到高三五开着车回来,钱梅子吓了一跳,说,高三五,你到现在才回家,做了一个通宵?高三五眼睛红红的,说,昨天晚上生意特别好,也不知算是什么日子,都在外面混,长叹一声,又说,也不知道辛辛苦苦挣钱为了什么,说得钱梅子心里酸酸的,也不敢多说什么,到店里看看早市的情况。到上午九点来钟,阿兵和谢蓝回来了,两人情投意合的样子,一起走进来。钱梅子说,谢蓝,你回去看看,高三五很生气,昨天晚上做了一夜。谢蓝说,没事的,他只要能挣到钱,就不会有气。钱梅子想起高三五的叹息,说辛辛苦苦挣钱为什么,再看谢蓝满面春风向阿兵频送秋波,心中便有些替高三五不平,说,高三五一天到晚在外面挣钱,辛辛苦苦,每天都做到深夜,也是为了你们这个家呀。谢蓝愣了一下,说,但是他忘记了一点,家是由人组成的,他忘记了我也是个人。

几天以后,高三五就买了一套新房子,马上搬家,见到钱梅子,说,钱梅子,家呢,本来早晚要搬的,但是如果一切正常,也不会这么快就搬,如果你不开饭店,也许我还要住上一段时间才舍得买新房子,现在我想明白了,挣了钱,干什么,买房子搬走,免得天天看见你的店,看见你店里那些不要脸的人。钱梅子说,高三五,做了这么多年邻居,也都和和气气的,你要搬走,大家心里也蛮难受的,话不要说那么难听。高三五说,是我的话难听,还是你做的事情难听,都说人穷志短,你是不是因为下了岗,太穷了,连拉皮条这种龌龊事情都愿意干吧。钱梅子气得抖起来,说,高三五,你说话要负责任！高三五说,现在我才明白,为什么我把你们向小杉的事情告诉你,你倒无动于衷呢,原来你和她的想法也差不多。钱梅子气极了,说,谢蓝的事情是她自己的事情,怎么怪得到我头上。高三五说,不怪你怪谁,若不是你开个倒霉的饭店,谢蓝怎么会认得那个什么混账东西,谢蓝的心和魂,怎么会跑出去？他一改平时沉默不语,闷头闷脑的脾气,理直气壮滔滔不绝地说了一通,说罢扬长而去。

高三五以迅雷不及掩耳的速度,把家搬走了,搬家公司来搬家具那天,大家心里都有一种说不出的滋味,本来嘛,既是多年邻居,也应该帮着搬搬弄弄,但是都觉得不大好上前出手相助,也怕上前相助,反被高三五说出难听的话来,高三五平时少言寡语,属于一根筋吊住的人,现在碰到了一个男人一辈子最戳心境的事情,突然变得尖嘴利牙了,向家的人,谁也不敢惹他,见了面都是小心翼翼的,心中好像有愧似的,不敢面对高三五,只有一个人例外,那就是阿兵。

阿兵可以若无其事地给高三五递烟,被高三五推开,阿兵便笑,毫不在意地上前帮助高三五搬东西。高三五说,你走开,我们不需要你帮助。阿兵说,哪能呢,邻居搬家,哪能不帮忙,不由分说就连说带笑地动手,谢蓝的心当然仍然系在阿兵身上,眼见阿兵这么有风度,这么大气,越是觉得高三五小气,不像个男人,就越是对阿兵笑脸相迎,对高三五没个好脸,高三五看在眼里,气在心里,却也无奈,想家也搬了,人也离开了,看你们还能怎么样。

高三五的想法也许是错误的。

大家目送着高三五的家被卡车运出了向家老宅,运出了长街,运走了。

过了一天,阿兵又在饭店请人吃饭,吃过了仍然付不出钱来,钱梅子去把吴同志叫出来,吴同志说,阿兵,现在情况已经这样,大家都说好不再做欠账的事情,你又来了,这不行。阿兵说,也不是我一个的朋友客人白吃呀,你们也有很多这样的事情吧,还有什么周主任,你们那个周主任,吃了多少回,给过一回钱没有?吴同志说,阿兵你说什么我们的周主任,我正要问你,周主任是什么狗屁主任,你介绍来的假冒伪劣,他在单位里根本不是什么主任,也没有签字权,钱梅子追他的钱追得好苦也没有追到,他欠下的钱,你说该怎么办?阿兵"哈"了一下,说,我说该怎么办,你的意思,不见得是要我负责吧?吴同志说,你不负责谁负责呢,人是你介绍来的呀。阿兵说,关于周主任的事情我好像已经向你们说过多少回了,我介绍来的,只是来吃我们的开张酒的一个人,后面的生意,不都是你自己拉来的吗?吴同志说,怎么是我拉来的?阿兵说,那就是钱梅子拉来的,应该钱梅子负责。钱梅子脸上也有些难看,说,和我什么关系?阿兵说,你问我,我怎么知道,这得问你自己,问问周主任,你和周主任你们知道。钱梅子瞪着阿兵看了半天,才说,阿兵,想不到你这人,这么无赖。阿兵愣了一下,慢慢地,看他眼睛有些发红,像是要淌眼泪,说,我是无赖呀,我想做无赖吗?你们真以为我想请这些人白吃吗?你们不知道,我也是没有办法嘛,我向银行贷的五万块钱,不是到期了吗,谁替我去还呀,你吴同志替我还呢,还是你钱梅子替我还,你们都不会替我还,可是五万块钱却不能不还吧?吴同志说,能不能请他们缓一缓期,再延长些日子。阿兵说,本来借出来,就是非法手段非法途径,下面马上金融系统大检查,那边急坏了,这几天天天追我,追到我家,不让我睡觉呀,再不拿出来,要把人家的饭碗砸了,罪过呀。大家面面相觑,无话可说,阿兵继续说,我正想办法从别的地方移五万块钱来,先把银行的还了再说,得保住人家的饭碗吧,我今天请的这些人,就是答应我想办法移五万块钱的人,这下好,叫你们骂走了。钱梅子说,你不早说,阿兵苦苦一笑,说,我也是个要面子的人,不到最后时刻,我也不愿意把这些难处告诉别人呢,大家都跟着阿兵苦笑。

于小婉向吴同志所说的事情果然也跟着发生了,于小婉的丈夫追到钱同志饭店,要钱梅子还三万块钱,一脸可怜巴巴的样子,讨好地看着钱梅子的脸,好像钱梅子的脸就是钱库就是银行,钱梅子按事先和吴同志等商量好的说法说于小婉并没有借钱给他们,胡维民便拿出吴同志和钱梅子双双落款的写给于小婉的朋友的借条,说,这是借条,钱经理你看看是不是这张借条?钱梅子说,债主不是你,不应该由你讨债,胡维民又拿出一张于小婉朋友写的条子,上面写道,钱同志饭店借我的三万块钱现在划归胡维民所有,把话说了,把条子交给钱梅子,仍然是眼巴巴地盯着钱梅子,说,钱经理,我也知道你们困难,一时拿不出这么多钱,现在大家都难,但是我实在是急着用,不能再耽误,求你好歹先凑几个钱给我,让我应付过难关,其他的钱,随你们什么时候还都行,我保证不再来催。钱梅子见他神色焦虑,估计他确实是急等钱用,说,现在你要我连本带息,我也还不出来,先把利息算一算,给你,胡维民立即面露喜色,说,行,行,好,好,你马上还利息,钱梅子将三万块钱的利息算出来,将钱交给胡维民,胡维民捧着钱,像捧着救星似的,头也不回,急奔而去,也不知道急派什么用场。

等吴同志回来,钱梅子把事情说了,吴同志说,奇怪了,于小婉关照我们不要告诉她丈夫,她自己倒先告诉他了,钱梅子说,他立等要拿钱,我哪里来那么多的钱还他,只得先把利息结算了给了他。吴同志说,先拖着再说吧。

才过了两天,胡维民又来了,苦着脸向钱梅子伸出手,钱梅子说,胡维民,你怎么说话不算数,你那天来讨钱的时候说好的,先还了利息,本钱暂不要,你怎么转眼又来了?胡维民向钱梅子打躬作揖,说,钱经理,再帮助我一回,再拉我一把,好歹再还我一点钱吧,钱梅子听他这话,心里真是酸酸的,本来是钱同志饭店欠人家的钱,到期应该还的,现在搞得债主跟个可怜的叫花子似的,钱梅子也不知道说什么好,胡维民见钱梅子不说话,又再向前一步,说,钱经理,帮我一把吧,我实在是急等钱用,看上去腿软软的,要跪倒一般,钱梅子吓了一跳,赶紧让开,说,我还有事情。胡维民说,你忙你的,我等着你,便跟在钱梅子身边,钱梅子不理他,他也仍然满脸堆笑,店里店外,大家都看着这一幕,钱梅子回想起自己到债户那儿去讨债也是这样,人家也没有见她可怜困难就网开一面把钱还给她,现在她也不能心软,只能狠着心肠,当作看不见有胡维民这么个人在眼前,胡维民呢,钱梅子走到哪里他就跟到哪里,低三下四地恳求,不停地叨叨,一会儿说自己欠了别人的钱,不还要被打死了,一会儿又说,小孩子智力发展有问题,等于是个白痴,现在有医生可以治好,但是需要钱,反正也不知哪句是真的哪句是假的,磨到最后,钱梅子终于磨不过他,说,你想要很多我是没有的。胡维民马上说,不要很多,不要很多,你有多少先还多少吧。钱梅子又凑了两千块钱交给胡维民,叫他写下收条,胡维民的私章倒是随身带着的,又加盖了私章,胡维民欢天喜地而去。

钱梅子和吴同志商量,觉得这事情再不告诉于小婉就难弄了,吴同志把于小婉叫过来,于小婉一来,就哭起来,说出了事情的经过。原来，胡维民是个赌棍，把家里的钱、物，全拿去赌，于小婉知道事情不妙，便偷偷积下三万块钱，当然不敢放在家里，也不敢存银行，怕存单被胡维民发现，放在朋友那儿，又没有利息，那一天正巧碰上吴同志，便把钱放给钱同志饭店，年利二十，比银行高得多，也不敢说是自己的，只说是朋友的钱，胡维民呢，先前的运气一直不错，虽然赌博总是有输有赢，但他基本上是赢多输少，家里也算太平，可是今年以来，大跌跟头，手气一塌糊涂，只出不进，基本上就没有赢过，一次次欠下赌债而无力偿还，变卖了家里的东西以后，就开始向于小婉要钱，暗中查于小婉，终于被他发现了于小婉私藏的三万块钱，跑到于小婉的朋友家，软磨硬逼，把钱同志饭店的借条拿到手，又叫于小婉的朋友写了那张纸条，便到钱梅子这里来讨钱了。

于小婉边哭边说，眼泪鼻涕滴滴答答，吴同志摸出自己的手帕递给她，于小婉接了，擦着，突然向小桐走了进来，看看于小婉，向吴同志说，原来于小婉就是借钱给你的朋友啊。吴同志一愣，不等向小桐再说什么，于小婉站起来，说，就是这样的事情，你们说，叫我怎么办，我也没有办法，只有靠你们顶住他了，钱也不能再给他，如果把这三万块钱也给他赌了，我就身无分文了，还有个儿子要抚养呢，说着眼泪又下来，走到门口，最后说了一句，千万不能再给他钱了。

向小桐回头向吴同志说，你为什么骗我？

吴同志说，我骗你什么？

向小桐说，我问你三万块钱哪里借来的，你怎么说？

吴同志说，我说是向一个朋友借来的。

向小桐冷笑一声，朋友，就是于小婉？你为什么不告诉我就是于小婉？于小婉我也不是不认得,如果我不认得,你不告诉我也不算不正常,既然是我也认得的一个人,你却不敢告诉我,这说明什么,说明你心里有鬼。

吴同志说,我心里有什么鬼？

向小桐的脸色越来越难看,钱梅子有些担心,上前说,向小桐,你别胡思乱想。

钱梅子不说话,向小桐也没有把注意力放在她身上,现在她一出来说话,向小桐的火气,就往她身上转过去,指着钱梅子说,钱梅子,你好呀,我倒一直把你当好人！钱梅子看看吴同志,吴同志避开她的盯注,向小桐继续说,钱梅子,我想不到你一下岗就变了个人似的,从前你不是这样的人,从前的你,不是铜箍心的,现在你怎么变成这样,只要有钱,什么事情都能干呀,那时候高三五说你,我还替你抱不平,现在看起来,高三五的话也不是没有道理。

钱梅子气得脸色发白,吴同志看不过去,说,向小桐,事情是我做的,不关钱梅子的事。

向小桐说,事情是你做的,你做的什么事情？

吴同志说,我做错了什么？没有,我只是借了三万块钱,为大家合伙开饭店借了三万块钱,错了吗？

向小桐冷笑,说,你觉得错了吗？

吴同志说,我觉得没有错。

向小桐说,既然没有错,既然是好事,你为什么不敢告诉我,大家都知道钱是谁的,偏偏瞒着我一个人？

钱梅子说,其他人也不清楚。

向小桐说,但是你知道。

钱梅子又噎住了。

吴同志说,向小桐,有话回去说吧,别在这里丢人现眼了。

向小桐说,丢人现眼的是你们,不是我,你们各自心怀鬼胎!向小桐正情绪激昂地往下说,突然于小婉急匆匆地奔进来。

胡维民因为欠了赌资还不出,被人打成重伤送进医院,对方丢下一句话,三天之内,再不还钱,砍手。

于小婉说,求求你们了,无论如何想办法把我的钱还给我吧,现在救人要紧,这些人,说到做到,从不含糊的。

所有的人都愣住了。

第 15 章

　　钱同志饭店跌跌爬爬、牛牵马绷地过了一年,在大家的努力下,饭店的账号上也算是有了点钱了,大家多多少少松了口气,一算时间,这也已经到了开张一周年的时间,原来是说好开张一周年要庆祝的,现在看起来,也没有那么大的实力来庆祝,钱梅子和吴同志坐下来算了一个总账,欠的外债基本上还清,再除去各项开支,什么什么费啦,再除去应该开出的工资之类,多少也有些盈余,只是离大家投下去添置设备的钱还比较远,离原先大家向往的发财致富就更远,大家的耐心和信心已经远不如当初,心里清楚,如这般经营下去,也不知要到哪年哪月才能将本收回来,而且生意的兴旺势头也已经过去,生意越来越清淡,常客也不再常来,老关系也关系不起来,每日只靠运气,可是运气又总是不来,饭店本身,各方面都开始出问题,墙纸斑斑点点,像小孩子尿了床,地面上油腻,屋顶漏起雨来,电要增容,店里的硬件,当初怕多半买的假冒伪劣,桌面开裂,椅腿折断,锅碗瓢盆都已不成样子,空调也已经失灵,卡拉OK唱出来的声音像厨房里杀鸡,厨房里的烟不往外跑只往里倒灌,等等,这许多,都得摆到眼前来考虑,再不考虑,饭店也难以为继。再一算总账，又得投入好几万，坐下来商量的时候，没有一个人吭声，都不知道该怎么办。再拿出钱来吧，大概是没人肯干了，不拿出钱来再投入吧，事情整个就要熄火了，大家投下去的钱，原先是指望它生儿育女多子多孙的，现在呢，眼看着却要变成一堆废铜烂铁。钱梅子和吴同志商量不出个结果，问阿兵，阿兵摇头，钱梅子知道阿兵也失去了信心，问阿兵是不是不想干了，阿兵说，怎么说呢，唉，合作伙伴很重要呀。钱梅子说，是不是你觉得和我们合作不行？阿兵说，也没有说你们不行，只是，只是，你们家的这般人，唉，怎么说呢，眼光总是不够远吧，光顾眼前的一点点蝇头小利，不是吗，没有气派，怎么做得成大事，现在看起来，自己人合伙，也不见得就好，该说的也不好意思说，该争的也不好意思争，误事呀。钱梅子想，这倒像大家背后在说你阿兵的话呢，阿兵停了一停，又说，也罢也罢，花钱买个教训也值。吴同志有些不高兴，说，什么叫花钱买教训，你有教训，我们就没有教训？阿兵说，大家都有教训，大家都有教训，以后再做事情，当然是要更慎重些的。钱梅子想，那是当然，别说你要慎重，我们也会慎重的，她这么想着，没有说出来，因为当务之急，得把饭店的事情好好解决呀，忍了忍，说，那依你看，现在该怎么办？怎么往前走？阿兵挠了挠头，说，事情做到这一步，总是尴尬了，进退维谷，像一个人到了老年，就没有活力。

过了两天，就发生了一件更想不到的事情，一笔到账的钱，被人通过银行的关系强行划走了，钱梅子估计就是阿兵，别人是想做也做不成这样的事情，打电话过去问，阿兵，是不是你？阿兵说，是我，我也没有办法了，若是我自己的钱，也无所谓，贷款的钱，再不还人家，我怎么向人家交代，人家总不能为了我们这小小的饭店，丢了信贷科长的位子呀,既然你们先不讲道理,我也只能不讲道理。钱梅子说,到底是谁不讲道理呢?阿兵说,我没有时间和你说了,便挂了电话,自从谢蓝搬走后,阿兵也就很少再来关心店里的事情了。

事情到了这一步,大家都产生了消极的念头,但又不好随便说出口互相看着,看谁先提出来,都希望钱梅子先提出来,因为这中间最难的当然是她,但是钱梅子呢,虽然也知道难,往后更难,但是饭店的事情从头至尾是她张罗操持的,饭店就像是她的亲生儿子,现在要叫她丢弃,她无论如何做不到的。大家等着钱梅子的态度,等不到,终于失去了耐心,由吴同志先去和钱梅子说,钱梅子说,当初积极要办饭店也是大家的主意。吴同志说,到什么山砍什么柴,做不下去,硬做,也不是什么英雄好汉。钱梅子说,你是董事长,既然你有这样的想法,是不是把大家叫来一起商量,于是大家再又坐下来,把阿兵也硬叫了来,吴同志把自己的意见说了,钱梅子原以为至少会有一半人反对,哪料,大家一致赞成,钱梅子的心,一下像是落到了冰窖里,阿兵说,再盘给别人做,也是个办法,只是开价怎么个开法?钱梅子说,我们当然不能赔吧。吴同志说,你想按原价盘出去?看看现在饭店这样子,恐怕不会有谁那么傻愿意出那么高的价盘去做。吴同志说这话的时候,阿兵已经拿眼睛去看钱梅子,说,说到盘店,当初我们是吃了大亏了,二十万高了呀,回头想想,就这些东西,值二十万?大家都跟着阿兵拿眼睛去看钱梅子,钱梅子脸涨红了,说,怎么就这些东西,还有个经营权呢。阿兵说,经营权什么的,我也不是弄不到的。钱梅子说,当初你们怎么都觉得不高呢,看着那么鲜亮的店,眼睛一个个都红了,现在回头说这话,什么意思?阿兵说,也没什么意思,只是回过头来总结经验教训吧,也没有说你什么呀,也没有谁怀疑你什么呀。钱梅子说,你这话的口气,就是在怀疑我嘛。吴同志说,别再说这些了,商量着怎么办吧,往前看看吧,回头向钱梅子说,钱梅子,房管所会有什么说法?钱梅子说,他们会有什么说法,他们反正钱也到手了,合同期也没有到,与他们有什么关系。吴同志说,我们得自己分头物色对象,又看阿兵,阿兵没精打采地说,这事情我怕是承担不了了,我们吃了哑巴亏,别人谁再来吃我们的亏,没有的了,像我们这般的傻人,现在到哪里去找。吴同志说,既然大家没有信心再干下去,这人找不到也得找呀。大家说,那是,我们尽力而为吧。吴同志说,不是尽力而为,是一定要为,大家点头,散去,神情与当初盘算开店时,自是大相径庭。

分头联系的结果,来了不少想盘店的对象,一一谈下来,便发现他们一个个怀里都揣着一根绳子,套住饭店的脖子拼命勒,恨不得空手套白狼,将饭店白白地套了去才好,肯出最高价的一家,出的价,离大家投入下去的钱,还差三万,大家连本也收不回来,还得倒贴倒赔,别说一年的辛苦劳累。

最后的谈判一直延续了大半天,转租合同也写好了,最后就是在转租的价格上僵住了,承租的对方咬住他开的价格不放,话也不多,但就是不松口,逼急了,就说,你们自己也不看看自己的店,你看看你们的门面,也不行了,你们的用品,桌椅、餐具,像什么样子,你们的进水道出水口都有问题,电线也得重新安装,他说的大都是事实,钱梅子也无以对答,只是说,你的价太低了,你的价太低了,太狠了,太狠了,便说不出其他的话来,依吴同志阿兵他们的意思,宁愿赔一点,也不想再继续干了,继续干下去,说不定投入的钱全赔了也是可能的,与其到时候赔得更惨,不如现在少损失一点,一致动员钱梅子在转租合同上签字,钱梅子却一直僵持着,不肯签字,耗到天都黑了,承租方终于不耐烦了,起身要走,吴同志急忙拉住他,一边向钱梅子说,钱梅子,签吧,将笔送到钱梅子手里,钱梅子拿起笔的时候,突然哭了,将笔扔开,说,我不签。

晚上向小杉突然回来,对钱梅子说,嫂子,店不用盘了,你把大家投入的钱退还给大家,有人愿意和你合作,继续开饭店。

钱梅子惊讶地看着向小杉,说,我哪来的钱还他们的投资?

向小杉说,有人支持你。

钱梅子摇头,说,小杉,我心里难受,你别和我开玩笑了。

向小杉说,怎么,不相信我?

钱梅子说,现在这样的时候,有谁愿意支持我?

向小杉说,你还记不记得,饭店开张的时候,有人悄悄地给饭店做了一个广告?

钱梅子心里突然一震,竟有些不敢正视向小杉的眼睛,脸上微微有些发热。

向小杉笑起来,说,嫂子,看起来你心里是有数的,你知道是谁。

钱梅子脸更红了,说,我不知道,我真的不知道是谁。

向小杉说,那就是说你心里希望是谁,嫂子,你的猜想是对的,事实上,这个人就是你心里希望的人。

钱梅子竟然有些紧张起来,说,小杉,你说谁?

向小杉说,你的老同学,金阿龙。

钱梅子愣愣地看着向小杉,一年前饭店开张的时候,报纸上的广告,钱梅子一直以为是金阿龙替她做的,一年来,心里一直隐隐的像隐藏着一个秘密似的,想对人说,又不敢说,说不出口,直到今天才证实了这种感觉,尽管这是意料之中的,但钱梅子仍然觉得愕然,愣了半天,才说,小杉,你怎么知道金阿龙?

向小杉说,你们不是说我跳跳舞傍上大款了吗,我真的傍上了大款,他就是金老板。

钱梅子说,我前次到金阿龙公司,看到他的公司被封了。

向小杉笑起来。

金阿龙是个倒不了的人,每次出问题,都有个手下替他顶着去坐几年牢,他们的家属呢,都由金老板供养着,生活无忧无虑,所以跟着金老板的人,个个愿意为金老板出生入死。

钱梅子一阵紧张,说,小杉,你怎么认得金阿龙?

向小杉说,还得感谢你呢,你找金老板叫他设法阻止我去跳舞,等于是给我和金老板牵了线。

钱梅子更加疑虑,问,小杉,你和金阿龙到底什么关系,你不能乱来呀。

向小杉又笑,说,现在是什么时代了,所有的人物关系,都和从前不一样了,你如果还按照从前的人物关系来看待现在的事情,就想不通了,你得按照现在新型的人物关系来看待所有的事情,你就会想得通。

钱梅子张了张嘴,没有说出话来。

向小杉告诉钱梅子,金老板认为长街这块地是块黄金地皮,他希望钱梅子能够坚持把饭店开下去,生意一定会好起来,他可以帮助钱梅子先把其他人入股的钱还清,再重新投入一笔资金,将饭店的档次提高。

钱梅子说,他为什么,仅仅为了帮助我?

向小杉说,怎么会,做生意的人,眼睛里只有钱,他是看好这个地方,觉得能够挣钱。

钱梅子说,按照金阿龙现在的情况,他不会在乎这一个小饭店的利润。

向小杉说,嫂子你这就错了,能挣钱的人,不管大钱小钱,他都要挣,不会放过任何一个小机会。看钱梅子仍然疑虑,就笑了笑,又说,退一步说,就算人家金老板是有心帮助你,又有什么不好呢?你管他那么多呢,你只要能按照自己的心愿,将饭店继续开下去,开好,开得兴旺起来,和谁合作不是一样?

钱梅子怀着疑疑惑惑的心情,和金阿龙合了伙,将坚决要求退股的阿兵的股份都退清,还算了利息,都由金阿龙出的钱,吴同志和向於的钱仍然算作股份留在饭店,在金阿龙的支持下,又将饭店重新按高标准装修了一下,大厅缩小了些,又增辟两个包间,店名也改了,叫作九龙饭店。

事情进行得很顺利,但是钱梅子一直忧心忡忡,她担心金阿龙的生意不是走的正道,但又不好明说,心里拿定主意,只要是歪门邪道,她当然是要坚决反对的。

金阿龙给钱梅子派来一个副手,叫纪明,戴着眼镜,文质彬彬,很稳重很踏实的一个年轻人,比起阿兵来,言谈举止,又另是一种风格,一切安排好,饭店重新开张,自始至终,金阿龙没有来过一回,钱梅子问纪明,纪明说,金老板生意多,太忙,抽不出身来照顾这种小生意,要他好好帮助钱梅子把饭店做好。

纪明外面的关系很多,来吃饭的人,好像都知道他,多半是冲着纪明来的,人一到,就由纪明安排到包间,有时候纪明也和他们一起敬敬酒之类,钱梅子在一边察言观色,也看不出有什么不正道的事情,也很少有人带不三不四的女孩子来陪吃,钱梅子庆幸金阿龙给她派了一个好帮手。

如此过了两个月,九龙饭店的生意越来越好,几个包间还常常有电话预订。挂账的事情也越来越少,不知是因为老板是金阿龙的原因,还是因为纪明的朋友有钱,所有的客人一律现金付账,对谁也不例外,也有过一两回,吃客自称是金老板的哥们儿,说金老板关照到他店里可以不付现金。纪明不动声色地说,好的,请你给金老板打个电话,让金老板吩咐过来,我们照办。吃客不敢给金老板打电话,乖乖地付了钱走路。钱梅子以为他们会恼怒,以后不会再来,哪知,不过几天,又来了,无事一样,吃饭付账,规规矩矩,还给服务员小费,钱梅子心里暗暗佩服纪明。

阿兵带着谢蓝到饭店来,说,钱梅子,你不够意思,苦的时候想得到我阿兵,用得着我阿兵,发财时候就没有我了。钱梅子说,我也想不到会有这么好的生意,当初我问过你愿不愿意继续合伙,你一定不愿意,才给你退股的。阿兵笑起来,说,我说着玩玩的,钱这东西,我看得透,有也罢无也罢,随它,该是你的钱,你推也推不掉,不该是你的钱,你抢也抢不来。谢蓝站在阿兵身边,仍然是无声地笑,眼睛里没有别人,只有阿兵,看着阿兵,满心眼的喜欢。阿兵道,再说了,我是赌场失意,情场得意,回身搂住谢蓝。

钱梅子大吃一惊。

阿兵说,你别担心,我和谢蓝各自都在办离婚,办成了,我们就结婚。

钱梅子不相信地盯着谢蓝,谢蓝仍然是笑,乘阿兵走开的时候,钱梅子将谢蓝拉到一边,问谢蓝有没有这回事,谢蓝笑着说有,钱梅子急了,说,谢蓝,你要好好想想,阿兵这人,你也不是不知道,不怎么踏实的,也不够认真的。谢蓝说,我喜欢他。

阿兵走过来,搂着谢蓝走了。

钱梅子目送他们,心想,也许,因为高三五太踏实太认真了。

九龙饭店开张半年,一结账,盈利二十多万,归到钱梅子个人账上就有好几万,钱梅子简直不敢相信这样的事实,和向觉民说,向觉民说,你以为挣钱多就是好事?

钱梅子说,这钱是我们辛辛苦苦挣来的,每一笔钱都经过我的手,没有任何问题。

向觉民说,这是明的,暗的呢?

钱梅子说,没有暗的,每天的生意都在我眼皮底下,我看得见。

向觉民说,你以为你的眼皮有多大,能看得清天下所有的事?

钱梅子说,别的地方我看不见,但是我的饭店我看得见。

向觉民说,你的意思是说,金阿龙是个正派的生意人?

钱梅子说,其他的我不知道,但是我的饭店我清楚。

向觉民说,这件事情,从头到尾,都不正常。

钱梅子心里有些别扭,说,是不是你自己心理不正常?但是钱梅子内心深处的担忧却是与日俱增。

这一天饭店来了两个零客,都在三十岁左右,点了几个下酒的菜,要了酒,慢慢地喝着,因为是中午,客人不多,他们边喝酒边和钱梅子聊天,从钱同志饭店一直打听到九龙饭店,对其中的经过,很感兴趣,钱梅子奇怪,说,你们是不是也想开饭店?两人对视一眼,说,也许吧,又问了钱梅子自己的情况,钱梅子一一说了,下岗,找工作,合伙开饭店,等等,再又问了纪明的情况,钱梅子这才发现,自己所知道的纪明竟是一个模糊不清的人,两位客人又乘兴看了饭店的所有包间,看得十分仔细。

这一天纪明不在店里,客人看够了饭店,也问够了情况,正要走的时候,纪明回来了,两个客人向纪明点头,走后,纪明问钱梅子是谁,钱梅子说是客人,大概也想开饭店的,所以把饭店的情况问得仔仔细细,纪明听了,点了点头,脸上没有什么表示,过了一会儿就匆匆出去了。

到下晚时,客人多起来,平时这时候,纪明总在招呼客人,今天纪明不在,许多熟悉的人都问起来,钱梅子说,一会儿会来的,可是纪明却一直没有出现,到晚上,打个电话过来,说他远在外地的母亲得了急病,他连夜要赶回去,可能要有几天时间才能赶回来,便挂断电话。

两天以后,钱梅子被请到公安局缉毒组,被告知,纪明是毒贩子,已经逮捕,据交代,纪明就是利用九龙饭店的包间作为毒品交易地点,所以,九龙饭店被查封。

钱梅子魂飞魄散,虽然自己没有被牵连进去,但这一惊吓,非同小可,走在街上,眼前茫然一片,已经认不得回家的路了。

突然有人从后面拍了她一下,回头看时,竟是向小杉。

向小杉笑着,说,嫂子,怎么啦,丢魂落魄的。

钱梅子一时竟说不出话来。

向小杉说,在街上转什么呢,跟我走吧,伸手招呼出租车。

钱梅子问,到哪里去?

向小杉说,今天金老板请你吃饭。

钱梅子大吃一惊,说,小杉,你们,金阿龙不知道纪明的事情?

向小杉说,金老板就是因为纪明的事情,说你受到惊吓,替你压惊呢,走吧,拖着钱梅子上了车,向司机报了全市最豪华的饭店名字。

车到了饭店,钱梅子由向小杉牵木偶似的牵着穿过富丽堂皇的大厅,来到餐厅,金阿龙已经坐在餐厅里等候,见了钱梅子,笑着起身打招呼,钱梅子心里仍然有些茫然,被向小杉安排坐下,听得金阿龙说,钱梅子,你好呀。

钱梅子不由脱口说,纪明会怎么样?

金阿龙不经意地说,贩毒是要枪毙的。

听到枪毙两字,钱梅子突然清醒过来,盯着金阿龙,说,你就不管他了?

金阿龙说,我怎么管他,他犯的是死罪,若是别的什么罪,我能救的当然要尽力,贩毒这事情,可不好办,笑了一下,又说,今天不说纪明,好不好,我们老同学,有时间没见面了,叙叙旧吧,回头招呼小姐上饮料上酒。

钱梅子全部的思绪都被纪明的事情牵住了,哪有心思叙旧,说,怎么办呢?

金阿龙一愣,说,什么怎么办,想了一想,说,你是说纪明吧,没事,死就死吧,他的家人,我会好好照顾的。

现在钱梅子回想起来,才明白金阿龙为什么要支持她继续开饭店,纪明贩毒一定是金阿龙指使的,利用她的糊涂利用她想赚钱的迫切心情做违法的事情,但是现在金阿龙完全无事一般,钱梅子不知道金阿龙是内心焦急,做出来的轻松呢,还是天生的没心肝。

钱梅子说,我想去看看纪明。

金阿龙说,不可能的,这种重案,不许接见的。

钱梅子叹了口气,向小杉说,嫂子你应该庆幸才对,就在你的眼皮底下搞鬼,却没有把你扯进去,真是万幸。

钱梅子喃喃地说,一个人,就这么没了。

金阿龙说,钱梅子,想开点,纪明说过一句话,他说人生就是一个大赌场,只有一次性的赌博,赢了,命好,输了,也是正常。

钱梅子说,难道贩毒也是正常?

金阿龙笑了,说,贩毒当然是不正常,如果正常,怎么会抓起来,枪毙?

酒加好以后,金阿龙向钱梅子举杯,说,钱梅子,还记得那年在三里塘镇,在星星集团的餐厅里,你奋不顾身代我喝酒?

钱梅子说,记得。

金阿龙哈哈大笑起来。

向小杉也笑着,说,嫂子,你上了他的当,金老板从来没有喝过一口真酒,他所有的场合,喝的都是假酒,用白开水代的。

钱梅子的眼前,突然就浮现出那一个晚上在星星集团的酒桌上,金阿龙喝多了酒不胜酒力的样子,钱梅子说,那天晚上你也是喝的白开水?

金阿龙笑,向小杉说,从来没有例外,金老板有病,滴酒不能沾的。

钱梅子说,星星集团的那个老板,知道不知道?

向小杉说,肯定知道,说不定白开水就是他给金老板倒的。

钱梅子说,那么其他人呢,他们都知道?

金阿龙说,应该都知道吧,我带去的人,知道我的,韩老板那边的人,也不是第一回见我,也一起喝过几回酒,都有数的。

钱梅子说,就是捉弄我一个人?

金阿龙说,怎么是捉弄呢,大家开开心。

向小杉说,他们每次喝酒都这样。

钱梅子说,原来如此。

他们彼此举了举杯。

金阿龙说,钱梅子,饭店现在虽然被查封,但过不多久就会开封,你仍然做下去,我们仍然是合作伙伴,到时候,我再给你派个助手来,肯定是很得力的。

钱梅子说,再派个毒贩子?

金阿龙说,信不过我了?

钱梅子不吭声。

金阿龙说,如果信不过我,我就派你们向小杉去,本来呢,我是希望向小杉去搞个美容院的,如果你觉得小杉不错,美容院暂不搞也行,就叫小杉去帮你。

钱梅子说,事情还早呢,现在饭店还封着。

吃了饭,金阿龙要送钱梅子回去,钱梅子说,我想一个人走走,吃多了,散散步帮助消化。

向小杉上了金阿龙的车,走了。

钱梅子一个人走在街上,虽然天色已晚,行人却仍然不少,有两个年轻的充满青春气息的女孩子走在她的前面,钱梅子听到她们说话。

矮个子的说,老板通知我明天早晨见工,我心里很紧张。

高个子的说,不要紧张。

矮个子说,他会问些什么?

高个子说,我见工的时候,他是随随便便问的,和职业没有关系的事情,比如对生活的态度什么的。

矮个子说,问对生活的态度干什么?

高个子说,我也不知道干什么。

矮个子说,很难的呀,说深了,以为我骄傲,说浅了,以为我没有水平。

高个子说,你反过来想,说深了,显出你的水平,说浅一点,说明你天真纯洁。

她们一起笑起来,朗朗的笑声传出很远很远。

钱梅子跟在她们背后慢慢地走着,她想起金阿龙说的纪明说过的话,人生是一个大赌场,只有一次性的赌博,赢了,命好,输了,也是正常。

钱梅子想,有各种各样对生活的态度。

纪明被枪毙的这天,早上起来,钱梅子心神一直不宁,做什么事都不踏实,便放下手里的事情,往看守所去。

看守所门前,围着很多看热闹的人,钱梅子到了不多一会儿,看守所的大门开了,里边开出一辆严严实实的囚车,什么也看不见,一转眼工夫,囚车就鸣叫着远去了,也不知道是不是死刑犯坐的车,纪明是不是在这个车里,如果纪明坐在车上,那么,车到终点,纪明的生命也就到了终点。

看热闹的人议论了一阵,渐渐散去,钱梅子也正要离去,忽然瞥见街对面停着一辆豪华的小轿车。

车窗玻璃是黑的,看不清里边坐着什么人,但是钱梅子突然就明白是金阿龙坐在车里。

钱梅子犹豫了一下,不知是往车那边去,还是转身离开,这时候,车门打开了,金阿龙西装革履从车上下来,向钱梅子走过来。

金阿龙说,我来看看纪明,没有看到。

钱梅子说,刚才车子走了,不知纪明在不在里边。

金阿龙脸上有一种奇怪的表情,似笑非笑。

钱梅子说,金老板,今天碰到你,很巧,我正想找你,我给你打电话,找不到你,我想……

金阿龙摇了摇手,说,你不用说,你想说的事情,我知道,笑了笑,又说,你不愿意再继续和我合伙做饭店了,你想退股。

钱梅子说,你已经猜到了。

金阿龙笑笑说,这说明我还是比较了解你的。

钱梅子说,你如果同意,具体的条件,可以再商量。

金阿龙说,不用商量什么,饭店呢,仍然由你开,我退股,钱呢,也不急,你什么时候有了钱,再退我,我的情况,你知道的,不会在乎这么一个小饭店。

钱梅子惊讶地看着金阿龙。

金阿龙向钱梅子挥了挥手,转身向自己的车走去,走了两步,又退回来,说,钱梅子,有件事情我要告诉你,那天在三里塘星星集团喝酒,我喝的是真酒,说完,一笑,走到车子边上,有人替他打开车门,金阿龙仍然向钱梅子挥着手。

钱梅子呆呆地站着,一直到金阿龙的车不见了踪影。

现在钱梅子有些不知所措,经过多少天的犹豫、矛盾、斗争,下了多大的决心才做出退股的决定,决心退股后,她又认认真真仔仔细细地将账目全部盘算清楚,哪知,所有的考虑,所有的盘算,用尽了心思拿定的主意,却被金阿龙轻轻一挥手,就解决了。

这天晚上,钱梅子在电视新闻看到一则最新的消息,市里决定成立长街风景旅游开发区,向觉民看到这条新闻后,说,向宅恐怕保不住了。

向觉民的分析非常准确,长街的开发,是要将传统的地方特色的旅游项目和现代化的建设融为一体,由于原有长街格局的局限,现代化的建设在这里伸展不开手脚,除了万年桥西的游乐场等现代设施,还要筹建一座五星级的大厦,这座大厦,将要建在向宅的地基上。

向宅也是应该受保护的,但是为了保护更应该保护的长街系列旅游项目,也为了使长街跟上时代的脚步,最后拿出了丢卒保车的方案:拆除长街向宅一带的旧民居。

在钱梅子的九龙饭店原址,将要竖起一幢全市最高的建筑物,由中新合资建造,中方有两家投资商,其中之一,就是金阿龙,在金阿龙的建议下,新建的大厦定名为九龙大厦。

拆迁工作很快就开始了,离开向宅之前,钱梅子整理物品时,翻出了她从三里塘找回来的那本线装书《向宅》,钱梅子将这本书拿到客厅,在向绪芬的遗像前烧了。

迁入新居后不久,钱梅子了解到附近一带有不少新建的企业和公司,工作人员午饭得不到解决,钱梅子打算租下一个门面,卖盒饭,事情正在洽谈之中。一个夜晚,有人上门来,告诉钱梅子,正在建设中的九龙大厦已经开始物色工作人员,合作诸方接受了中方金老板的建议,决定聘请钱梅子担任九龙大厦餐饮部经理。

钱梅子说,让我考虑考虑。

即将参加高考、正在填写高考志愿的向小辉说,九龙大厦五星级。

钱梅子说,小辉,你安心复习,好好读书。